Das Minutenbuch Band II
Die Morgenwache 4-8 Uhr
Abu Tobias
بو توبياس

Das Minutenbuch

Band II
Die Morgenwache
4-8 Uhr

أبو توبياس

Abu Tobias

© 2020

ابو توبياس
Abu Tobias
Das Minutenbuch Band II
Die Morgenwache
4–8 Uhr
Umschlagbild: Hamburger Bahnhofsuhr
Urheber: RaBoe/Wikipedia unter https://commons.wikimedia.org/wiki/File:Hamburg_HBF_Uhr_02_(RaBoe).jpg
Satz und Gestaltung: ابو توبياس Abu Tobias
Herstellung und Verlag: BoD – Books on Demand, Norderstedt
ISBN: 9783751957335

Bibliografische Information der Deutschen Nationalbibliothek:
Die Deutsche Nationalbibliothek verzeichnet diese Publikation in der Deutschen Nationalbibliografie; detaillierte
bibliografische Daten sind im Internet über http://dnb.dnb.de abrufbar.

Das Minutenbuch Band II
Die Morgenwache 4-8 Uhr

04:00 Uhr net
Vor Mainz, vor dem Umstieg. Lese im Evangelium: „Wer mein Wort hält, der wird den Tod nicht schauen in Ewigkeit." Johannesevangelium Kapitel Acht, Vers Einundfünfzig. Sitze im Waggon direkt hinter der Lock. Wenn jetzt ein Unfall geschieht, so wie in England dieser Woche, werde ich zerquetscht, meine Brille vielleicht mich verletzend, mit aufgeschlagener Bibel aus dem Eisen gesägt.

Verspüre Angst und frage mich, Durchsage: Sehr geehrte Fahrgäste, wegen eines Personenunfalls, Durchsage abgebrochen, nach einiger Zeit erneute Durchsage: Sehr geehrte Fahrgäste, wegen eines Personenunfalls am Fernbahnhof Frankfurt-Flughafen fahren wir nicht über diesen Bahnhof. Englische Fassung ist eindeutig, because of a suicide. „Der wird den Tod nicht schmecken?", Johannesevangelium Kapitel Acht Vers Zweiundfünfzig. Wie wird das dem Zugführer schmecken? Den Beamten an der Unfallstrecke? Den Angehörigen, dem Selbsttöter? und Jesus selbst?

Als sie ihn wegen seiner Überheblichkeit und gotteslästerlichen Reden steinigen wollten, entflieht er – auch er: Angst? Oder einfach: Nicht Held sein wollen, nichts beweisen wollen, nicht den Gegnern gegenüber willfährig sein.

04:01 Uhr net
Auf der Hinfahrt. Freute mich auf die Lektüre, die Zeit nachzudenken, es zu genießen, sich fahren zu lassen durchs Nahe-Tal im Spätwinter-Sonnenlicht. Spricht mich ein Kollege an. Ich Griesgram, stelle ich fest. Das Gespräch ist doch schneller als die Fahrt.

Aber schräg gegenüber ein Gesicht, ein weibliches Gesicht. Wenn es sprach – ich weiß nicht was, es war zu laut – in der Tat, ich achtete nicht darauf – deutete dies Gesicht sich mit Leuchtweißaugen, Frechmundwangen, Sanfthautlippen sinngestaltbewegt munter bemunternd.

Viel interessanter als die Mimik meines Gegenübers. War ich ihm auch so langweilig? Oder hatte er nur diesen Vergleich nicht?

Und wie enttäuscht: Endstation; beim Ausstieg, warten auf den Halt, auf ihrem Gesicht: Missfallen sah ich; ins Gesicht geschnittenes Lippen-einseitig-verlierendes-herunterfallendes Missfallen, enttäuscht, als ob

eine schöne Frau nicht hässlich sein dürfte. Tragen darum Männer Bart?

04:02 Uhr get
sehe gesichter alter menschen
verhärtet
vergreist
griesgrämig
verbittert
gedunsen
ob ich so aussehen werde?
wie möchte ich aussehen?
gütig
und merke:
du wirst es nicht
wenn du es nicht bist
es nicht zuletzt
zulässt

04:03 Uhr get
vom dachgiebel
backsteinzinoberrot
herunterrankend
efeu
grün
fragt nicht nach sinn
ist es deswegen sinnlos?

04:04 Uhr get
was hatten sie
alles was sie brauchten
was gebrach ihnen
dafür dankbar zu sein
wem denn?
dem, der dafür nichts konnte
warum?
damit ihr leben denen gilt
die auch nichts dafür können
so
ungefragt
unbeleibt
unbeachtet zu sein

04:04 Uhr

stattdessen
errstarrten
sie mitten im wohlstand
in erfrorener
güte

04:05 Uhr ged
eure währungen
haben sich als lügen entpuppt
sie machten nicht wahr
sondern arm

euer wohlstand erwies
sich als täuschung
hielt nicht stand
dem wohl

euer recht,
gab euch nicht mehr
recht
wich der gerechtigkeit

und als ihr anfangen konntet
darüber zu lachen

da lag eine lange zeit
zwischen euch und
mir jetzt

die ihr belacht
und getrost vergesst

zusammen mit
den worten
deren buchstabenfolgen
euch so fremd vorkommen
wie mir chinesische schriftzeichen:

KAPITAL
GELD
KRIEG
ARMUT
HUNGER

versucht nicht
sie zu enträtseln
ihr werdet darüber nicht mehr
schlafen können
ihr werdet nicht zur tagesordnung
übergehen können
ihr werdet darüber
nicht schweigen
nicht weil ihr besser seid als wir,
sondern weil ihr noch mehr
aus mitleid seid

aber wir
wir glaubten
wir müssten um zu überleben
so hofften wir
so glaubten wir
so handelten wir

und wurden
handlanger derer
über deren denkmäler
straßennamen und
ortsschilder ihr nun
nur lachen könnt

lacht bitte
ja lacht
doch nicht mitleidsleer

04:06 Uhr get
der berg
muss nicht lange mühsam
seinen gipfel erklimmen
um oben zu sein

die blüte
muss nicht lange
dem duft nachfliegen
um beim blütenstaub zu sein

der mensch
muss nicht lange
lieben
um geliebt zu sein

04:07 Uhr net
Ist Krieg ein Verbrechen?
Wenn ja, was würde einen Pfarrer in der Armee von einem Pfarrer unterscheiden, der, sagen wir mal, bei der Mafia arbeitet?

04:08 Uhr get
ist es nicht möglich
so eine art christliche umweltverschmutzung
eine bildungsseuche
eine pest der brüderlichkeit und partnerschaft zu initiieren
einen virus der menschenfreundlichkeit in die welt zu setzen?

04:09 Uhr net
Der Zusammenhang von Globalisierung, Militarisierung und Dürrekatastrophen etwa in den Vereinigten Staaten von Amerika ist nicht zu übersehen. Ich muss mich und andere auf einen langen Zeitraum des Übergangs einstellen, um nicht irre zu werden. Zugleich ist da die Ahnung: Systeme können auch schnell zusammenbrechen, schneller als manche wahrhaben wollen. Die Basis ist eine dünne Eisdecke: Vertrauen und ein Minimum an Wohlstand. Solange es gelingt Verlierer auszugrenzen, kann es noch lange funktionieren. Ein Weg sie auszugrenzen sind Nationalismen, Religion, Statussymbole, Gettoisierung (Alte/Kranke/Gefangene/Sterbende/Jugendliche/Fremde).

04:10 Uhr get
der europäische bürgerkrieg
ist im gange
und er wird nicht registriert
das desaster
das millionen von menschen in afrika niederhält
kehrt zu seinem ursrpung zurück
wohin fliehen?
nach afrika!

04:11 Uhr net
General Michael Jackson erklärte Wochen nach Beginn der NATO-Bombardierung in Serbien und Kosovo, die Gewaltübergriffe von Kosovo-Albanern gegenüber Serben haben Ausmaße angenommen, wie zuvor die der Serben gegen Albaner. Und wer soll jetzt humanitär intervenieren?

04:12 Uhr när
Bevor ich aufstand schrie ein Kind, es schrie wie ein Kind nur schreien kann. Es war ganz unerträglich. Das hasse ich in der Stadt. In einem Dorf wäre ich auf die Straße gerannt um nachzusehen, ‚was ist los?' und hätte Hilfe gesucht. Hier: Wohin? – Ganz abgesehen von der Sprache...

04:13 Uhr net
Belgrad – Flughafengebäude. Mein Kompagnon hatte sich vor Mitternacht mit seinem Schlafsack auf eine der Bänke zurück gezogen, auf denen vor ihm, wie er sagte, bereits zwei andere sich lang gemacht hatten. Ein oder zwei Stunden war ich hier auf dieser Ebene für mich. Der Kühlschrank des Imbissrestaurants lief und unterstrich die Musik meiner Ohrstöpsel – es war bis jetzt zwei Bruckners Dritte und gerade der erste Satz von Schostakowitschs Achten Symphonie. Kenne ich Künstler, Dichter, Musiker, Komponisten aus Serbien? Mir will keiner einfallen. Wofür ist das ein Zeichen? Nach meinem Schädelbasisbruch lernte ich bei einer Pädagogin, die sich einige Male zu meinem Bett auf der Kinderstation begeben hatte, wie ihm Flug alle Länder auf dem Balkan mitsamt ihrer Hauptstädte auswendig. Es waren für mich Namen des Ostblocks. Europa war es nicht. Und gehörte auch nicht dazu. Wie dumm. Und dumm habe ich mich erziehen lassen. Als ich mit noch nicht ganz 40 Jahren zum ersten Mal in Budapest war, was staunte ich darüber, dass ich in einer durch und durch europäischen Stadt war, die in Europa zu Europa und aus Europa ist und stammt. Nicht anders heute die Fahrt durch Belgrad im Bus aus Subotica auf Mission für die Roma-Familie. Wenn sie ausreisen muss, werde ich mit ihr fliegen – dann kenne ich mich hier am Flughafen schon ein wenig aus und weiß dass der Imbiss schon lange vor seiner angezeigten Uhrzeit von 5 Uhr mit dem Verkauf anfängt. Mein Mitstreiter ist immer noch nicht da. Ich möchte das Gepäck nicht im Stich lassen.

04:14 Uhr

04:14 Uhr get
hilf
mein gott und herr,
verwandle meine ohnmacht
in stärke
meinen zorn
in gestalterische kraft
meine enttäuschung
in unversiegbare hoffnung
meinen tränen
in güte
meine hilflose hand
in eine dem frieden dienende

04:15 Uhr get
tabubruch
kaufhäuser in berlin und halle
erklären alle waren
kurzerhand
zu touristischen produkten
und öffnen am sonntag
zwischen zwölf und siebzehn uhr
und wenn einst köpfe die rolltreppen hinunterpurzeln
wird man harmlos fragen
wie hat denn das angefangen?

04:16 Uhr get
ungefähr einhundert roma
flüchteten aus dem kosovo
auf ein schiff
vor der italienischen küste
wurde es aufgebracht
und nach bari geschleppt
italien gewährt kein asyl
das ist die einladung
sie totzuschlagen

04:17 Uhr get
der mond kommt
und wie der mond kommt
es ist immer noch ein wunder
und augenblicke

die ich weg- und wieder hinwerfe
über andere wipfel
streicht er
erscheint wie ein fremder
der sein heimatrecht einfordert
der ewige Odysseus
unbekannter bekannter
seit mehr als einer generation vermenschlichter
außerirdischer
von dem wir gelernt haben
das weltbild zu formen
das einzigartige
der weltmond

04:18 Uhr net
weine ich soviel
weil ich doch um mich selbst weine?
aber nicht bezogen auf vergangenes
sondern zukünftiges?

04:19 Uhr net
Belgrad – Flughafen – zum zweiten Mal in diesem Jahr, dass Herr W. und ich auf den Flug Startzeit 8.05 Uhr warten und ich hier an der Steckdose des Bistros meinen Computer unterhalte, begleitet von Ohrgestöpseltem Beethoven – die letzten drei Streichquartette, jeweils untermalt mit einem bemerkenswerten Geräuschpegel, der alle paar Stunden noch verstärkt wird, indem der Kühlschrank dieser Ess- und Trinkbar anspricht, von der ich mir auch Einiges erhoffe, sobald dort die Bedienung das Licht anknipst...

04:20 Uhr pet
Wir können das Denken denken, aber nicht das Leben denken.
　Das Denken des Denkens ist Denken. Das Denken des Lebens ist kein Leben, es bleibt Denken, wenn auch – sofern es gedacht wird – lebendig.
　Da wir leben, besteht zwischen Leben und Denken eine Kluft. Das ist zugleich die Unabschließbarkeit des Denkens und das uneinholbare Voraus des Lebens. Denken ist immer ein Nach-Denken.

04:21 Uhr fet
nachdem ein kind
das du liebender ist
und zum ich begabt wird
zum du gottes zu werden
indem ich anderen das du bin

04:22 Uhr net
Die Ansagerin vom Bahnhof Hagen hat die allerschönste Stimme von allen deutschen Bahnhöfen, die ich kenne. Sie würde ich gerne einmal sehen!

04:23 Uhr pet
Der Monismus ist ein unversöhnlicher Feind des Dualismus. Also doch dualistisch?
     Und der Dualismus nimmt an, dass die gleichen Axiome immer und überall gelten – also doch monistisch. Ein metaphysischer Dualismus genauso wie ein ideologischer Monismus haben darum keinen Bestand.
     Was führt den Monismus aus seiner Paradoxie? Die Feindesliebe.

04:24 Uhr pet
Warum können wir Menschen gestalterisch in Musik, Malerei, Tanz etc. nahezu Vollkommenes schaffen, gestalten wir Lebendes um manipulieren Gene gebiert er Scheusale (Quallenbabys), verändern wir Naturabläufe entstehen Gräuel (Stauseevertreibungen)?

04:25 Uhr net
„Die Soldaten müssen mit einem Spaß zur Arbeit fahren", meinte die Mutter einer Mitdemonstrierenden vor dem Atomwaffenlager in Büchel/Alflen, „ich hatte ja Gelegenheit mir das anzusehen, als einer nach dem anderen frühmorgens zur Arbeit fuhr: Bei keinem konntest du sehen, dass er sich auf die Arbeit freut!"

04:26 Uhr fet
Moral funktioniert wie eine Abkürzung, um komplexe Zusammenhänge handlungsrelevant zu verringern. Moral sind alle Sätze, die gebildet werden können mit Verben wie „sollen", „dürfen" und „müssen" sowie ihre Verneinungen bezogen auf konkrete Situationen und verbunden mit Wertungen wie „gut/falsch", „richtig/falsch", „gut/böse". Die Zehn Weisungen sind darum keine Moral sondern eher wie Axiome, um moralische Sätze bilden zu können, dass zutreffende Abkürzungen auch funktionieren, denn wieviel sogenannte Abkürzungen erwiesen sich im Nachhinein als Umwege.
     Moralische Dichotomien – entweder dies zu tun oder nicht/ entweder – dies zu tun oder das zu tun – sind dann Aussagen über Handlungs- bzw. Unterlassungsanweisungen bzw. dienen dem Ausschluss bestimmter Handlungsmöglichkeiten.

04:27 Uhr vet
feigheit ist das tauschangebot an jemanden, den oder die man für stärker hält: dich verschone ich mit der wahrheit und dafür verschonst du mich

04:28 Uhr vet
nur die vollkommene liebe deckt alle sünden auf. denn nur die vollkommene liebe vergibt, nur sie kann wiederum alle bedecken
     ist es also zu vertreten fehler aufzudecken, wenn man nicht in der lage ist, sie wieder zuzudecken?

04:29 Uhr fet
Ich wusste nicht mehr weiter. Die Versuche miteinander ins Gespräch zu kommen verliefen immer gleich ergebnislos. In der Sozialsprechstunde der Kirchengemeinde geriet ich erneut an meine Grenzen. Wenn ich Geld oder Gutscheine geben würde, könnte es ewig so weitergehen. Das widerstrebte mir. Ich tat es zwar auch, aber ich wollte mehr – und scheiterte. In meiner Verzweiflung – wir waren allein in der Sakristei – stand ich auf und bat ihn, meinen Gesprächspartner, auch aufzustehen und ob er damit einverstanden sei, dass ich ihn segnen würde. Er nickte. Stand auf und ich segnete ihn mit Handauflegung auf Kopf und Schulter. Wir verabschiedeten uns. Er verließ die Sakristei über den Weg durch die Kirche nach draußen.
     Wochen später: Er war nicht wieder zu erkennen. Kurze Haare, frisches Gesicht, saubere Zähne, freundliches, gewisses Auftreten, sauberes Hemd und saubere Hose – worauf ein Mensch alles achtet?! Nachdem ich ihn vor einem viertel Jahr gesegnet hatte, habe er nun

04:29 Uhr

eine Entgiftung gemacht. Er gehe jetzt in eine Wohn-
gruppe.
  Was habe ich den Menschen vorenthalten, die ich
nicht gesegnet habe?!

04:30 Uhr pet

was unterscheidet den blick aus dem fenster von dem
blick auf dasselbe stück land nur ein paar meter näher
dran, aber vor dem fenster:
- der totalitarismus zum beispiel mit dem der boden auf
ein oder maximal zwei merkmale reduziert wird: holzbo-
den und teppich aber ja nicht die ungeordnete vielfalt
der erde mit ihrem dreck, viechereien, laub, würmen, ex-
krementen etc.
- der klang um einen

04:31 Uhr fet

Einen Freund, der sich in der Computerbranche aus-
kennt, fragte ich vor einiger Zeit, was man machen
könne, große Unternehmen würden hingehen, so ein
aktueller Zeitungsbericht, das Internet zu zentralisieren
und damit leichter kontrollierbar, wie könne das verhindert werden. Seine lakonische Antwort: Durch das Verhalten des Einzelnen.
  Der Einzelne, nein, ich bin mir meiner Macht nicht
bewusst und glaube allein nichts ausrichten zu können.
Aufrufe zu Demonstrationen, Aufzügen, Protestveran-
staltungen etc. bleiben oberflächlich, solange es nicht
um das Verhalten des Einzelnen geht.
  Wie ist es aber möglich, das Verhalten von vielen
Einzelnen so zu synchronisieren, dass daraus eine Macht
wird? Gibt es nicht eine Angst der Herrschenden vor Ge-
neralstreiks, Großboykotts, Massenaufmärschen?
  Mir scheint das Problem zu sein: Massenmedien in
ihrer ganzen Vielfalt bewirken eine zentralisierte kultu-
relle – und das ist das Entscheidende – Ausrichtung, im
wahren Sinn des Wortes: Das Medium ist die Botschaft.
Durch das Hinsehen und Hinhören auf dezentralisierte
zentralerzeugte Medien ist jeder und jede nicht auf das
ausgerichtet, was er oder sie tut oder lässt, sondern auf
das, was im Programm läuft – und der Einzelne nur dafür
wichtig, ob er oder sie in diesem vorkommt oder selbst
dabei ist.

Wer auf das Verhalten vieler Menschen einwirken
will, wie etwa die Friedensbewegung, muss eine eigene
Kultur entfalten und sie nicht massenmedial, sondern
personal vermitteln und leben.

04:32 Uhr nct

ZENTRUM/MITTEL-PUNKT	PERIPHERIE/RAND
die zentrale übt die verle-gung in die randgebiete die bereiche der zustän-digkeiten werden aufge-hoben kataloge der eingeübten ausreden werden ge-schreddert es gibt keine pauschale mehr für eine hin- und rückfahrt zur zentrale die einsparungen werden umgehend investiert in spielprogamme für kin-der mit ihren eltern	
Schwerpunkt – gewichtig	Flüchtigkeit – leicht
tiefsinnig – schwer	oberflächlich – locker
bedeutsam	un-wichtig
un-leicht	un-schwer
NB: Dante sah es umgekehrt: Das größte Gewicht und tiefster Schwerpunkt ist in seinem Werk *Die Gött-liche Komödie* der unterste Bereich der Hölle, dort wo Satan, Judas und Brutus ihren Verrat büßen. Je höher Dante den Läuterungsberg erklimmt und seine sie-ben Todsünde einsieht und sie ihm weggewischt wer-den, umso leichter wird.	
Schwere – beschwert durch die Sünde	Erleichtert! Befreit durch Vergebung
beschwerlich	Leichtigkeit des Seins unbeschwert
zentral zentriert konzentriert hochkonzentriert	randständig an den Rand gedrängt ins Aus befördert aus dem Feld gedrängt
unbewegter Beweger	voller Unruhe – am Ende der Peitsche

Macht befiehlt	Ohnmacht – Befehls-empfänger: Wer sich von allen etwas sagen lassen muss ist ganz unten
Insider – Vitimanin B	Außenseiter – „Null-Checker"
ernst ernsthaft mühsam anstrengend	umsonst
AUS DER SICHT DER PERI-PHERIE: kompliziert verkopft schwierig	AUS DER SICHT DES ZENTRUMS: unangestrengt leichtfüßig aus dem Ärmel schüt-teln
Mit der Menschwerdung Gottes werden die Seiten vertauscht, das Zentrum will nicht länger eingesperrt sein, Innen und Außen stülpen sich um.	
Krippe	Throne
Konzentrisch	Exzentrisch
Nonzentrisch A-Zentrisch A-Peripher	

nichts wird unwichtig
unwichtig wird nur das nichts des todes
und seine ganze so mühsam aufrecht erhaltene scheinwelt:
aus der geschichte der mordenden potentaten werden
geschichten
es wird die geschichte gottes mit den menschen

gott wird randständig
wir inwändig
in dir

einverleibt
ins christussein

  mit deiner gemeinde
gott wird unwichtig
wir gewichtig
in dir
 konzentriert
 auf christus
  in deiner gemeinde

gott gerät ins aus
wir in den mittelpunkt
mit dir
 ausgerichtet
 durch christus
 als deine gemeinde

was zentrum war
 gerät ins schwimmen
 die fachsprache der herrschenden mit all ihren kürzeln
      und formeln müssen wir nicht mehr lernen
 wir üben uns ein in das uralte alfabet der liebe-leichtig-
      keit
 neu entdeckt durch christus
  unbeschwert

von dem, was uns bedrückt
 krankheit, tod sünde, schuld, versagen, angst, gewalt,
      hass und die ganze welt von tod und teufel, ran-
      kings, exzellenzen und bewertungen, auswertun-
      gen und gewichtungen
alles unwichtig
 in deiner neuen welt der einfachen sprache, des einfa-
      chen lebens, einfachen denkens und handelns

wir befördern uns gegenseitig
 durch dienste untereinander
      sammeln ansehen
           indem wir anerkennung zollen
                werden reich
                     durch freigiebigkeit
                     und wer viel geld verliert

13

04:32 Uhr

wird ausgelacht – warum hat er es auch nicht längst
schon verschenkt?! und muss jetzt doppelt leiden:
den verlust und die verpassten gelegenheiten er-
füllten lebens beim teilen

04:33 Uhr get
HINDINGER AUFGESÄNGE
ERLAND KNUD MADSEN gewidmet

I

thy's harmonie ist ihm keine flucht
seine inwändigen schneckenhäuser zeigen offene fenster
ihre lichtgrenze weiß um die dunkle herkunft wohl
trotz allem schattigen bleibt helle
nicht nur zuletzt

II

im gemeinklang roter häuserbretter und gründender
hoffnung zwischen den steinplatten
liegt was wir alle suchen
unser sehnen wird nicht betrogen durch immerwährende versprechungen
gerade zwischen uns ist es passiert
geschehnis des klangbaren

III

weißt du, wir sind nicht allein
nur mit uns selbst fühlen wir uns manchmal einsam
dann versteht uns unser spiegelbild besser als wir selbst
denn wir warten auf dich

IV

kinder haben keine angst solange fellwarmes licht sich
im hellichten verliert

erst mit dem misstrauen wirst du geboren zum missmut
widerständig dem wertlosen wirrwarr
findest du wohlklang ohne das furchtbare zu leugnen

V

was hält uns eigentlich?
sind nicht die öligen füße nach dem baden im meer ein
verbrechen?
wer verfolgt eigentlich? ließen sich die feinde in freund
verwandeln, wer hat sie mehr:
die sich der liebe folgen oder die sich verfolgen stets nur
sich selbst zur näherung bringend?

VI

stramm stehen behagt nicht, auch dem
anblick nicht. darum lieben selbst bäume
sich im wind zu wiegen und bohlen
verändern ihre lage

warum eigentlich folgern wir des schmetterlings
vorhaben mit glasvitrinen?

VII

wir haben mikroskope und sehen die zellen mitten zwischen hochhauswänden.
doch das schreien der gräser hören wir nicht
warum nicht?

VIII

könnten die steine singen, sie würden uns
etwas erzählen. allabendlich heben sie
zum versuch an. doch die verspäteten nachrichten
verbreiten allgemeines schweigen

das wetter kündigt man an
von den alltäglichen gefahren um uns herum
wagen wir nicht einmal mehr zu träumen
du musst sie uns in den weg stellen, mitten

auf die autobahn

IX

vergessen alle fragen. vergessen alles leid
glaubst du, das wird einst?

solange noch müssen wir aushalten, musst du
den letzten mohn von thy pflegen

X

der stein gibt sich nicht freiwillig her
wer setzt sich hammerschlägen und pressluftbohrern
schon gerne aus

du aber willst sie nicht kleinkriegen zum messbaren
deine skulpturen trauern nicht um das verlorene

XI

freundlichkeit allein verrät keinen in dänemark
doch die schwangere im garen und wiederwachsende
bäume: sie machen uns das selbstverständliche
so fremd

sind wir denn die, die meiden?
werden wir nicht schlicht gelitten, solange wir leben?

XII

kinder sind nicht altklug
wir selbst sind es die uns betrügen
es kämen noch viele tage zu lernen zu heilen
doch auch heute ist wieder jüngste tag

04:34 Uhr ged
die neuen regeln seit Jesu geburt

hier kommt nur
wer sich klein macht
künftig
ganz gross raus

hier sieht nur
wer verzeiht
künftig
ganz toll aus

hier hört nur
wer teilt
künftig
sich richtig gut an

04:35 Uhr gkv
CORONAOSTERN

und da ist die sorge um den nächsten
wir schaffen raum
zwischen dir und mir

und da ist er
Jesus
der ausgeschlossene

aufgeschlossen
der raum zwischen uns
da ist er

04:36 Uhr gät
KAIROER HELLUNGEN

I

fadennetz am duisburger bahnhof
märz – spinnenlos

wassertum
sachfremd schwebend über wohlfühlhäuseröde

04:36 Uhr

messegebäude von köln aus der luft
wie das palastprofil der särge im ägyptischen musem

rheinoberfläche
den puppenkistenmeeren nicht mehr unähnlich

in kairo „endlich mal leben
in deutschland pennt man doch ein"

vollgummirundgötter mit
steinspuren: tiefeindruck

käfer
rückwärtskrabbelnd

indien airlines rosenblüten
verzieren jumbos düsentriebe

gelbe schwellungsgeometrie
standortgenau

blaue zierstreifen wollen sich mit dem himmel messen
aerolineas argentinas

horus auch im frankfurter flughafengebäude
pharaonenbebart

gezeitenwellen der betonplatten
zwischen descart'schen rillen

ein jumbo
hoch wie Djosers palasttor

kaugummiblase des
radaristen

klappen entblößen der tragflächen
eingeweide

rote strebpfeiler träger der
reparaturhalle

parade der
startenden

durchkreuzen die sonnentangente
die welt ist eine kugel

strom
strippen

ameisen
straßen

eisenbahn
umschlingung

wolken
verklärung

second level:
wolken

reiten auf
dinosaurierrücken

meerwasser
ruhig

ein fenster
blinkte

schneefeld
würmer

dass es die gleiche sonne ist
ist das zu glauben?

wolkenski
laufen

berge
schneeschürfwunden

von Runges
himmelblau umgeben

wolkenbäusche umwatten
den unterzont

die erde wurde abgewählt
von der mehrheit der wolkenältesten

wolken
brennen

stern
glühen

flügel
winken

das himmelsblau nimmt
höllentiefe an

bustournormalität
über zehntausend meter überm meeresspiegel

abgleitendes
ohrendrücken

lichtlava
auf der dunklen haut

der glühwurm
kommt mit?

positionsblinker
blitzen

verhängte fenster
funken filzrot

brandwarnlampe konkurriert
mit allbeleuchtern

paarweise bullaugen
leuchten schneewege aus

das flugzeug schießt
das gespräch aus

menschliche schablonen
sonnenbebrillt

aktenkoffervoran
dann sie – dianaflott

wallend die schwarze haarflut
im nacken

kinder
schwalben

die neue regel des schachspielsbundes:
ein bauer ergibt zwei türme

„misr – ist das nicht der name der stadt"
„da kannste durch die wüste joggen"

pingpongprüfblick durch die reihen
angeschnallt?

belgrads skyline
schwarzrotperforierter horizont mit blauen dachflam-
men

elefanten
zebrastreifen

belgrad verkippt sich
unters schwarz

„optimisten
schreiben schlecht"

schnippische
gurtlösungen

„schreib rein:
meine Frau schneidet ihre rockanhänger ab"

sinniges
pokitzeln

phosphorizierende
wohnruinen

04:36 Uhr

gelbe lichtpunke
perforierte erde

das feuer des inneren
lasch glüht es

moscheegrün
grüßt marsrot

erde umwölbt das plane
hinterland

erde erzieht uns neigend
sollten wir ihr nicht zuneigen

ägypten führer für globetrotter das fantastische land
sitzend lesen deutsche neben sich ägypter

rollbahn streckt sich züngelnd vor
und wir gehen ihr auf den leim

weiße randglüchwürmchen
ortsstabil eingezwängt

unter eigenem plastikhimmeln
halten sich wollfäden für den erdmittelpunkt

flugplatz – der erdboden, der noch für eine weile stillhält
bis zum nächsten flugzeug

unfertiges neben der rollbahn
kein baugelände wüstensand

grünlichte sandbeulen im halbkreis
verzierung und horror vacui

rotbeblinkter aluminiumpenis erigiert, ejakuliert
sich selbst ablehnend

einmannwachen
vertreiben den eindruck der militärpräsenz

keiner kommt voran
aber alle stehen drängelnd im gang

elefantenbeinige stützen die horchziehharmoniker
gleich werden wir das innenohr begehen

mein kairo?
das kairo der melioristen

brücken tölpeln über exslumms
in den parks das elend vergrünen

mauern längs der straßen
sperren die quergänger ab

beton in schalentieren verfestigt
türmt garnisonsburgen auf

taxi
Mohammed alirasen

marmor
ausblick

weg runter
der erste weg zum alten stadttor

berg
viertel der kinder und des kleinviehs

der türdurchgang – eine frau wies den weg
im anderen viertel

hoffnung aufgegeben:
IBN TULUN!

dreiviertel umquert – falsche moschee
mesopatamischer triumphstraßenhof

umgang
Isaaks/Ismaels opferungsstein

der spiralturm
welche macht macht mir angst

ich könnte springen
was meine ich, wäre damit getan?

Isaaks/Ismaels opferung – meine opferung?
dach

II

bazar khan el khalili
1730-1955

gulli
duft

taxi
fertig

schlapphüte weizig
deutschen sich durch den bazar

alter? mutter.
alter? kind?

ptöh ptölptöh ptöh-ptäh
big bag baulings

ptah – ptah – ptah
ptalptsch mercedeshöflich

pteh pteh brmmbrumm
pteh

café kupfertürmend
wasserpfeifenlianenrauch

einpapierter
kitsch

soldaten
gruß

schwarzer
umwurf

finger an den mund
mundauf kinderwunsch: bonbonbs

straßenbraune katze einäugig
spielt mit einem stein an der moscheeecke

nein, deckt ihren urin zu
sauberer als wir

töp
töp

blitzrote haarschleifen funkeln
augen, sie, vielleicht zehn?

das heil der welt liegt in
sauberen schuhen

sie fürchten nicht den untergrund:
katzen

klopfen mit pasten –
schuhputzer

öh, öh!
brrRRR öh! – öh!

blinder – er fand sie, kaffee? tee?
die alte mutter

rendevouz der
spaltungen

kernspuckender turban, nein
erdnussschalen fallen

öh-äh
tütü

tätätü
tätüää

einparken
rückwärts

tätätätä –
tätä – tä

04:36 Uhr

kommentar des wartenden
taxis

rschlh! rschlh!
vespa

müllkind will
lotuskranz

zwei jungen
einer inspiziert

videos mit kameras
als guckersatz

uniforme
fußschleifer

kinder auf
ausguck

busen
müssen erahnt werden

welcher
ist schöner

er schlich
huplos durch

ein wenig im engen rock der beine
gespreizt rosarot auf faltiges

krümellöcher auf
lichtblau

gelangweilte
brille

starkbrillig
schlüsselsuchend

einmeter
mann

tühtäh, reifen auf dem gepäckträger
unbefestigt

kenneraugen
suchen vergeblich

da hat der erste
eine tröte

al azar in der stoßstange
am kotflügel

karaffen ungeschmirgelt auf dem kupfertablett
schlanker pflanzenstrauchausguss

wieselflinke
pariserinnen

„sach"
kopftuch

er will nicht weiter, sie fängt ihn
rote galabaya, vorhangglitzerstoff

langschwarzhaar
zurückgeworfen

haut
wie eine rutsche

silberhaar und gauloises
bierbauch und kneipenblick

gut getrunken
der blinde

mundharmonika
verkäufer

agressiv
driver

ein vogel –
wo?

deutschspitzbusen unter
anthroposophenfarbenpullover

taxi
- leer weg

wasserverkäufer
bezieht stellung

„esaijak"
handschlag

ein spaß
am rande

sssssh!
ssssh!

stapler und ein kleines paket
ob es schwer ist?

gelbblitze hauswand
mit roten fensterläden

so scharf geschnitten zwischen
fuß und tank, kein platz

öltuch wischt sauber
für sie kein platz mehr

kann kaum gehen in
gummischuhen

steh da
yes

sie kommt nicht
drüber kommen

neugierblick auf
kugelfritzen

washcleanhaar
äugt

wasserpfeifenspitze
globetrottend

blinder vater
geführt mit stühl von ihm

kohle
tüten

buchweißer führt
pakettragenden jungen

sie,
bettelt sie?

trö tö?
töl

dusche auf dem boden
kaki mercedes

zweifrauig stieg er zur moschee
da duscht er quer durch die hauptstraße

mh! mh!:
stufig

wieder
da?!

bauchführend
frauhalten

stark hellblau
powendend

getränkehändler stak ihr
hörnchen zu

staubbusen
schwarz

frag
augen

04:36 Uhr

himmelrosatüte
weht hinweg

bespitztes
kopftuch

sie hat die
tüte auf

schuhputzer mit schmuckbordüre
köpfig

minijeans
schmalschenkel

auf der straße
bauchtanzblaukleid

polizist fragt scherer
schlägt

japan
spitzbart

andachtshaltend
klimmstufen

feuerschaffend
unterm kessel

licht
café

schmuck
gläsern

pong pong
bretter ladend

er kennt den weg
blinde back

samy-davis-
brille

muezzin –
erleuchtungshallend

piqké piqué
er strahlt

parkplatzeinweiser
sandalengips

kopfstützknabe bei den drei stufen
die die welt bedeuten

lautstarker
fiater

backenbart gelbmützig galabayagrau
würde und absicht

tee, wieviel?
nichts

ssssh!
sssssssh!

er schultert sie
bienenzüchtig

sssh!
klingül klingül

deutschlehrerin fragende
kinnhalshand

wind
wie vor regen

tuch
in wasserplastikbecken

ge-
wischt

bestifteter
tourist

mein vater
in allen gesichtern

hemdkragenroter knopf
auf

sieht er – dich
grünbrillig

zweiter wagen
her

direkt hinterm
teebehälter

licht
auf marmorplatten

wagen:
käfigteile

zwiebel
kullern

ptötöro
tötöh

uniformschick
hüftewiegend

die zigarette und der tee
mein magen hats bemerkt

brauchen sich
zwei ägypter

mülltüte
mit der tagesration

lancettdolch
zertrennt sackstoff

teemann führt
den blinden wieder hoch

freiblick
auf röster

motorrad
tot

weißbekleidete
gymnasiasten

schwarzschicke mona himbeermundschüchtern?
passend zum kopftuch!

gold
ring

auch die ältere Frau mit schmuckgewand
unter dem schwarz

pünktchenrock
rotjacke

drei jungen tragen wieder
beschnürte pakete

gesundheitsschuhe
passend

nacken
zeug

streitgeschlichtet
zurückgekehrt?

schlafkind
auf blauer brust

thor heyerdal
aber mit bierbauch

lotusverkäufer
verjüngert

teeverkäufer
ab

04:36 Uhr

löhlh – ptöh
täp – bmmmh

täp –
ptpt!

stuhlrucken
dreckfegen

müllkarren
schiebt gegen den strom

dunnbeiniger sudaneser
im weißwickel

palmgespeize
im staubblau

blaumarmor
gegenströmig

weißgefärbt mit
penisguckstiel

mein fuß versperrt
hunderten den weg

turnhose gummischuh pyjama
mädchenfrageaugen

zeitunglesender junge mit rucksack
hüpf, statt steigen

er hält sie
sie schiebt

glasscherbensack
glasscherben?

er rollt ihr plakat zusmmen
schnürknoten

ausruhende jungen
wie auf beute

maradonna cafféet mit freunden
und begleitern

hand
in hand

richwomen
wandeln

bartzupfender begleiter
kein ägypter

funktionär
im blauanzug

kind auf hüfte
und er trägt nichts

einmeterjunge
will nicht rüber

eineinhalbmädchen zieht ihn, holt ihn
treibt ihn, schlägt ihn, er geht

schwarzschleier
im kaffeefiat

pfffh! pffföh!
militärwagen gewehr im schoß

bauch sieht sich
weißbescheckt um

knnarrah!
töptöptöttöt

sie
gehen weiter?

ein zug, zweiter zug, dritter zug
bündelt den sack, vierter, fünfter, sechster zug

er
half

familie von der
alten mutter

blauanzug
zwei kinder. runter

behelmte polizisten
ochsig

zwei wagen:
fladenmuster

albino
barfuß eilend

glotz
müder

rauch
speiend

handradler
neugiergucker und –in

handhosentuch
süchtig

ein großer schritt
mit wonnefrauen geht allein

frau
schlichtet

eine
eindeutige handbewegung

der älteste
kommt

er: umfang: zwei meter
unterlippe wie eine säulenbasis

ein arm im
ringelpullover

doch nicht
eingepackt

gespielte
schlägerei!

achtzehnjahre
und die zähne zuckerbraun

kuss kuss
hand

turmbeschuht
handhaltend

tät, brmmh!
stufenabfaltend grazie, handschlag – .

jetzt packt
er zusammen

mit fünfundreißig, braunhemd
kaaba weißschmuck

nein, er packt nicht, er stellt sich hin
und bietet an

ein abendessenverkauf foooldampf
hellrote bohnen

esau
da

rodin, unproportioniert
mit quarzuhr

neues gefäß
henkeltonne

verschluss
zugetackert

kinder sahen mich
als erste!

04:36 Uhr

feuerwedelndschmucker kopf
geneigt

dickbauch
jetzt neben mir

starkkopf
zeigt auf die hand

kind!
putzt

psssh!
fliege im glas, holt sie raus

er zeigt auf die stelle,
wo der zeigefinger war, bettelnd

zeigt ihre beute
stückchen seife

gasrauch: sie kochen etwas
petroleum setzt sich ab

scheibe sosehr geputzt
dass alles schliert

caravanenkutscher
beratschlagt

stark, stark müsste er sein.
und sitzt hier!

löhlöh, löh-löh
angesprochen wird er

verschluss geöffnet, dampf
teeglas schwebt dran vorbei

bildhübsch führt akten
woher hat er den guten geschmack?

schickputzjunge klopft
mit den bürsten

jetzt aber doch endlich alles
zusammengepackt, genug

pappe zerfetzt
pakt plakate ein

marmor
platten

bildschön
back mit ihm

rot
käppchen

redner hat noch nicht alle
überzeugt

weißbart
kopfkratzig

simson
humpelt vorbei

ganz hinter dem verkäufer
ob sie mich sehen?

vertrieben vom
moscheeparkplatz

pulloverarme baumeln
über schulter

selber bmw
mit schönnase

maradonna
wagt davon

turban mit pfeifenspitze
vorne

töp-tätölt
täptä-tölet!

augenrundes
stirnreiben

lotusschreier
wieder da

jeanshose
endend im winkelfuß

attraktion
der menschen

sprudelfalschen
schieben

nonchalance hinter töpt –
töööpth!

bajah chelech – vespa
zweisitzig, abgesoffen im gulliloch

bröbl, bröbl, bröbl …
will nicht

bröh _____ !
aufgebockt

raknach
gang rein, drin

rodin hat ausgedenkt
aber nicht ausgewippt, knochengekreuzt

hlbb
sssh!

lotusgekränzte zigarettenschöne
im fragbereitem mund

schlaf
durchtränkt die straße

ählhup –
hoch auf das plafond

foolverkäufer
wieder da

weih
rauch

rodin
diskutiert

nicht
mehr

er sieht
jemand

sie,
die zwei diskutieren jetzt

pferdegetrapppel
unter allah erhaben

trabgetrete
zurück!

der reifen
fahrer

welterfahrener mundwinkel mit
bundhosenfalten

fool
gesellschaft

schneidezahn
lieder

duett der
erheber

himbeereisbelockte
ein rock und eine galabaya

galabaya mit trend
zur tunika

04:36 Uhr

vier halbstarke
jonglieren

polizistenschuhe
ohne schnüre

lotusverkäufer II
wieder da

hochhackiges
rockwimpfeln

müllstadthaarmädchen
erzählt ihr! nimmt sie!

weltblick
schichtig

bäuchige
weltkugel vor

löffel fiel – der junge
er sah es sofort

woih-woih-woih!
polizei

steif
kamele

krücken
mädchen

fraumutter
hat platz genommen

„yallah!"
er schickt sie davon

rodin –
fen?

kaki
paar

david
breitet schulter

was wäre kairo ohne
die plastiktaschen

tratapppp:
vier füße sprangen

knöck knöck
knöck

die hälfte weißgewienert
neben dem minarett

nacktbemäntelte
mädchen

albino:
beschäftigt blickend

schulkinder
homewärts

ledermütze genießt
aischbaladin mit fool

globus mit handtaschenhose
gräzisiert als stehlinger

katzenaugen
schmuck

die rechte rockhälfte
kniehoch

frenchbart umfassend
blickend

reisetasche auf der schulter
kopf stützt

zwei frauen mit ihren beiden freien armen tragen frei
haben sich untergehakt

trab trab
hin

stalin
nein lenin

walgesang
ptöh – öh – bw – tötötötttöt –

brmmh –
sch –

grüßt
vor rückspiegel

der prediger
überm gulli

wird aus
gelacht

der prediger?
bekällimt bloß

III

horizont
lichter

zementfabrikrauch
schwarm

es boingt
siebenzweisieben

stundenalleen
parallelogramm

vorbeiflug an
mondes vorzimmer

dämmerung:
die erde erklärt sich über ihren rand

zeus lüftet sein
abendkleid

wolken
seen

morgendeuchten
konkurriert mit flossenzeugen

da ist der mond wieder
im kreis geflogen

leiden – ja, wenn's sein muss,
aber nicht opfer sein wollen

bibel: die sache der söhne
die nicht wie ihre eltern sein wollen – anders als im orient
        üblich

belgrader leuchtschwünge
blinkend

zwischen laternen wuchern schwarz neue häuser hoch
krebsartig höheschnappend

der horizont
steigt auf meereshöhe

das ekelhaft auch bei der ohnmacht
nicht verschönern – wegen der ohnmacht

gepäckwagen im bullauge
bringt das flugzeug ins rollen

rollreppe: segmentierter wasserfall
stehende zeitblasen transportierend

erde verschiebt sich
wendet sich uns zu

bergfahrt
ohne felsen

04:36 Uhr

sklett
dörfer

seenplatte oder
hochwasser

gräberfeld
wolken

europas gebiss
schneeweiß

geteilter himmel asphaltblau
wolkengrau

flügel
trennt

wüstenpflanzungs
wolkenbäumchen

ohrdruck für höhenverlust
erdnähe im innenohr

deutscher boden
krebswohnumhausungen

wolken
tanzte

nebel
hölle

nebel
höhlen

besoffentraumschütteln
luftig

wälder
wellen

streichholzbrücken
liegen knapp über den ufern

wir kratzen
das wolkenzelt

mayazeichen
frankfurt am main mit blutofper

unhäutbare
megaschlange

militär
flughafen

04:37 Uhr gst
glaube nicht
dass das wirken deines handelns
vor dir abhinge
tu, was du tust
fröhlich
und überlass den rest gott.
steh ihm und seinem wirken nicht im weg,
indem du versessen darauf bist,
wirken zu wollen über das hinaus, was du bereits getan
      hast

04:38 Uhr npr
Ein Kreis lässt sich nicht steigern, ein Quadrat kennt keinen Komparativ: Man kann einen Kreis nicht runder oder kreisiger machen wie etwa Eis eisiger und eine Fotoaufnahme schärfer oder das Licht heller. Ein Quadrat geht nicht eckiger oder quadratiger – aber in der Sprache geht das! Was bedeutet das? Sprache ist immer auf dem Sprung ins Unsichtbare, Unhörbare, Unzeigbare, ins Geistige? Um das Zwischen zu ermöglichen: Raum/Ort/Geschehen/Spannung/Wechselwirkung für/von/als/durch Komik! Komisch, oder?!

04:39 Uhr net
KONZEPT-KUNST

Das Buch, dessen erste Seite ein einziger Buchstabe füllt und am Ende alles so klein geschrieben ist, dass man nicht mehr lesen kann.

04:40 Uhr vet

„Siehe, ich sende euch wie Schafe unter die Wölfe."
Und da beklagen sich die Wölfe, dass sie kein Vertrauen mehr in ihren Schafhirten hätten.

04:41 Uhr get

wasser
fließt nicht aufwärts
aber ich
kann umkehren

04:42 Uhr net

WÄHREND DER BOMBARDIERUNG BELGRADS 1999

Es bleibt keine Zeit. Das 20. Jahrhundert erweist sich, als hätten wir nur einen Umweg gemacht: Die erneute Bombardierung Belgrads durch deutsche Soldaten ist das wiederholte Eingeständnis des Scheiterns der Wilson-Doktrin. Wenn man zugleich bedenkt, dass der Anfang des 19. Jahrhunderts begleitet war mit tiefgewurzelten Erwartungen und Hoffnungen für eine gerechte, soziale Zukunft der ganzen Menschheit und das grundlegende Problem, die Zähmung des Kapitalismus sich nicht verändert hat – ist Umkehr und Neuanfang umso dringlicher, damit wenigstens nicht wir und damit viele andere Menschen Opfer bzw. Leidtragende von neuauflebenden Extremismen werden.

04:43 Uhr fet

DIE GESCHICHTE DER NACHGEHENDEN SEELSORGE

Ein junger Mann hatte von seiner Kirchengemeinde die Nase voll und meldete sich zu einem Yoga-Kurs an. Zu seinem Erstaunen traf sich der Kurs im Gemeindehaus, doch damit wollte er nichts zu tun haben. So schloss er sich seiner Volkstanzgruppe an, die übte im Jugendheim der Gemeinde und blieb ihr also fern. Weil er eigentlich Florist werden wollte interessierte er sich für Ikebana. Das wurde in der Kirche studiert. Er entdeckte die Leichtigkeit des Tanzens, doch als die Eröffnungsfeier des Unterrichts in der Kirche gefeiert wurde, verlor er schlagartig die Lust daran. Allmählich interessierte er sich für Selbsthilfegruppen vergeblich sich von der Kirche Entfremdender. Da begann eine kirchliche

Werbekampagne mit der Zielgruppe der angeblich Distanzierten. Zum Schluss blieb ihm gar nichts anderes übrig und trat schließlich doch aus der Kirche aus und schloss, inzwischen alt geworden, einen Vertrag mit einem Bestatter. Der bot ihm eine gediegene Leichenrede eines arbeitslosen Theologen an. Als er wissen wollte, ob er sich denn so geirrt habe und ob da doch etwas von der Bibel her zu bedenken gewesen wäre, suchte er die Stadtkirche auf und fand am Portal einen Zettel mit der Aufschrift „Verkauft".

04:44 Uhr get

felsen
wasser
sand

hart
nachgiebig
schmiegsam

fest
grundlos
windfrei

widerständig
beharrlich
beweglich

felsen
wasser
sand

was
bin
ich

rücksichtslose hartherzigkeit
besiegt
unablässige treue

fels zum schutz
wasser im kampf
sand im spiel

04:44 Uhr

leben
in der
brandung

04:45 Uhr get
Zu den Bedingungen für gelingendes Leben gehören Essen, Trinken, Kleidung, Obdach, Bildung etc. Gehören dazu mindestens genauso wenn nicht sogar vorrangig auch Gerechtigkeit, Barmherzigkeit, Wahrheit und Liebe, also Frieden?

04:46 Uhr get
warum
ist die durchsicht
so mit winter
und tod
verwandt?

04:47 Uhr vet
warum wird in predigten – auch meinen! –
der homo ludens
so wenig gefeiert!?

04:48 Uhr ged
das ist
die wahrheit
verletzlich

schutzbedürftig
fürsorge
heischend

und nur so
macht sie uns
vertrauenswürdig

04:49 Uhr gät
der abgefallenen
vom glauben an wohlstand und reichtum für alle
der unter die räder gekommenen
weil sie zu spät auf den zug sprangen
der von umkehrfreier Vorfahrt
auf den straßenrand geschleuderten
weil sie wie eh und je gehen wollten nun leider quer über
eine autobahn

es kommt der tag
wo die liebe sich nicht mehr nur in verkümmernden eingeweiden angesichts von not
sondern mit erhellendem zorn über die hartherzigkeit
und verfetteten gedanken der nutznießer herfällt
müde vom aufsammeln
der vom glauben abgefallenen

04:50 Uhr gät
die milchstraße
ist umgezogen
sie wohnt nicht mehr
nebenan
gefallene sterne
die bei ihrem eintauchen in die atemhülle
alle wünsche verglühten
beglücken
die häuserwände
nun stolz auch
schatten werfen zu können
- dunkelloses dunkel

04:51 Uhr gät
HELP.YOUR.SELF

vorhölle: jeder ist sein eigenes du – my self is me
himmel: du bist mein ich – my self is you

04:52 Uhr net
barmherzig
gnadenlos
fragen

04:53 Uhr get
INSCHRIFT – ANONYM

kennst du den ort
wo niemand lacht
wo man aus menschen
tiere macht
wo man statt whisky
wasser säuft
wo man zur schießbahn
drei kilometer läuft
wo man nichts hält

von freiheit und tugend
das ist hammelburg
das grab meiner jugend

04:54 Uhr ged
hältst du mich denn

für so ein' tisch
für so ein pflock
für so ein fisch
für so ein stock

für so ein stein
für so ein stier
für so ein grein'
für so ein tier

für so ein schaf
für so ein held
für so ein doof-
kopp in der welt

für so ein brei
für so ein mist
der halt ganz einerlei
was er auch frisst

für so ein krümel
für so ein wicht
für so 'ne primel
so'n leichtgewicht

für so ein staubkorn
so ein schelm
für'n stachlig sanddorn
für'n blechrig helm

für so ein schrank
für so 'ne tür
für derart krank
hält eins für vier

dass mich nicht hät
ein brief erfreut?

04:55 Uhr get
s c h a u k e l l i e d

||: meine beiden kleinen kinder
schaukeln ja so gern :||

Refrain:
hin und her
her und hin
sitzen meine beiden kinder
in der schaukel drin (2x)

||: NN sitzt auf einer seite
sie schaukelt ja so gern :||

Refrain

||: NN auf der andern seite
er schaukelt ja so gern :||

Refrain

||: meine beiden hübschen kleinen kinder
schaukeln ja so gern :||

Refrain

und als der papa opa war
da schaukelte er auch
da stieg von seinem stuhl hinauf
ein kringel ganz aus rauch

hin und her
her und hin
sitzt er dort in seinem
großen schaukelstuhle drin (2x)

04:56 Uhr get
KINDERREIME

Wo seid ihr?
Hier!
Was trinkt ihr?
Bier!
Wieviel seid ihr?

04:56 Uhr

Vier!
Warum nicht mehr?
Säcke leer!
Auf nach Köln!
Säcke füll'n!
Säcke füll'n
Auf nach Wien!
Titten zieh'n!
Titten zieh'n!

*

Meister Propper geht auf Klo
Steckt den Finger in den Po
Zieht ihn wieder raus
Sieht lecker aus!
Steckt ihn in den Mund:
Schokolade ist gesund!

04:57 Uhr get

in den großraumswaggons wird heftig diskutiert
die bahnhofshallen werden zu kundgebungsplätzen
an den haltestellen hält keiner mehr an sich
der frieden ist nicht mehr aufzuhalten

die mittel
ihn sich vom leib zu halten
haben versagt

priester und pfarrer hören auf um den heiligen geist zu
        bitten –
er ist längst da
gewerkschafter kämpfen nicht mehr für solidarität –
sie sind solidarisch
eigentümer von fabriken, häusern und aktion finden es
        eigentümlich,
dass es ihnen vorher nie aufgefallen war, wie wenig sie
        geliebt wurden
militärs schmieden pläne, wie sie gewaltfrei die am un-
        heilverrichten hindern wollen, die sich nicht die sa-
        che der schwächsten zu eigen machen
kinder und jugendliche kommen regelmäßig zusammen
        und beschließen ihre vorrangisten anliegen
alle menschen entdecken wieviel sie einander behilflich
        sein können

und der staat legt für jeden bewohner des landes ein
        konto an,
das die summe auszahlt, die man anderen gegenüber in
        vorleistung gegangen ist
der friede entpuppt sich als ein kinderspiel
nachdem man aufmerksam geworden ist auf das ge-
        schrei der hungernden;
nachdem erkannt worden ist
welchen verlust an menschlichkeit ein ganzes staatswe-
        sen erleidet
wenn auch nur ein mensch gegen seinen willen abge-
        schoben wird
nachdem man gespürt hat,
welche vorteile für alle beteiligten es hat,
wenn die gewinne eines betriebes für die wiederherstel-
        lung zerstörter landschaften und meere verwen-
        det wird
nachdem akzeptiert wurde
welche bereicherung es für alle beteiligten ist
wenn in den betrieben demokratie so selbstverständlich
        wird wie in den familien
durch den macht- und rechtsverzicht der väter, eigentü-
        mer und aufsichträte,
nachdem es nicht mehr zu leugnen ist,
dass sich noch nie gewalt ausgezahlt hat,
sondern selbst für die angeblichen gewinner von krie-
        gen
der preis auf die dauer jedes verhältnis zum anfangs ver-
        heißenen verloren hat

04:58 Uhr pet

liberalismus:
wenn es darum geht
die stange
und die fahne
und den standort beider
zu behalten
ist es egal aus welcher richtung
der wind weht

das wahren des eigentums und seiner rechte
korrumpiert

04:59 Uhr fet

„Kann ich das mit meinem Gewissen vereinbaren?" Einfacher: Versetze dich in die Lage des Schwächsten innerhalb des Gefüges, mit dem du zu tun hast und frage dich, was du dann von dem erwarten würdest, der in der Position ist, in der du gerade bist, das tue bzw. unterlasse.

05:00 Uhr get

ich liebe dich
wie eine biene die löwenzahnblüte
wie der wind die flagge
wie die wolken die kirchturmspitzen
wie das wasser die wolken
wie die luft die kiemen der fische
wie die trompete den schall
wie die zähne das eis
wie das ohr die vögel
wie die druckerschwärze die zeitung
wie die leuchte das fenster
wie der spiegel den hauch
wie die brille das trockentuch

oh, zornig sein?
kann ich auch

wie die gipfel auf die kreuze!
wie die ampeln, die auch nachts roten müssen!
wie der schnee, der sich nicht ausruhen darf!
wie der regen, dessen tropfen vermessen werden!

ich liebe dich
wie ein buchstabe sein wort
wie dei seiten den buchdeckel
wie das bild den rahmen
wie der pinsel die leinwand
wie das kamel den horizont
wie die fata morgana das irrende auge
wie die flut das watt
wie die düne das junge gras
wie die wiese den warmen weichen kot der kühe
wie die pferde die camargue
wie der brunnen den himmel
wie st. marie-de-la-mer alle zigeuner
wie der kamm die haare

wie roßschweif die saite
wie ein stempel sein kissen
wie jede briefmarke einen feuchtenden mund
wie ein fernseher seine kabel
wie das bibliotheksregal die datei
wie eine kerze das schloss versailles
wie alle gelesenen zeilen mein vergessen
wie Alice meine geschichten
wie mein lachen jedes herz
wie der gummistiefel die pfütze
wie der hut den hutständer
wie die ameise den zuckerkrumen
wie der gedanke das wissende ohr
wie die kirmes jeden marktplatz
so liebe ich dich
so
ichdich

05:01 Uhr get

taxis nehmen kein geld mehr an
denn jeder fahrgast gibt gerne
was der fahrer zum leben braucht

in den geschäften
haben sich die kassen erübrigt
jeder nimmt nicht mehr als er braucht
und gibt ohne zu fragen soviel wie er meint
wie lange er selbst arbeiten müsste, um das gleiche herzustellen

auch gefängnisse haben sich erübrigt
wer unbedingt böses anzetteln will
wird gerichtlich dazu verurteilt
dass er böses zufügen muss
eine speziell dafür ausgebildete gruppe
mit menschen, die es gelernt haben einzustecken
und ihn mit den folgen seines tuns konfrontieren
steht bereit
aber wenn es angeordnet ist
entfällt die motivation

05:02 Uhr

05:02 Uhr net
a u s e i n a n d e r s e t z u n g

die bundeswehr
lädt ein: zur eröffnung
der kunstausstellung
zum thema
auseinandersetzung
in die kaserne
reden sekt gesang
musik reden
betrachten der kunstobjekte

als standortpfarrer
verlasse ich
die kaserne
passiere die wache
und frage
„ist jemand im arrest?"
ja, zwei
ob ich sie besuchen kann?

die mit zwei riegeln
einem vorhängeschloss
und einem schweren schlüssel gesicherte tür
wird geöffnet
ist es Ihnen recht,
wenn ich Sie besuche?
klar, komm' Sie rein!
die verstehen nichts
sie sagen
wer probleme hat
kann sich an uns wenden
aber wenn du
probleme hast
und nimmst das zeug
da fragen sie nicht nach
warum
bekommst bau
damit wollen sie sich nicht
auseinandersetzen

wo war jetzt die kunst

05:03 Uhr net
das ist doch ein aberwitz:
das haus ist ruhig
niemand um zu stören
keiner ruft an
drumherum alles ruhig
bestmögliche voraussetzung
um in aller ruhe
an einer predigt zu arbeiten?
predigten entstehen aus dem kampf heraus
der unruhe der sehnsucht
dem leiden am totschweigen –
aber so?

05:04 Uhr get
früher hieß es
selig die friedenstiften
heute
glücklich die zufriedenen

05:05 Uhr get
das wasser
oho
es fließt
so und so
es fließt
ein und aus

das leben
oho
es lebt
so und so
es fließt
ein und aus

05:06 Uhr net
Militärpfarrer: Je größer der Widerspruch zwischen Pfarrer sein und Militär, umso breiter der Bauch, die Lücke auszufüllen.

05:07 Uhr get
RÄTSEL

Es hält
Wie ein Zelt

Und wie lange!
Ohne Stange!

*

Es kann sich nicht allein bewegen
Noch nicht einmal von selber reden
Und dennoch sieht's, siehst du nur zu
Genauso aus – wie du!

*

Es sind die lustigsten Gestalten
Aber nichts von dem, wofür wir sie halten.

*

Wenn alles laut ist:
Das hört man nicht.
Und wird es noch lauter,
Es sich verkriecht.
Und ist es am Lautesten
Dann flieht es am Weitesten.

*

Es ist wie ein Dach
Ohne einen einzigen Stein.
Es schützt dich vorm Regen
Nur ein paar Tropfen regnen herein.

*

Es heißt wie das, auf das du malst
Und doch geht's nicht, so oft du's auch treibst.
Es gibt sie vieltausendmal zu seh'n,
Doch kein's wie das andere, wie mag das geh'n?

*

Solange sie verschwindet, bleibt sie;
Sobald sie bleibt, verschwindet sie.

(کبرسی وند فلامی)

Sie verfälscht den Blick,
Doch blickst du falsch,
Dann blickst du richtig.

*

Du schaust hinein –
Du siehst dich nicht.
Und wer da rausschaut
Sieht dich nicht
Und doch schaut ihr euch
Einander an

*

Ist es trocken,
Will es nass sein;
Ist es nass,
Muss es trocken werden.

05:08 Uhr get
zwei bundeswehrfahrzeuge haben das militärgelände
    verlassen

aber kommen nicht an
werden vermisst
schon seit stunden

sie fuhren so forsch
aus der kaserne
aber wussten nicht wohin

sie verfehlten kein ziel
sie hatten keins

05:09 Uhr get
der berg der toten
wird abgetragen
die vergangenheit
in tüten gepackt und verkauft
zu spät
bemerkt man, dass damit zugleich
die zukunft
verkauft wurde

05:10 Uhr

05:10 Uhr get
w o r t e   a n   m i c h   s e l b s t   g e r i c h t e t

erwarte nicht das gute von anderen
das macht dich böse
tue das gute

05.11 Uhr get
die liebe breitet sich aus
wie eine epidemie

wie ein waldbrand
hat die gerechtigkeit in sekundenschnelle
ganze landstriche erfasst

das gerücht vom frieden für alle menschen
pflanzt sich unaufhaltsam fort
trotz aller ablenkungsmanöver und vergnügungsparks

05:12 Uhr get
Ein Kindergebet

noch ein gebet
frieden ist toll
dass du frieden machst
mutter vater kind
spielen ist auch toll
amen

05:13 Uhr fet
Was hindert Soldaten, das zu tun, was ihr Leben retten
würde und nicht das zu tun, was befohlen ist?

05:14 Uhr get
a u f h ö r e n   z u   l e i d e n ?

vorgarten
umbauarbeiten stehen an
neue parkplätze werden zur auflage gemacht für den
        neubau des gemeindehauses

die quittenhecke wurde
rausgerissen
ein kleines stück
sollte stehenbleiben

es kamen die bagger
es gäbe neue pläne
der rest, der noch stehengeblieben war
verschwand auch

nach einigen tagen komme ich zurück
die parkplätze wurden doch so eingerichtet
dass die quittenhecke hätte stehenbleiben können

immer dieses mitleiden müssen

kann ich darin nicht die niederlage und ohnmacht mit-
        fühlen
sondern den triumph
so, und nur so
mensch bleiben zu können
und dies anderen auch zu spüren zu geben
es geht auch um euer menschbleiben,
menschsein?

05:15 Uhr get
ich
durcheile
nicht die landschaft
sondern
die landschaft
durcheilt mich
als den
abfahrenden und
ankommenden und
bezüglichen

denn es ist die in der
landschaft gespeicherte
energie die
mich reisen lässt

05:16 Uhr get
du suchst schönes?
sieh was vor augen liegt
du entdeckst es

du suchst freunde?
sei ein freund
und du hast freundschaft

du suchst liebe?
liebe
und die liebe umgibt dich

05:17 Uhr cfv
Charta der christlichen Bürgerpflichten
Zur politischen Bedeutung der Taufe

Als Christ habe ich ein Recht darauf von Dir als meinem Bruder und meiner Schwester in Christus zu erwarten,
- dass Du Deine Waffe nicht auf mich richtest;
- dass Du mir, wenn ich verfolgt werde, Obdach gewährst;
- dass Du mich mit Essen und Trinken, Kleidung und Medizin versorgst, wenn es mir daran gebricht und
- dass Du mich besuchst, wenn man mich gefangen hält oder ich krank bin.
    Als Dein Bruder/Deine Schwester in der Gemeinschaft der Heiligen durch Jesus Christus bin ich gerne bereit dies alles auch Dir und allen anderen Menschen zu gewährleisten und lasse mich durch kein Feindbild, keine Propaganda, kein Gesetz, Androhung oder Anwendung von Gewalt davon abbringen.
    Denn wir gehören durch die Taufe zu Christus und nicht anderen Mächten und Gewalten, die über uns bestimmen wollen.

05:18 Uhr get
beim einarbeiten von zwei jahren
gottesdienste und gebeten

viele worte gesagt

recht
und notwendig

bestenfalls

aber alle
ungenügend

warte
auf das wort
das die welt verändert

angst –
allmachtsphantasie

dies wort
längst gesagt

es ist das wort
das dich verändert
mich

und da ist die welt
verändert

05:19 Uhr get
christus mein brot
was soll ich sonst zu mir nehmen
kontaminiertes getreide
bleihaltiges steinobst
dioxin im honigseim
strahlende nüsse
profitgier im frühstück
hungriger erfüllungsgehilfe zum
kontofüllen
gefüllter mägen

christus mein brot
mein gott
was soll mich sonst sättigen
wo finde ich sonst güte, die zugleich freiheit schenkt
wahrheit, die zugleich verzichtet
erbarmen, das hartnäckig ist, nicht kleinbeigibt,
nachhakt, bis schuld offen auf dem tisch liegt
geschenk, das erst unvergolten als solches gilt

christus mein brot
mein gott
was habe ich sonst

05:20 Uhr net
Sobald ein Staat Krieg führt, gibt es auch Soldatenbordelle. Gibt es dann auch einen Bordellseelsorger?

05:21 Uhr get
die lüge lügt
sie muss die wahrheit sagen

05:22 Uhr

05:22 Uhr vet
Jeder Mensch ist heilig durch Jesus von Gott.

05:23 Uhr när
Nach dem Essen fragte der nette Herr, der uns bediente, ob wir noch etwas trinken wollten. Ich verneinte, meine Frau bejahte: Einen türkischen Kaffee, masbut, mit zwei Löffeln Zucker. Ich bestellte mir dann auch einen. Das fand der Kellner so lustig, dass er mit mir take five machen wollte. Natürlich schlug ich ein. Als wir gingen kam er sich verabschieden. Er heiße Islam. Ich stellte mich vor. Zu mehr kam es nicht. Außer dass der Kaffee mich wachhielt.

05:24 Uhr vet
die liebe zieht einen tiefen graben
durch die felder der gewalt

sie betritt kein einziges feld –
dann müsste sie gewalt üben

sammelt aber alles leid von allen leidenden
und trocknet so die felder aus

verwandelt
zu fruchtbarem land

05:25 Uhr vet
HERR GIB MIR MUT ZUM BRÜCKENBAUEN – MELODIE

05:26 Uhr cfr
Das ist merkwürdig: das Gleiche, das alles mit allem gleich macht, weil es ins Verhältnis setzt und damit vergleichbar und also darin gleich, das Geld, schafft die größtmögliche Ungleichheit: Arm und Reich. Ungerechtigkeit.

Ginge es auch umgekehrt? Dass es eine Währung der größten Ungerechtigkeit gibt, die im Menschlichen das Gleich zu Gleich bewährt? Was könnte das sein?

05:27 Uhr get
Umkleide Herren
Men's changing room
Dass das so einfach ist

Text: Kurt Rommel

05:28 Uhr get
Herr
Schenke mir bescheidenheit
Wo ich mich
In den vordergrund stellen möchte

Und
Unbescheidenheit
Wo du
Im vordergrund stehen willst

05:29 Uhr fet
Und die Synode
Beschloss
Zweiundfünfzig Cents

Pro gefahrene Kilometer
Mit dem Pehkahweh
Weiterhin zu erstattenAuch nachdem sie
Gehört hatten
Dass der Globus
Sich erwärmt
Unter anderem
durch die
Autoabgase

Der Antrag es anders
Zu tun
Wurde um Siebzehnurhvierundfünfzig
Vertagt

05:30 Uhr get
Blätter
Schwebend gleich
An Zweigen gehängt
Gelb grüßende
Segenshände
Einem Tanz gleich
Gefroren
Ins Wachstum

05:31 Uhr get
STATT BLUMEN AUFS GRAB

An meinem Grab
Erhält
Jeder der am Grab
Abschied genommen hat
Wenn
Er dachte
Dass nun alles vorbei sei
Sozusagen am Ausgang
Eine Rose

05:32 Uhr get
Glücklich seid ihr Mittellosen, denn ihr habt keine Mitschuld an dem Verbrechen von täglich zu Tausenden sterbenden Kindern, weil sie kein sauberes Wasser haben

Glücklich seid ihr Obdachlosen, denn ihr habt keinen Anteil an den Verbrechen des Kapitalverkehrs

Glücklich seid ihr Menschen mit Behinderung, denn ihr benutzt nicht eure Ellenbogen, um andere von dem Platz vor euch in den Abgrund zu stürzen.

Glücklich seid ihr Kulturlosen, denn ihr benutzt die Kunst nicht dazu, eure Lebenslügen zu kaschieren.

Glücklich seid ihr Einsamen, denn ihr benutzt nicht andere Menschen als Sprossen auf eurer Karriereleiter.

Glücklich seid ihr Schlaflosen, eure Sehnsucht nach Frieden und Gerechtigkeit ist noch nicht erloschen.

Glücklich seid ihr Verzweifelten, euer Widerspruch zum angeblich Normalen zeigt, dass noch Liebe in euch ist.

Glücklich seid ihr Gefangenen, denn in eurer Unfreiheit könnt ihr die angebliche Freiheit nur beschränkt dazu missbrauchen, über andere zu herrschen.

Glücklich ihr Arbeitslosen, denn ihr wirkt nicht mit an der Zerstörung der Natur und Ausbeutung und Unterdrückung der Armen.

Welch Unglück droht euch Besitzenden, die noch nie so viel verschenkt haben, dass sie nicht wussten, womit der nächste Monat zu bestreiten ist. Denn die Besitzenden, die nicht großzügig verschenken, sind dem Besitz verfallen und dessen Verfallsdatum.

Welch Unglück droht euch Zeitlosen, die noch nie ihren Kindern oder anderen Zeit geschenkt haben, dass sie nicht mehr wussten, wie sie alle Aufgaben der Woche schaffen sollen; denn so wenig Zeit wie ihr anderen geschenkt habt, so wenig Zeit wird euch geschenkt, wenn ihr einmal auf Freunde angewiesen seid.

Welch Unglück droht euch Gesunden, die ihr euren Körper pflegt und euch Sorgen macht um seine Schönheit, denn so wie ihr die Armen, Hässlichen, Dicken und Kranken verachtet, werdet ihr verachtet werden, wenn ihr arm, krank, unfallgeschädigt oder alt seid.

Welch Unglück droht euch Kulturbeflissenen, die ihr bereit seid Millionen in Museumsbauten zu stecken, aber es nicht schafft die menschliche Kultur des Lebens

05:32 Uhr

für alle Menschen zu schaffen; ihr habt die beste und schönste Zeit eures Lebens vergeudet, statt wirksame Zeichen der Liebe und Hoffnung und des Vertrauens zu setzen. Von euch bleibt keine Erinnerung, so wenig wie in einer Drehtür vom Vorgänger.

Welch Unglück droht euch, die ihr Beziehungen nur dazu knüpft, um sie für eure Zwecke auszubreiten; denn so wie ihr Vertrauen missbraucht und geschändet habt, wird euch keiner vertrauen und wird euer Gegner selbst noch euren Hilfeschrei zum eigenen Triumph schänden.

Welch Unglück droht euch Satten und Schlaftablettenberuhigten, weil euch alles Verdrängte zu einem Zeitpunkt wieder begegnet, wo ihr am wenigsten dagegen gewappnet seid.

Welch Unglück droht euch, ihr Selbstzufriedenen, wenn die Angehörigen der täglich sterbenden Kinder von euch Rechenschaft verlangen werden und fragen: Wo ward ihr?

Welch Unglück droht euch, die ihr die Freiheit zum Reisen, Fliegen, Autofahren, Surfen, Segeln und Weltmeerebefahren liebt, denn mit der Zerstörung, die ihr dadurch anrichtet, zerstört ihr eure eigene Welt in ihrer auch euch geschenkten Schönheit.

Welche Unglück droht euch allen, die ihr auf Geld vertraut, wenn ihr merkt, dass man für Geld keinen Freund kaufen kann, der einem auch dann beisteht, wenn es gegen seinen Vorteil ist.

Welch Unglück droht euch, die ihr Überstunden statt Arbeit geteilt habt: Eurer Maßlosigkeit entspricht der maßlose Protest eures Herzens, eurer Nieren, eurer Nerven.

05:33 Uhr fet
Wenigstens eine Nacht im Talar mit Obdachlosen auf der Platte vorm Dom verbringen.

05:34 Uhr vet
Eine Kirche, die nicht die Machtfrage stellt, wie kann sie die Gottes- und Wahrheitsfrage stellen?

05:35 Uhr ged
a u r a

kommen kinder zur welt
haben sie eine aura
die die welt ausfüllt

mit der zeit schrumpft
sie und nimmt ab damit sie

am ende in das passt
was man spezia-
lisierung nennt –

aber dann ist die aura weg –
es sei denn du kehrst

um

05:36 Uhr fet
Ein Staat, der sich der Wirtschaft bedient führt nicht selten in die Inflation.
Eine Wirtschaft, die sich der Staaten bedient, führt zur Zerstörung und Neuschaffung von Staaten.

05:37 Uhr get
ist eine zeit denkbar
in der man dem abdruck von holzmaserungen im beton
verständnislos gegenüberstehen wird?
zwanghaft eine ordnung sucht
sinn in den reliefs der astlöcher und jahresringtangen-
ten?
zeugnisse gelebten lebens
stehen wir immer auch zugleich
vor der vergangenheit
gelebter zukunft

wenn man doch die häuser baute
mit dem abdruck der gesichter und hände der sponso-
ren
architekten, stahlbetonbauern, maurern, fliesenleger,
elektriker, sanitärfachleuten, kranführern und hilfsarbei-
tern und ihren kindern

05:38 Uhr cet
gott begeht prostitution
er entäußert sich
verkauft seine würde
um die zuwendung
von menschen zu gewinnen

05:39 Uhr fet
Wozu brauchen wir die Armen? Fragt so der homo oeconomicus? Sind Arme um des Wohlstandes einer reichen Schicht willen unausweichlich? Der Verlust der Verfügungsgewalt über Bodenschätze, die eigene Verarbeitung und Grundrechte ebnete dafür den Weg.

05:40 Uhr cet
„Herr, erlöse mich von dem Guten". Dann bin ich -, und alles was von mir ausgeht: ist böse?

05:41 Uhr cet
Das Gericht nach dem Ende der Eschatologie ist die Konfrontation mit den Folgen unserer Unterlassungen.

05:42 Uhr fet
Ein Ehepaar, beide zusammen etwa doppelt so alt wie ich, hat mir gegenüber im kleinen Zugrestaurant Platz genommen. Die Frau hat nett gefragt, ob frei sei oder ich für jemanden den Platz reserviert habe. Ich verneine und biete auch den Platz neben mir an. Sie besorgen sich an der Theke zwei Stück Kuchen und unterhalten sich miteinander. Ihr fällt die Kuchengabel vom Tisch. Sie bezahlen. Der Kellner räumt ab. „Mir ist noch eine Kuchengabel heruntergefahren, sie liegt auf der Heizung." „Kein Problem", sagt der Kellner. Das Ehepaar entschwindet in die Waggons der Ersten Klasse. Hinter ihrem Rücken bückt sich der Kellner
und hebt die Gabel auf.

05:43 Uhr fet
DIE SOZIAL-UFOS

Rumänien, am Rand der Kulturlandschaft Siebenbürgen, mit einer Gruppe von jungen und älteren Erwachsenen besuche ich eine Großfamilie von Zigeunern.

Wir steigen aus dem Bus und machen uns kundig. Dolmetscherinnen überbrücken die Sprachbarriere, die keine unserer Sinne hat: Wir sehen uns in die Augen, wir hören unsere Stimmen, wir fühlen die Haut beim Händedruck, wir riechen in den Räumen, dass hier Milch gekocht worden ist an einer Herdplatte, die mit einem losen Draht mit der Stromleitung überm Haus verbunden ist. Das Wasser holen sie aus einem einen Kilometer entfernt gelegenem Brunnen. Die Familienzimmer sind liebevoll eingerichtet, mit Bildern an den Wänden, Spitzentischdeckchen, sauberem Fußboden – worauf ein Deutscher achtet. Im Garten Gemüse, Kräuter, Mais. Der Verkauf auf dem Markt bringt pro Familie monatlich ca. 25 € im Monat. Die Häuser haben leere Fensterlöcher, kein Fensterglas. Die Nässe fällt durchs Dach. Der Müll wird regelmäßig verbrannt. Es ist ein Kindergarten dort. Er darf nicht „Kindergarten" heißen, weil ein staatlicher bereits da ist. Er wird „Freizeitangebot" genannt. Für jede nationale Gruppe einen eigenen.
Wir steigen wieder in den Bus ein. Der Eintritt in den Bus trennt die beiden Welten. Wie Götter vom Himmel landen wir und heben wieder ab. Lässt sich dieser Dualismus überwinden?
Ich lasse den Bus zurück und bleibe da? Oder ich werde zigeunerisch. Die Bustür schwenkt langsam zu. Die karosserische Aussparung zum Ein- und Ausstieg ist geschlossen. Es sind alle da. Die Gruppe kann abfahren. Nichts Besonderes. Draußen stehen Kinder die winken.

05:44 Uhr get
wenn das gute das ist
was mich daran hindert,
liebevoll zu sein
dann will ich das gute los sein
-vielleicht kann ich dann „gut" sein?
wahrscheinlich dürfte das dann gleichgültig sein

05:45 Uhr cet
Das Gute nicht zu tun, dafür gibt es immer Gründe. Es zu tun nicht, da es sich von selbst versteht – von sich heraus versteht.
Habe ich Gründe etwas nicht zu tun – vermutlich handelt es sich dann sehr wahrscheinlich gerade um das Gute, das ich unterlassen will.

05:46 Uhr

05:46 Uhr fet
Eine Gesellschaft, der der Hunger gleichgültig ist, geht an sich selbst zugrunde: An der Gleichgültigkeit.

05:47 Uhr nfr
Höre ich Marschtrommeln? Neulich, waren das Trompetensignale wie aus alten Filmen die Kriegssignale? Die

Luftwaffe ist hier in der Nähe und bildet Kriegspflichtige aus. Wenn sie auf einmal Strom ziehen, wackelt das Licht. Letzte Woche ging dabei die Klimaanlage kaputt. Ich fühle mich wie in Idar-Oberstein in der Nähe der Artillerieschule.
Der Marsch als Topologie der Entindividualisierung und des Krieges.

05:48 Uhr npr
Was bedeutet es, dass es in anderen Sprachen einfach möglich ist, non-reflexiv zu sagen „to be afraid" etc., Hebräisch: ירא, jer'a, , vgl. Genesis Kapitel Achtzehn Vers Fünfzehn. Im Deutschen ist es reflexiv: „sie fürchtete sich". Als wenn die Furcht erschreckenderweise der Selbsterkenntnis diente. War Sören Kierkegaard doch so stark vom Deutschen her geprägt?

05:49 Uhr fet
Mir schien der Hunger in der Welt ein politisches Problem zu sein. Innerhalb von drei Monaten war ich in fünf europäischen Hauptstädten, in Kopenhagen, Brüssel, Berlin, Wien und Budapest und beobachtete: Soviel Reichtum, wie allein in einer einzigen Stadt zur Schau gestellt wird, zeigt: Der Hunger in der Welt ist nicht allein ein politisches, sondern ein menschliches Problem.
Das ist zunächst enttäuschend, denn es hat – weiß Gott woher? – den Anschein, politisch könne man, wenn man nur wollte, am ehesten etwas ändern. Wenn es aber ein menschliches Problem ist, dann wird selbst eine Politik, die sich der Hungerbekämpfung widmet und das menschliche Problem leugnet, nur wenig ausrichten können. Andererseits sind wir als ein menschliches Problem sehr viel näher am Kern des Problems – wir sind dann selbst ein Teil dessen. Aber kann die Beschäftigung mit sich selbst nicht auch dazu führen, das Politische zu übersehen?

05:50 Uhr get
die autobahnkultur –
das skelett europas
der verkehr mit autos und lkws steht für
flexibilität
austauschbarkeit
vereinheitlichung

05:51 Uhr pet
Barock: Es wird so gebaut, dass sich der Erbauer und Betrachter jederzeit in die Mittelpunktstellung versetzen kann oder: Wer das kann, der ist Mensch. Herrschaftsideologie.

05:52 Uhr cfr
Paulus im ersten Brief an die Gemeinde in Korinth, Kapitel Drei Vers Vier: „Wann immer aber jemand sagt: Ich bin des Paulus! Ein anderer aber: Ich bin dem Apollo, seid ihr dann nicht Menschen?"
Das meint er abwertend. Ist es nicht unerträglich, wie er hier das Menschliche verunglimpft? „Menschlich" – das ist Streit, „göttlich" – das ist? Hier ist Dualismus pur, oder?!
Ein Mensch ohne Theosis ist noch nicht wirklich ein Mensch.
Und das auch: Gott ohne Kenosis ist noch nicht wirklich Gott?

05:53 Uhr pet
QUELLEN DES HUMORS

Der Gegensatz – ist keiner vorhanden, wird er geschaffen zum Beispiel durch den Bezug auf das Reich Gotte: Was möglich ist; oder
- eine andere mögliche Welt mit anderen Naturgesetzen etc.;
- durch den Gegensatz vom Tod her – das Leben ist allemal anders;
- durch den Gegensatz der beteiligten Menschen, der jederzeit vergrößert und vergröbert werden

kann oder wo er sehr stark hervortritt minimiert und bagatellisiert werden kann;
- durch den Gegensatz zwischen Person und Sache, wenn der Polizist plötzlich Privatmann ist und der Privatmann Polizist;
- durch den Gegensatz zwischen Erwartung und Realität/Ausführung – etc.

Selbst wenn eine der beiden genannten Seiten solcher Gegensätze nahezu unveränderlich erscheint, dann lässt sich an der anderen Seite bestimmt etwas drehen.

05:54 Uhr get
was ist europa?
wer ist europa?

05:55 Uhr näd
ALMOSEN

Der Bischof lud uns zum Essen ein. Wir hatten seiner Auslegung in der Kathedrale der katholischen Kopten in Minya gelauscht. Er wurde umrahmt von Gesang einer Dame aus Kairo, die mit ihrer Schwester und fünf weiteren Damen sowie eines Herren und vier Musikern am elektrischen Klavier, elektrischen Schlagzeug, elektrischen Oud und Geige am Mikrofon moderne arabische christliche Lieder sangen. Als wir in die Kirche kamen hörte ich ein Lied, das ich bereits aus einem Gottesdienst der evangelikalen Gemeinde in Kairo-Downtown kannte. Ich konnte es ein wenig mitsingen, auf einer großen Leinwand wurde der Text angestrahlt. Der Bischof beantwortet einmal im Monat Fragen, die bei ihm landen; plus Predigt dauerte das Ganze mindestens genauso lange wie der Gesang, fast eine Stunde. Eine der Fragen war: Soll man einem Bettler Geld geben auch wenn man den begründeten Verdacht hat, er braucht es gar nicht?

Seine Antwort, wie uns sein engster Mitarbeiter am Tisch im Restaurant erläuterte: Hab immer Geld in der Tasche. Es geht nicht um ihn, es geht um dich. Du tust dir keinen Gefallen, wenn du nichts gibst. Der Mitarbeiter ergänzte, was der vorige Bischof zu dieser Frage einmal gepredigt hatte: Gib! Es macht dich nicht arm und

den Bettler nicht reich. Wir saßen mit zehn Personen am Tisch. Die Sängerin mit ihrer Schwester in der Nähe des Bischofs. Daneben meine Frau, ich und dann lauter Priester, darunter der gut gebaute und stattliche Leiter der Jesuitenschule von Minya, selbst, wie kann es anders sein, ein Jesuit. Mit den Damen unterhielt sich einzig der Bischof hin und wieder. Das Restaurant war zu laut, die Sitzordnung einem Gespräch quer über die Tische zuwider und umsetzen ist nicht meins. Ich dachte an den Streik von Frauen in katholischen Gemeinden in Deutschland. Was, wenn das hier Schule macht? Einen Artikel auf Deutsch dazu hatte ich dem befreundeten Priester, der uns hierhin gelotst hatte, bereits geschickt. Darüber hatte er bislang kein Ton verloren. Und ich fragte mich: Was ist die geistesgeschichtliche Grundlage für diese Männerzentriertheit und Frauenfeindschaft? Reicht sie wirklich so weit zurück, dass man mit Beginn der Bronzezeit nicht verkehrt liegt? Und wenn ja, warum kann sie sich solange halten?

Am Ende ließ der Adlatus des Bischofs die Rechnung kommen und legte die Geldscheine in das Mäppchen. Wir brachen auf. Zuvor waren meine Frau und ich noch kurz auf die Terrasse und warfen im Dunkeln einen Blick über den Nil. Unterhalb der Brüstung plätscherte das Wasser. Das andere Ufer lag auch im Dunkeln. Das wenige Licht vom Mond und vom Restaurant und entfernten Straßenlaternen ließ den fruchtbaren Anbau längs des Nils erkennen, bis schroff dahinter die Felsen aufstiegen. Auf der Terrasse spielte ein kleines Ensemble arabische Musik, ein Geiger, ein Oudspieler, einer am Keyboard und einer mit der Tabla. Und das Lied kannte ich – eines meiner Lieblingslieder von Umm Khul Zum, weil es so wunderbare dissonanten Harmonien hat und sie die Längen mit einer Hingabe singt, als würde sie die jetzt gerade erfinden. Der Sänger war nicht so drauf und der Geiger hatte auch keine Lust die Spannungen herauszuheben, es war ja auch schon knapp vor Mitternacht und wer weiß wie lange sie schon für die Gäste musiziert hatten – es klang trotzdem gut. Wir standen an der Straße vor dem Eingang. Wir hatten die Metallschleuse an denen zwei Polizeioffiziere Dienst hatten – der Bischof verabschiedete sich von ihnen mit Handschlag – gerade durchschritten, wie vom Himmel geschickt, von der anderen Straßenseite her kam eine Frau

05:55 Uhr

auf uns zu, das Gesicht sagte mir ,keine dreißig Jahre alt', die Kleidung – grobes einfarbiges Tuch der Galabaya – ,nicht wohlhabend', war staubig und dreckig und in der Tat, sie sprach die Versammelten scheu an und bat um Geld. Ich schaute weg, meine Frau schaute weg, der Bischof hörte weg, sein Adlatus war mit anderem beschäftigt, die beiden Frauen hielten sich im Hintergrund, drei weitere Priester sahen die Straße hinauf und hinab als wären sie zum ersten Mal dort, nur der wohlbeleibte Schulleiter fingerte aus irgendeiner seiner Taschen sein Portemonnaie und gab ihr einen Schein. Wir waren im Begriff zu gehen, gingen aber noch nicht, sie sprach andere an. Der Jesuit verwies sie, sie habe schon etwas bekommen, jetzt sei genug, sie solle die Leute in Ruhe lassen. Und ich? Ich hasse solche Situationen; weil mir die Grenzerfahrung unangenehm ist. Am Liebsten, was würde ich am liebsten? Sie umarmen, ihr ins Gesicht sehen, vielleicht gelingt es mir ihr auch nicht missverständlich zu sagen, wie schön sie ist. Und sie fragen, was sie für das Gemeinwohl oder andere außerhalb ihrer Familie bereit sei zu tun. Ich würde sie gerne dabei unterstützen und ihr eine Starthilfe geben. Sie könne sich aus meinem Portemonnaie so viel nehmen, wie sie wolle, sie müsse aber wissen, das alles sei nicht mein Geld, nichts davon gehöre mir, ich hätte kein Geld und kein Vermögen, es würde alles meiner Frau und meinen Kindern gehören und die Brieftasche öffnen und ihr hinhalten. Und das alles auf Arabisch? Mein Priesterbruder hätte gewiss übersetzt. Ich traute mich nicht. Warum nicht? Habe ich doch die Grunderfahrung lieber?

05:56 Uhr ged
s i e b e n b ü r g e n

ein dorf
drei kirchen
evangelischkatholischorthodox
jahrzehntelang
christliche gemeinschaft
gelebte kirchlich-klerikale apartheid
jetzt stehen sie leer

05:57 Uhr pet
Leben ist die Gleichzeitigkeit von Ungleichzeitigem.
Tod ist die Ungleichzeitigkeit von Ungleichzeitigem.

Lieben ist die Gleichzeitigkeit von Gleichzeitigem unabhängig davon ob in der Vergangenheit, Gegenwart oder Zukunft.

05:58 Uhr net
Kurt Tucholsky: „Glauben Sie mir: Diktaturen verderben den Charakter." Und Geld erst recht. Die höchste Aufgabe für anständige deutsche Künstler und Dichter ist es beizeiten zu sterben, damit man endlich eine gute Ausstellung über sie machen kann. Nach ihrem Tod, versteht sich.

05:59 Uhr net
Auf der Fahrt nach Schwäbisch-Gmünd. Im Schnellzug steigt ein Ehepaar zu. Sie wenden sich den verbliebenen drei Plätzen einer Vierergruppe mit einem Tisch in der Mitte zu, ich sitze am Fenster. Beide heben zusammen ihre schweren Taschen in die Gepäckablage. Sie geht noch eben ins Bordbistro und kommt mit einem Pappbecher Kaffee für ihn und einem Croissant für sich zurück. Sie nehmen nebeneinander mir gegenüber Platz. Nun müssen ihre Handtaschen noch verstaut werden. Der Platz neben mir ist frei. Er steht auf, nimmt die Taschen und legt sie neben mir auf den Sitz ab und fragt: „Ist das Ihnen recht oder stört sie das?" „Das ist Ihre Entscheidung. Es ist die Frage, was einem zusteht", gab ich zur Antwort. Sie mischte sich ein. „Das ist nicht die Frage, was einem zusteht. Unsere Generation kann sich ja normal darüber unterhalten, oder?" „Ich finde, was einem zusteht ist schon eine Frage." Damit ist das Gespräch beendet. Jetzt sehe ich erst, was mein mir schräg gegenüber Sitzender vielleicht auch gemeint hat: Es sieht so aus, als hätte ich neben mir mit zwei Taschen mal eben einen zusätzlichen Platz reserviert. Europa beansprucht weltweit das nahezu das Fünffache der Kapazitäten, die auf der ganzen Welt für jeden zur Verfügung stehen.

BÜCHEL-BLOG

4. August
6.30 Uhr gerade läuteten die Morgenglocken Der erste Morgen vor dem Atomwaffenlager. Die Zelte blieben stehen und wir selbst unbehelligt. Einer von uns hat schlicht seinen Wagen ins Veranstaltungszelt gestellt und die Nacht dort zugebracht. Sah nicht schlecht aus!

Die Friedhofskerzen, die wir zum Gedenken an die Opfer des Atombombenabwurfs auf Hiroshima gestern Nacht angezündet hatten, haben wir vorsorglich mit in unsere Zelte gebracht und für die Nacht ausgemacht. Gerade habe ich sie wieder an der Einfahrt aufgestellt.

Auch die Stromversorgung funktioniert dank eines Sonnenpanels. Die Internetverbindung lässt zu wünschen übrig – wir müssen halt Erfahrungen sammeln.

Mitten in der Nacht, gegen 2.45 Uhr ziemlicher Verkehr. Irgendein Schichtwechsel. Ich erinnere mich, dass ich das schon mehrfach erlebt hatte in den letzten Jahren, bin dem aber noch nicht nachgegangen.

8.38 Uhr gerade zu siebt die Andacht um 8.15 Uhr gefeiert – und wieder fünf Friedhofskerzen angezündet und dabei die Namen von weiteren fünf Opfern aus Hiroshima gelesen. Leider bin ich noch nicht an die Namensliste der Opfer aus Nagasaki gekommen.

15.54 Uhr Gleich soll die Bürgerdiskussionsrunde beginnen: „Diskussionsrunde von Bürgern unter Bürgern: Pro und Contra Atomwaffen" Wir sitzen zu siebt in der Runde, zusätzlich ist ein Journalist anwesend.

Im Lokalteil der Tageszeitung und in den Verbandsmitteilungen wurden ausführlich auf diese Veranstaltung hingewiesen.

Der Moderator begrüßt pünktlich die Anwesenden mitsamt der Presse. Als Moderator wolle er sich während der Diskussion zurückhalten.

Es hat sich offenbar keiner eingestellt, der für die Atomwaffen Position bezieht.

Es sollen Argumente für die Atomwaffen gesammelt werden und Argumente untersucht werden, die sich damit auseinander setzen.
-     Das Abziehen und die Entsorgung der Atomwaffen würde uns teurer kommen als sie hierzulassen.

Aber: Da Deutschland nicht Eigentümer der Atomwaffen ist, müsste für den Kosten die USA aufkommen.
-     Angst der Menschen in der Region: Wenn die Atomwaffen abziehen, wird der Fliegerhorst geschlossen. Es sind ca. 800 Zivile und ca. 1.200 Bundeswehrangehörige, die hier arbeiten. Die Zulieferer würden enorme Einbußen erleiden.
Aber: Die Bundeswehrsoldaten würden woanders eingesetzt werden.
-     Bleibe nicht der Standort erhalten, wenn die Atombomben abzögen? Durch die Bundeswehrreform ist diese Chance für Büchel vertan worden. Eurofigher wurden nicht in Büchel stationiert, weil hier an der Nuklearen Teilhabe festgehalten wurde. Bis 2025 – dann endet die Laufzeit der Tornados – ist der Standort, wie es heißt, gesichert; keiner spricht von einer Zeit danach. War die Argumentation richtig, dass der Abzug der Atomwaffen den Standort gesichert hätte?
-     Die Kosten für die Lagerung etc. der Atomwaffen betragen jährlich etwa 250 Millionen Euro. Würden sie in eine Strukturreform gesteckt, käme das der Region viel mehr zunutze. Dieser Betrag beinhaltet auch die Kosten, die Deutschland den USA für die Lagerung und Sicherung zahlt. Das müsste überprüft werden. Ist für die Amerikaner der Nutzen nicht zu gering? In Bitburg, wo zuvor ca. 600 zivile Arbeitsplätze waren, sind nach der Konversion ca. 2.500 Arbeitsplätze entstanden. Dort ist ein Industriepark entstanden. In Trier waren ca. 10.000 französische Soldaten und entsprechend viele Zivilangestellte beschäftigt. Nach dem Abzug der Franzosen ist in Trier – nicht, wie behauptet wurde – das Licht ausgegangen. In Idar-Oberstein hat die Stadt nach dem Rückgang der US-Soldaten keinen neuen Aufschwung gefunden. Vielleicht liegt der Unterschied darin, ob Militärs ganz abgezogen wurden oder nicht. In Idar-Oberstein bleib die Artillerieschule der Bundeswehr. In Ulmen waren ca. 200 Zivile angestellt, z. Z. sind ca. 1000 dort beschäftigt.
-     Abschreckung: Das scheint das Hauptargument zu sein. Es wird auch die Bedrohungen genannt, die Nordkorea und unterstellterweise Iran darstellen. Israel hat Atomwaffen, um abzuschrecken. Es hat

offenbar funktioniert. Es gibt eine Logik des Schreckens. Die Atomwaffen haben den europäischen konventionellen Krieg offenbar verhindert. Der Warschauer Pakt hatte den Einsatz von Atomwaffen vorgesehen, genauso auch die NATO-Truppen. Jedoch: Die Waffen in Büchel haben kein Abschreckungspotential. Gegen Nordkorea oder China schrecken die Bücheler Atomwaffen nicht ab. Das Abschreckungsdenken sichert keinen Frieden, da es in die Vernünftigkeit der Menschen ein unendliches Vertrauen setzt verbunden mit der Annahme, dass die Entscheidungen, die der Vernunft folgen immer fehlerfrei seien. Die Atomkatastrophen in Harrisburg, Tschernobyl und Jülich sind furchtbare Widerlegungen.

Wenn Atomwaffen den Frieden sichern würden, müsste man fordern, dass alle Staaten Atomwaffen haben. Das fordert kein Mensch.

- Die Feinde unserer Demokratie haben diese Waffen auch. s. Abschreckung

- „Bis jetzt haben sie uns den Frieden gerettet."
Aber: Deutschland ist nicht im Frieden. Deutschland führt Krieg. Die Atomwaffen haben diese Kriege nicht verhindert. Wenn gemeint ist, dass in Deutschland Menschen Opfer von Kriegen werden, dann gibt es zwei Arten von Krieg, solcher, der andere schädigt, und der das eigene Land schädigt. Und sind deutsche Soldaten, die in Afghanistan umkommen nicht als Deutsche zu Schaden gekommen?

- Die Atomwaffen hätten uns den Frieden im Kalten Krieg gesichert.
Aber: Es hat so viele Krisen gegeben, die nur knapp an einem Einsatz von Atombomben vorbeigekommen sind, dass es oft einfach nur Glück oder auch Gnade war, dass es nicht dazu kam.

- Wenn es keine Atomwaffen gibt, verlieren Firmen lukrative Gewinne.
Aber: Es sind so oder so Steuergelder, die hier verwendet werden. Das würde nicht für Deutschland gelten. Es gilt wie bei aller Rüstung: Es sind Steuermittel, die die Atomwaffen ermöglichen, es sind nicht erwirtschaftete im Wettbewerb erschlossene Mittel, sondern Gelder der Bürger, die dem normalen wirtschaftlichen Kreislauf entzogen werden.

Dadurch, dass diese Gelder nicht in den normalen Wirtschaftskreislauf wieder einfließen, wird die Wirtschaft eines Landes geschädigt.

- Es gibt Verträge, die die Lagerung der Atomwaffen in Deutschland bedingen.
Aber: Es gehört Vertrauen dazu, wenn Verträge geschossen werden. Die gegenwärtigen Verträge können durch neue verändert werden- s. Griechenland, die die US-Atomwaffen haben abziehen lassen.
Und Es gibt Verträge im Zusammenhang mit den Atomwaffen, die wurden von Anfang an nicht eingehalten, wie der Nichtverbreitungsvertrag. Zumal – in der Argumentation der NATO – die französischen und englischen Atomwaffen Deutschland schützen würden.

- Ohne Waffen würde kein Staat sicher sein.
Aber: Warum lagert alle Welt ihre Gelder in der Schweiz? Hitler hatte jedoch geplant die Schweiz nach dem erfolgreichen Afrikafeldzug auf dem Rückzug zu kassieren, „Die Schweiz, das kleine Stachelschwein, hol' ich auf dem Rückzug heim".
Aber: Costa Rica hat keine eigene Armee, es hat ein Schutzabkommen mit den USA, aber der Verzicht auf eine Armee hat den Staat vor einer Militärdiktatur geschützt. Auch Japan hat jahrelang keine eigene Armee gehabt, ohne dass es dem Land deswegen schlecht ergangen sei. Im Gegenteil, der Wirtschaftsaufschwung ist wesentlich dadurch ermöglicht worden, dass nicht in Rüstung investiert wurde.
Auch Deutschland hatte keine Armee, von 1945 bis 1956 und Deutschland ging es nicht schlecht. Die Kosten, die die US-Kriege der amerikanischen Gesellschaft selber erzeugen, werden allmählich sichtbar.

- Es hat noch kein Staat freiwillig auf Atomwaffen verzichtet.
Aber: Griechenland hat beschlossen, dass die amerikanischen Atomwaffen abgezogen wurden; Südafrika hat auf den Besitz von Atomwaffen verzichtet, die mit Hilfe Israels und deutscher Industrie entwickelt wurden.

Vorläufiges Fazit: Leider ist keiner gekommen, der oder die offen für Atomwaffen Stellung beziehen. Ob es

Befürworter gibt, wissen wir nicht, wenn, dann sind sie leider unserer Einladung nicht gefolgt.

5. August, Sonntag

6.13 Uhr es hat sich eingeregnet, seit mehreren Stunden hören wir auf unseren Zeltdächern dies leichte unrhythmische Klopfen.

8.52 Uhr Wir haben das Gedenken an Ermordeten der Hiroshima-Atombombe in unsere Mitte genommen: Unterm Zelt brennen auf dem Tisch in unserer Mitte die Kerzen, die wir in den letzten Tagen und auch heute wieder beim Verlesen ihrer Namen angezündet haben. Der Regen ist zwischendrin so stark, dass man sein eigenes Wort nicht versteht.

In der Nacht, gegen 1.45 Uhr gab es wieder Krach vor der Kaserne. Diesmal ist einer von uns aufgestanden und hat sich umgetan und ließ sich von den lautstark Agierenden ganz bewusst blicken. Es hatte den Anschein, als wollten sie uns nichts Gutes. Was genau es auf sich hatte – wer weiß?

Gestern, am späten Abend, fuhr ein PKW vor, hielt direkt vor unserem Zelt, der Beifahrer und sein Hintermann öffneten ihre Autotüren und mit Bierflaschen in der Hand riefen sie uns zu: „Kommt her!" Wir machten keine Anstalten. Als die Stimmen lauter und aggressiver wurden zückte ich meine Kamera und machte zwei Bilder. Blitzartig schlossen sie die Türen und fegten davon.

13.09 Uhr Kommen vom evangelischen Gottesdienst in Cochem. Vor Beginn des Gottesdienstes bejahte der Gottesdienstleiter unsere Frage, ob wir zu den Andachten einladen dürften und ein kleines Grußwort sprechen dürften. Meine Frau nahm einen Vers aus der Lesung des Gottesdienstes auf: „Warum gibt es bei euch das Sprichwort, ‚unsere Väter haben Kirschen gegessen, und wir bekommen saure Zähne?', aus Ezechiel Achtzehn. Sie sprach vom Bußfasten, warum es unserer Generation bislang nicht gelungen ist, unseren Kindern eine atomwaffenfreie Welt zu hinterlassen. Am Ausgang erhielten wir einigen Zuspruch. Viele nahmen unsere Informationsblätter mit. Im Anschluss ergaben sich beim Gemeindecafé noch interessante Gespräche. U.a. mit einer Frau, die aus Kasachstan nach Cochem kam. Sie erzählte von den vielen Krebskranken in Kasachstan, vor allem in der Nähe der Raketenabschussstation Baikonur, auch in Kasachstan.

Der Referent, MARTIN ARNOLD trifft ein, 13.24 Uhr.

Am Vormittag – so erfahre ich gerade – hat ein Leistungsradler, nachdem ihm gegrüßt wurde, böse zurück geschimpft, „haut ab"! Eine Frau wurde gefragt, wie sie denn dazu steht, was wir hier machen, „ich halte mich neutral" gab sie zur Antwort.

„Mit Gütekraft Atomwaffen abschaffen", ein Workshop.

Es kommen Teilnehmende zu diesem Workshop aus der Region und aus Hamburg! Wir sind mit dem Referenten 16 und drei Kinder. Wir tauschen uns darüber aus, was die jeweilige Motivation für das Engagement gegen die Atomwaffen ist und fragen, wie wir selbst mit Atomwaffen verflochten sind. Hören von den Erfolgen, die bislang im Kampf gegen die Atomwaffen erreicht worden sind – wie z. B. die Zustimmung des Deutschen Bundestages vom 26. März 2010 für den

Abzug der Atomwaffen aus Deutschland. Wir versuchen uns darüber klar zu werden: Wie nah sind wir an den Zielen? Und hier gingen die Einschätzungen sehr weit auseinander. In dieser Diskussion sammelten wir die Widerstände, warum z. B. nur so wenige aus der Region an diesen Aktionen sich beteiligen. Das sind etwa

- fehlendes öffentliche Interesse;
- fehlender Diskurs über dieses Thema auch mit Politikern;
- fehlendes Bewusstsein in der Bevölkerung über die Dringlichkeit dieser Thematik;
- der mangelnde Wille der Bundesregierung, gleich welcher Couleur, an der nuklearen Teilhabe auch nur irgendetwas zu verändern, sie gehört zur Staatsräson;
- das Opfer-Täter-Denken auch in den Reihen der Friedensbewegung ist ein Hindernis: Wir sind keine Opfer, sondern können selber mitbestimmen, was geschieht.
- Die Alternativen für Abschreckung und Atomkraftwerke sind wenig bekannt und es ist unklar auf welchem Weg diese Alternativen erreicht werden können.
- Welches Interesse hat die Bundeswehr oder bestimmte Teile der Bundeswehr an der nuklearen Teilhabe und welches Interesse besteht aus Teilen der Industrie daran?
- Die fehlende persönliche Betroffenheit.

Der Referent leitete uns dazu an, eine Haltung zu finden, sich mit diesen Widerständen so auseinander zu setzen, wie es der Gütekraft entspricht: Eine Haltung zu gewinnen, die nicht den Gegner im Anderen sieht, sondern die sich mit den Menschen, die diese Widerstände verkörpern so verbindet, dass wir deren Sicht einnehmen und sie merken, dass wir uns mit ihnen verbinden.

Ganz anschaulich wird dies mit einer leichten Vor-Übung aus dem Repertoire von Akido, wie die von einem Aggressor aufgezwungene Rolle dagegen zu halten abgewandelt wird in eine Bewegung, die einen selbst in die Position neben ihn bringt. Diese Übung war sehr eindrücklich.

Es steht nun an zu prüfen, was diese Haltung bedeutet in der Auseinandersetzung mit den genannten Widerständen.

In dem Zusammenhang regte der Referent eine erneute Situationsanalyse aller beteiligten Gruppen an, neu zu erheben, was genau die Widerstände gegen den Abzug und was die Stützen für den Verbleib der Atomwaffen sind. Wir schließen mit einem Rückblick ab verbunden mit einer erneuten kurzen persönlichen Vorstellung.

Im Gespräch mit Passanten tauchen noch weitere Pro-Atomwaffen-Argumente auf:

- „Wir sind froh, dass wir sie haben und nicht irgendwelche andere auf der Welt."
- „Bin auch gegen Atomwaffen, aber sie sollten alle abgeschafft werden."
- „Solange Schurkenstaaten noch welche haben, wie sollen die verschwinden?"

22.18 Uhr Bin im Zelt verschwunden. Die Zikaden singen. Das taten sie letzte Nacht auch. Da dachte ich, das bedeute gutes Wetter. Zumindest für die Nacht und den Vormittag war das weit gefehlt. Und gerade jetzt fangen ganz leichte Tropfen an, einen hübschen Regen anzumelden. Und die Zikaden zirpen trotzdem. Wenigstens eine. Eine Widerständige?

Haben alles außer dem Versammlungszelt abgeräumt. Von Weitem Gewittergrollen. Und was ist bei Gewitter? Gibt ja genug hohe Punkte in der Nähe – vor allem auf dem Fliegerhorst! – die Blitze anziehen können, muss ja nicht eines unserer Zelte sein, oder?

Das Gewitter ist vorbeigezogen – zunächst einmal? Habe nach den Blitzen gezählt: Zehn Sekunden, Acht Sekunden, Acht Sekunden, Elf Sekunden, Dreizehn Sekunden – der Regen ließ nach. Das war's? Jetzt fängt der Regen wieder an nachzulegen. Dieses Trommeln aufs Zeltdach ist interessant: Wenn du keine Melodie im Kopf hast, hörst du auch keinen Rhythmus heraus, setzt ich eine in Gang – höre ich ihn. 22.46 Uhr – Das Donnergrollen kommt wieder von fern. Mit fast allen Naturkräften – die von gewaltig zerstörerischen Ausmaß sein können – haben wir gelernt klar zu kommen; mit dem, was Menschen an Atomkraft, Gentechnik, Atombomben, Nanotechnologie etc. erfunden haben, noch lange nicht.

6. August, Montag, „Fasten bis Atomwaffen verschwinden", Rhein-Zeitung vom 6.8.

7.51 Uhr Die Verteilaktion heute war aufschlussreich. Inzwischen scheinen die länger hier Arbeitenden Bescheid zu wissen. Von den gewiss etwa 200 Fahrzeugen, die zwischen 6.11 Uhr und 7.15 Uhr, als wir zu dritt verteilten, ins Atomwaffenlager fuhren, hielten an, die sich spontan dafür interessierten – so hatte ich den Eindruck bei zweien – und die, die ausdrücklich mit diesem Anliegen und/oder uns sympathisieren: Wenn solch ein Soldat vorfuhr, die Fensterscheibe runterkurbelte und unser kleines Präsent annahm und uns dann alles Gute wünschte – das entschädigte für alle vergeblichen Versuche. Das ist uns immerhin vielleicht 12 bis 15 Mal passiert!

Anders als im letzten und vorletzten Jahr wurde ich bemerkenswert selten mit abfälligen Gesten bedacht, nur zweimal. Einer zeigte mir den Stinkefinger und musste mit seiner Hand irgendetwas vor seinen Augen wegwischen.

8.15 Uhr Morgenandacht – Ganz besonders heute gedenken wir der Opfer des Massenmordes durch den Abwurf der Atombombe auf Hiroshima. Dazu verlese ich Teile meiner Grußbotschaft an die Friedensbewegung in Wien, die heute eine große Gedenkfeier hält:

„Liebe Friedensfreundinnen und Friedensfreunde,

gemeinsam mit Ihnen und mit Euch setzen wir uns ein für eine Welt der Gewaltfreiheit, in diesen Tagen ganz besonders für eine Welt ohne Atomwaffen – in Europa und weltweit!

Indem sich Menschen darum mühen, den Blickwinkel der Opfer einzunehmen, wird bereits die Welt ein

Stück verwandelt: So mögen Opfer ihre Würde wiedererlangen und nicht mehr länger nur als „Opfer" wahrgenommen werden. Denn ihre Sicht öffnet in Wahrheit den Blick auf die Welt, wie sie ist und nicht so, wie es sich die Menschen wünschen, die über andere herrschen oder bislang mehr oder weniger gleichgültig am Rande stehen. Aus Opfern werden Leidtragende, Randständige werden zu Mit-Leidenden und aus Tätern Menschen die umkehren.

Wir sind entzündet davon, dass diese Waffen ent-zündet werden: Dass sie ohne Zünder und ohne spaltbares Material dahin kommen, wo sie hingehören: In ein Museum. Möglicherweise in ein Museum der Unmenschlichkeit."

10.47 Uhr Nach der Verteilaktion und Morgenandacht fahre ich zum Duschen, Rasieren etc. in unser „Basislager". Schon auf dem Hinweg hören wir den ohrenbetäubenden Lärm der Tornados.

Als wir zurückkommen hören wir, dass es vier bis fünf Starts gegeben habe. Pro Flugstunde verbraucht der Tornado etwa 40.000€.

10.53 Uhr von weiten ruft ein Autofahrer: „Hoffentlich verhungert ihr da!" – Vielleicht schon eine Reaktion auf den Artikel im heutigen Lokalteil der Rheinzeitung über die Veranstaltung am Samstagnachmittag über „Pro- und Contra Atomwaffen", die titelte „Kritiker fasten bis Atomwaffen verschwinden".

Diese Überschrift – so unsere Gespräche – bringt in der Tat auf den Punkt, was wir vorhaben, nur hat es so deutlich noch niemand von uns gesagt. Es ist eine Kampfansage. Mit dieser Überschrift ist klar, worum es geht. Wir sollten uns mit Walter Wink auseinander setzen, der über die Auseinandersetzung mit „Mächten und Gewalten" eine ganze Friedenstheologie erarbeitet hat.

Ein befreundetes Künstlerehepaar, mitsamt Schäferhund Nora-Bella von Airport Hannover, gerufen Nora, ein Malinois, treffen ein. Er mit einer ausgedienten Bundeswehrjacke. Prompt hat es den Anschein, als wenn die vorbeifahrenden Bundeswehrsoldaten ganz besonders genau hinsehen, was hier ist.

Ein Passant mit seinem Rad hält an und meint „hoffen doch sehr, dass diese Dinger hier bald weg sind! Ich wohne in der Nähe und wenn hier was passiert – alle tot!"

Aus dem Atomwaffenlager kommt ein Wagen mit drei jungen Männern in Zivil und rufen uns im Vorbeifahren zu „Macht's gut!"

Der Künstler kommt nach einer kleinen Runde mit seinem Malinois zurück. Diese Schäferhundart ist ideal als Wachhund geeignet. Die Bundeswehrstaffel hier vor Ort, die die Atomwaffenlager im Lager selbst in besonderer Weise zu bewachen haben, gehen mit vielen von Hunden dieser Art Streife. Keine zweihundert Meter vom Versammlungszelt aus wurde er von einem Mann zur Rede gestellt, der sich als „Wachleiter" ausgab. Ihn wundere, dass jetzt die Bundeswehr selber mit Wachhunden Streife gehen würde, das sei ihm doch gar nicht bekannt. Nein, so der Freund, er käme von den Friedensaktivisten. Warum er denn eine Bundeswehrjacke anhabe? Aus Solidarität mit den Soldaten. Er sei ja nicht gegen die Bundeswehr, sondern dagegen, dass die Atomwaffen hier lagerten.

um 12.00 Uhr Zwei Mitdemonstrierende kommen von der Wache zurück. Sie gingen am geöffneten Tor vorbei und eine Wachhabende in Uniform kam auf beide zu. „Entschuldigung", fragen sie, „wir möchten gerne wissen, ob die Uhr hier richtig geht?" „Ja, doch", sagte sie. „Gott sei Dank! Dann haben wir ja Glück, es ist ja noch vor Zwölf!"

13.06 Uhr Eine starke Bö erfasst das Zelt. Wir müssen die Stangen festhalten, damit die Plane nicht reißt.

13.19 Uhr Das Künstlerehepaar. mitsamt Nora von Airport Hannover fährt wieder zurück.

18.43 Ein Herr aus der Nachbarschaft fuhr vor und fragte uns frank und frei: „Woher wisst ihr, dass hier wirklich Atomwaffen liegen?" Das war ein interessantes Gespräch: Was sind unsere Argumente?

- Es gibt eine amerikanische Spezialeinheit, MUNSS (Munition Support Squadaron) Siebenhundertundzwei,die überall dort stationiert sind, wo amerikanische Atomwaffen liegen. Diese Einheit ist nachweisbar nach wie vor in Büchel stationiert. An den früheren Atomwaffenstandorten, Nörvenich, Memmingen und Rammstein, wurden sie abgezogen. Es gibt nur einen deutschen Militärstandort an denen sie stationiert sind, Büchel.

06:00 Uhr

- Ein amerikanischer Friedensforscher veröffentlichte auf Grund von Quellen des amerikanischen Verteidigungsministeriums Informationen über die Lagerung der Atomwaffen in Büchel.
- Der Deutsche Bundestag beschloss im März 2010, dass die Vereinigten Staaten die Atomwaffen abziehen. Was ist der Sinn solch eines Beschlusses, wenn die Atomwaffen nicht in Deutschland wären? An welchem Ort sollten sie liegen?
- Eine befreundete Mitstreiterin hat mit einer Bekannten gesprochen, die mit einem amerikanischen Soldaten verheiratet ist, der sich darauf freut, dass er bald nach Hause kommen kann, wenn die Atomwaffen abgezogen werden.
- Bei einem Prozess gegen die Deutsche Bundesregierung wegen der Gefährdung durch die Lagerung der Atomwaffen in Büchel ist das Gericht schlicht davon ausgegangen.
- Zahlreiche ehemalige Soldaten, mit denen wir gesprochen haben, erzählten uns, dass sie in ihrer Stationierungszeit in Büchel, mit Atomwaffen zu tun hatten.
- Die Tornadopiloten in Büchel üben eine spezielle Technik, die Atomwaffen abzuwerfen, damit sie beim Einsatz sich so schnell wie möglich vom Zerstörungsort entfernen können.

Auf die Frage, was für ihn ein Beweis wäre, kam keine Antwort.

- Ich fügte hinzu: Als Militärpfarrer sprach ich mit dem damals befehlshabendem General des Jagdbombergeschwaders 33 in Birkenfeld ganz offen über die Existenz der Atomwaffen in Büchel.
- In früheren Gesprächen mit damaligen Kommodores wurde ganz offen über Atomwaffen gesprochen – eben auch darüber, welchen militärischen Sinn diese Waffen haben.
- Ein hochrangiger Soldat erklärte uns bei einem Friedensfrühstück, dass die Zukunft des Jagdbombergeschwaders 33 in Büchel nicht von den Atomwaffen abhänge.
- Zur Zeit als GERHARD SCHRÖDER Bundeskanzler war, sagte er „ich lege mich wegen der Zwanzig Eier in Büchel ncht mit den Amerikanern an".
- Wikileaks-Dokumente weisen auf die Existenz von 20 Atomwaffen in Büchel hin.

- Die Angabe eines ehemaligen, in Büchel stationierten Soldaten – getan in Duisburg –, dass die Atombomben abgezogen seien, wurde von mir überprüft: Nach Aussagen eines Friedensforschers in Berlin ist es nahezu ausgeschlossen. Dafür sind einige Voraussetzungen nötig, die nach den Quellen über die amerikanische Politik nicht stattgefunden haben. Die amerikanischen Dokumente, auch über die Modernisierung der amerikanischen Atomwaffen, sprechen ganz offen von den Atomwaffen in Büchel.

19.46 War Gandhis Fasten erpresserisch? Albert Schweitzer hielt dies Gandhi vor. Es wird ausführlich erzählt, wie es dazu kam, dass Gandhi ein dreiwöchiges Fasten hielt. Er wurde ohne ein Verfahren wochenlang inhaftiert und ging mit der Forderung, ein Gerichtsprozess zu erhalten, in das angekündigte Fasten. Er kündigte es in öffentlichen Schreiben an. Er appelliert an die Empfindungen für Wahrheit, Aufrichtigkeit und Menschlichkeit und wehrt sich dagegen, dieses Verhalten als unangemessen entwertet zu sehen.

20.15 Uhr Wir feiern die Andacht mit fünf weiteren Namen der Atombombenopfer. Ich erzähle eine Geschichte vom Standhalten: Als Jesus – in einer zu einer bildhaften Geschichte verdichteten Erfahrung nach Matthäus – vor die Wahl gestellt wird, Herr über ein Weltreich zu werden, wäre das nicht die Weltregierung mit einer guten Herrschaft?, wenn er den Teufel dafür anbetet, widerspricht er mit dem Hinweis auf das Erste Gebot. Damit wird deutlich, dass das Erste Gebot, „Bete keinen anderen an als Gott allein", eine politische Bedeutung hat: Das Vertrauen nicht in eine „gute Herrschaft" zu setzen, sondern in die Kraft der Liebe und Wahrheit. Vielleicht braucht es noch eine Zeit, damit auch vom Sprachgefühl her allgemeinverständlich wird, dass „gute Herrschaft" ein Oxymoron ist wie „trockenes Wasser" oder „grade Kurve".

7. August, Dienstag – im Laufe des Tages beginnt heute mein fünfter Fastentag.

6.00 Uhr stehe an der Einfahrt und verteile unsere Kärtchen mit einer Merci-Schokolade und der Aufschrift „Werde schwach: Zeige Stärke im Kampf für eine Welt ohne Atomwaffen" plus den Karten mit Namen der Hiroshima-Bombenopfer. Heute nehmen viel weniger einen Gruß an. Es kommen aber auch weniger Fahrzeuge?

Als meine Frau mit dem Wagen kommt, fahren wir schnell zum benachbarten Lutzerrather-Tor: Dort ist keine Autoschlange, paar Fahrzeuge fahren hinein und für jedes einzelne wird das Tor aufgemacht. Also schnell wieder zurück: Da kommt der große Schwung. Die heute etwas nehmen sind auch wieder ausgesprochen freundlich. Keine abfälligen Gesten.

Ein Herr, der vor Jahren bei der Militärpolizei gearbeitet hat und heute zu einem Besuchstermin im Fliegerhorst angemeldet war, meinte, dass er gegen den Einsatz von Atomwaffen wäre, aber nicht gegen den Einsatz von konventionellen Waffen. Man könne sich auch als Einzelner zu einem Besuch anmelden, wenn man sich einer Gruppe anschlösse. Heute kommt so eine Gruppe. Eigentlich keine schlechte Idee, sich auch solch einer Gruppe anzuschließen?!

Wenn es im nächsten Jahr wieder nötig sein wird: Dann nicht jeden Tag etwas anderes verteilen, wenigstens in den Tagen zwischen dem Hiroshima- und Nagasaki-Gedenktag? Ein Flugblatt – solch eine kleine Geste wie heute – eine Rose – und zum Schluss ein Formular wie eine einwandfreie juristisch abgesicherte Formulierung aussieht, in der ein Soldat erklärt, dass er die Hände von den Atomwaffen lassen will? Vorarbeiten aus den letzten Jahren gibt es dazu bereits.

18.19 Rede „An die Stummen Fische" – real-absurdes Theater: Gehalten von der Cochemer Moselbrücke aus. Die Vernunft und die Menschlichkeit flüchten sich ins Absurde, um angesichts des Untragbaren überleben zu können: Zu siebt haben wir das Sprechstück über den Fischen, in der Hälfte der Brücke, uraufgeführt. Im Anschluss am Brückenansatz zu den Gästen in den Cafés und den Touristen am Brunnen. Ein paar blieben unten stehen um zuzuhören. Eine Dame aus der Region kam extra wegen der Ankündigung in der Zeitung. Sind wir nah dran an der prophetischen Situation von Jesaja Kapitel Sechs Vers Neun Folgende:

„Geh hin und sprich zu diesem Volk: Höret und verstehet's nicht, sehet und merket's nicht! Verstocke das Herz dieses Volks und lass' ihre Ohren taub sein und ihre Augen blind, dass sie nicht sehen mit ihren Augen noch hören mit ihren Ohren noch verstehen mit ihrem Herzen und sich nicht bekehren und genesen."

20.15 Uhr Abendandacht – Wenige Wochen vor der Fastenaktion erhielt ich von eine Thesenreihe von Heinrich Vogel zu den Atomwaffen, veröffentlicht in der Friedensrundschau 1959. Die Friedensrundschau wurde damals auch vom Versöhnungsbund mit herausgegeben. Heinrich Vogel, geboren 1902 in Pröttlin, Kreis Prignitz formuliert In seinen 60 Thesen Probleme der christlichen und ethischen Beurteilung der Atomwaffen, die bis heute frappierend sind. Jeden Abend lese ich zwei seiner Thesen.

Hier die Auswahl:

Freitag, den 3.8. Thesen 1 und 3:

Den Menschen, den Gott so geliebt hat, wie es das Evangelium von Jesus Christus uns sagt, als Objekt von Massenvernichtungsmitteln auch nur denken zu wollen, ist Sünde.

Die Massenvernichtungsmittel sind nicht nur ein selbstmörderischer Bumerang, sondern Mittel des Massenmordes und somit der Sünde.

– Es ist verblüffend, dass der Zusammenhang von Atomwaffen und Massenmord ganz außer Gebrauch geraten ist.

Samstag, den 4.8. Thesen 7 und 16:

Es gibt keinen denkbaren Zweck, durch den die Massenvernichtungsmittel, ihre Herstellung, Erprobung und Anwendung gerechtfertigt werden könnten.

Die Massenvernichtungsmittel sind Vehikel des Dämonischen, weil sie ihrem Wesen nach nur unter unmenschlichem Zweck gedacht werden können.

Sonntag, den 5.8. Thesen 17 und 18:

Der Massenmord, den die Massenvernichtungsmittel intendieren, ist nicht nur eine Vernichtung des physischen Lebens der davon Betroffenen, sondern Seelenmord an denen, die sich in den Dienst an diesem Massenmord stellen lassen.

Wenn ich mich selbst vor dem Angesichte Gottes nicht als den Menschen denken darf, der eine Atombombe konstruierte, ihren Abwurf befähle oder sie abwürfe, so darf ich auch keinen anderen als diesen Menschen denken.

Montag, den 6.8. Thesen 20 und 25:

Die Indienstnahme von Massenvernichtungsmitteln zur Abschreckung, um das Böse zu verhindern und einen Krieg unmöglich zu machen, entspringt dem

Wahn, als ob man die Sünde mit einer Sünde und den Teufel mit einer Teufelei bekämpfen könne.

Die Meinung, dass die Massenvernichtungsmittel wegen ihrer mörderisch-selbstmörderischen Furchtbarkeit nie angewandt werden würden, basiert auf dem Wahn, dass der Mensch vernünftig und gut ist.

– Auch hier waren wir erschrocken darüber, wie einfach diese Argumentation und immer noch nötig ist.

Dienstag, den 7.8. Thesen 28 und 30:

Die quantitativen Unterschiede zwischen kleinen, größeren und größten Atombomben können und dürfen die radikale und totale Verwerfung nicht in Frage stellen, zu der wir gegenüber einem mit atomaren Waffen geführten Krieg gefordert sind.

Der Staat, der für Recht und Frieden zu sorgen und in Förderung des Guten wie in Abwehr des Bösen der Erhaltung des menschlichen Lebens in menschlicher Gemeinschaft zu dienen hat, zerstört sich selbst, wenn er sich der Massenvernichtungsmittel bedient.

– Hier kamen wir darüber ins Gespräch, wie zutreffend diese These ist, auch bezogen z. B. auf die USA, Deutschland und jetzt aktuell Israel. Die enormen Kosten, die Umweltprobleme, sie verhindern gesellschaftlichen Entwicklungen – alles das hat seinen Preis.

Auch die These 28 ist nach wie vor aktuell in Bezug auf die Modernisierung der amerikanischen Atomwaffen, die nicht selten verniedlicht werden, als „kleine Bomben".

Für Morgen sind folgende Thesen vorgesehen:

Mittwoch, den 8.8. Thesen 31 und 45:

Die Massenvernichtungsmittel liefern die Demokratie an die Diktatur der wenigen aus, die im Ernstfall über ihre Anwendung entscheiden.

Die bloße Möglichkeit, dass der Mensch am Menschen das tun kann, was die Massenvernichtungsmittel (und andere Mittel moderner, technischer Psychologie und Biologie) in sich beschließen, ist eine radikale Bedrohung der Menschlichkeit des Menschen, auch wenn diese Möglichkeit nie Wirklichkeit würde.

– Ich muss erschrocken feststellen: Auf dieses Argument bin ich meiner Erinnerung noch nie vorher gestoßen. Es ist so verblüffend einfach, dass ich mich wundere, wie wenig es bislang beachtet wurde! Das ist für mich eine ganz besondere Entdeckung.

8. August, Mittwoch Heute beginnt mein letzter Fastentag

7.38 Uhr Das Wetter meint es gut mit uns. Wenn es auch tagsüber geregnet hat und wir ein Gewitter erlebten, wenn ich morgens vor der Einfahrt stehe und die Glücksbringer verteile, hat's bislang nicht geregnet. Wenn kein Auto komme, niemand da ist, rede ich mit den Bäumen und Büschen und bedenke, was wir Menschen – und ich auch – ihnen nicht alles schon zugemutet haben.

Am Montag sind wohl so viele ins Atomwaffenlager gefahren, weil sie die Tage über dort Quartier nehmen. Die, die die Woche über ein- und ausfahren, fahren täglich zu Arbeit, manche Nummernschilder zeigen aber auf Orte hin, die nicht gerade in der Nachbarschaft liegen: Stuttgart, Mönchengladbach, Güstrow – ?!

Auch heute wurden wieder Fünf oder Sechs der kleinen Grüße angenommen. Zum ersten Mal von einem Flieger. Gegen 6.10 Uhr fing ich diesmal an, und ging – es kam kein Auto – auf einen Herrn zu, der zuvor seinen Wagen in der Nähe geparkt hatte und nun unweit einer Bushaltestelle mit seinem Aktenkoffer wartete: „Sie bilden eine Fahrgemeinschaft?", fragte ich ihn. „Guten Morgen, Herr", er sagte meinen Namen, „so ist es!" „Ihr Gesicht kommt mir bekannt vor!" „Ich war hier der stellvertretende Kommodore." Er arbeitet jetzt im Bonner Bundesverteidigungsministerium. Meinen kleinen Gruß mitsamt der Karte mit dem Namen eines der Hiroshimaopfer nahm er nicht an. „Sie sind hier immer noch zu Gange?", fragte er. „Was bleibt mir anderes übrig, solange die Atomwaffen hier noch liegen. Atomwaffen sind Massenvernichtungsmittel, Mittel für Massenmord. Da kann man doch nicht tatenlos zusehen." – die Thesen von Heinrich Vogel wirken – „Das kann man so sehen", meinte er. „Ich weiß nicht, ob das eine Frage der Einstellung ist, ist es nicht eine Frage der Menschlichkeit? Ich habe nicht nur an den Kommodore geschrieben sondern auch an Frau Merkel, dass diese Unmenschlichkeit, für die die Politiker verantwortlich sind und die den Soldaten zugemutet wird, aufhört." Da kam sein Fahrerkollege und stieg mit kurzem Abschiedsgruß ein.

Als ich zu verteilen anfing, kam erst einmal kein Auto. Ich wollte mir noch meine Sachen zurechtlegen, da hörte ich das erste Fahrgeräusch. „Es ist wie immer", dachte ich, „du hast noch nicht einmal Zeit eine Kleinigkeit in Ruhe zu machen! Kaum ist eine winzige Pause, wo ich mir ein Taschentuch holen kann, da kommt ein Auto!" Wirklich nett von meiner Nase, dass sie so gut mitspielt.

Zwei Freunde sind heute auch früh auf. „Das tut gut", meine ich. Sie hängen die Banner und Transparente auf: „Fasten für eine atomwaffenfreie Welt", das Versöhnungsbundtransparent, „Abschalten und Abrüsten": Atomkraftwerke und Atomwaffen. Das Pax-Christi Banner blieb schon die zweite Nacht über unbehelligt hängen.

13.24 Uhr Der Kommodore und sein Begleiter besuchten uns. Das ist das erste Mal, dass ein Kommodore uns aus freien Stücken besucht. Letztes Jahr kam der Kommodore auch – das war am ersten Tag – nachdem unsere Zelte zerstört worden waren und er sich selbst davon überzeugen wollte, was hier passiert war.

Er fragte, ob alles in Ordnung sei und dass es ja wohl blendend liefe. „Es würde noch besser laufen", so antwortete ich, „wenn Sie und die Soldaten hier erklären würden, sie würden die Hände von den Atomwaffen lassen." Ich ergänzte: „Aus den hiesigen Gesprächen ist die Idee entstanden, dass ich zumindest überlege, im nächsten Jahr mit dem Fasten in Berlin anzufangen. Denn die Politiker sind die Hauptverantwortlichen für die Atomwaffen in Deutschland." „Mir wär's ja recht, wenn sie überall woanders fasten würden!", so die Antwort. „Würde ich ja auch, wenn woanders in Deutschland auch Atomwaffen lägen."

9. August, Donnerstag – Nagasaki-Gedenktag

6.00 Uhr Sitze vor dem Zelt und genieße meinen Extra-Trunk, eine Elektrolyt-Glucose Mischung, die mir mein Arzt für die Fastenzeit empfohlen hatte. Gestern noch war ich dankbar für die regenfreie Zeit beim Verteilen. Jetzt, kurz davor, setzt Regen ein. Na fein! Krame meinen Regenumhang aus dem Zelt heraus und will mich langsam auf den Weg zum Verteilerkreis machen – da hört der Regen auf. Nebelig ist's.

6.11 Uhr Fange an zu verteilen. Ein Mitstreiter stellt die Banner und Transparente auf. Ein anderer stellt sich in die Einfahrt zum Atomwaffenlager. Nach wenigen Autos schon hält der erste, es sitzen zwei drin. Zivile Mitarbeiter? Ziemlich pünktlich um 6.17 Uhr kommt der erste große Schwung Autos. Eine Stunde später habe ich von meinen ca. 8 Karten nur noch eine übrig.

Ein Soldat fährt vor, begrüßt uns – meine Frau war inzwischen auch gekommen – und nimmt gern den Gruß entgegen. „Jeden Morgen!", meine ich. „Ja, ich mag Schokolade, und ich mag die Karte."

Er war der letzte, der etwas angenommen hat. Wenig später haben wir Schluss gemacht, ca. 7.17 Uhr. Als meine Frau kommt, etwa 6.33 Uhr, frage ich sie: Ob es für sie nicht erfreulich ist, so viel schöne Männergesichter zu sehen? Ich jedenfalls kann mich an den Gesichtern von Frauen, wenn sie hier vorbeifahren, nicht satt sehen. Außer, wenn sie so griesgrämig und angestrengt lustlos vorbeifahren, finde ich jede von ihnen anmutig anzuschauen. Mir wäre lieber, hier würden nur Frauen vorbeifahren. Aber, meint meine Frau, die würden ja auch alle ins Atomwaffenlager fahren. Ja stimmt. Am liebsten wäre mir, hier würde niemand mehr in dies Lager fahren.

7.52 Uhr Gestern Abend haben wir uns in der Runde mit einer langjährigen Friedensaktivistin noch lange darüber unterhalten, was im nächsten Jahr ansteht, möglich, sinnvoll ist, wenn die Atombomben hier immer noch liegen. Es schält sich heraus, die Fastenaktion von der geplanten Großdemonstration zeitlich zu trennen. Und ich überlege mir ernsthaft, die Vierte. öffentliche Fastenaktion im nächsten Jahr in Berlin vor dem Bundeskanzleramt oder dem Reichstag zu beginnen. Wenn ich am 5.8. dann nach Büchel komme, können wir hier drei Tage lang in den Dörfern viele Handzettel verteilen. Und meine Frau und ich überlegen, ob wir meinen Sabbat, den Montag, dafür nutzen, um gezielt einige Leute vor Ort zu besuchen. Wir suchen den Kontakt zu Kreisen, Vereinen, Frauengemeinschaften etc. Die Stimmung hat sich verändert. Es steht an.

Einer hatte darauf hingewiesen, wie wichtig es ist in dieser Sache, den Kontakt auch und stetig zu den Politikern zu halten. Die Kampagne Atomwaffen abschaffen hat hier in der Vergangenheit schon viel geleistet. Meine Briefe – auch in diesem Jahr an den Kommodore und die Bundeskanzlerin – sind nicht zur Veröffentlichung bestimmt. Das ist anders, wenn ein amtliches Schreiben als Antwort kommt. Bislang habe ich aber auf keinen meiner Briefe eine Reaktion erhalten. Vielleicht werde ich im nächsten Jahr das anders machen?

8.55 Uhr – Ein Schwung junger Männer in Kampfuniform marschiert mit schweren Rucksäcken ziemlich flott an unserem Zelt vorbei, Richtung Büchel. Wir, die wir am Zelt sind, grüßen, einige grüßen freundlich zurück.

Hier hat sich in den Jahren die Stimmung verändert. Die letzten drei Tage habe ich beim Verteilen kein einziges abfälliges Zeichen mehr gesehen.

8.53 Uhr zu den schönen Momenten, die wir hier auch erleben, gehört auch, dass ich zweimal Zeit hatte – einmal direkt am Verteilerkreis, das andere Mal in der Nähe unserer Gedenkkerzen – Geige zu üben. Die Sonne schien so wie jetzt gerade auch. Die Wolken vom Westen her sind noch etwas grummelig, Aber die Sonnenstrahlen wärmen.

Was mir in den Tagen am Atomwaffenlager auffiel: Zwei hatten vor Tagen das gesamte Atomwaffenlager umrundet. Sie bestätigten, was mir schon vom ersten Tag an aufgefallen war: Zum ersten Mal – auch eine Premiere – waren hinter dem Zaun an keiner Stelle NATO-Stacheldrahtrollen verlegt worden. Das zeigt, wie groß das Vertrauen von Polizei und Bundeswehr in uns ist, dass wir uns an das, was wir vorher sagen, auch halten. Respekt vor dem Kommodore und dem Standortältesten, die m.W. vor Ort letztendlich dafür verantwortlich sind.

11.02 Uhr Andacht zum Gedenken an den Atombombenabwurf auf Nagasaki. Verschiedene haben Texte, Gebete, Teile von Reden mitgebracht. Meine Frau verliest einen Abschnitt einer Rede eines Überlebenden der Nagasaki-Atombombe, Kazu Soda und aus der Rede, die genau vor einem Jahr von einer von uns in Nagasaki gehalten wurde.

Weil wir uns mit unserer „Rede an die Stummen Fische" auf FRANZ VON ASSISI bezogen, liest ein Cochemer ein Gedicht von DOROTHEE SÖLLE.

Auf Grund eines Gedichtes, das im Rahmen der Andacht vorgetragen wird, frage ich mich: Warum haben wir nicht konsequent alle, die damit zu tun haben, danach gefragt, *warum* die Atomwaffen immer noch hier lagern? Warum haben wir kein Vertrauen in die Warum-Frage? Weil wir meinen, es ja schon längst zu wissen, warum sie hier sind? Wie soll – wenn wir die Frage nicht stellen – denn für uns und vor allem andere deutlich werden, welche Gründe es für die Verantwortlichen tatsächlich sind und ob diese stichhaltig sind. RAINER MOORMANN hatte uns in einem Vortrag kurz vor der Fastenaktion zum Kernkraftwerk in Jülich geraten: „Fragen Sie nach! Durch ihre Nachfrage muss der Befürworter die Gründe darlegen und dann erst können diese überprüft werden."

Wir halten zwei Gedenkminuten, für die Opfer von Nagasaki und Hiroshima, und für die, die bis heute in der dritten Generation schon unter den Folgen dieser Atombombe zu leiden haben.

Im Anschluss halten wir eine kleine Schlussrunde. Noch keine Auswertung – die findet beim nächsten Treffen der Regionalgruppe Cochem-Zell statt. Wir sind Dreizehn Personen. Wir hatten noch nicht angefangen, auf einmal hält ein Bundeswehrfahrzeug am Versammlungszelt. Kommt noch einmal der Verbindungsoffizier? Ein Mann ohne Uniform steigt aus. Es ist der Standortpfarrer von Büchel, demnächst von Büchel und Daun. „Sie glauben gar nicht, wie viele sich hier von denen hinter dem Zaun hierzusetzen würden", meint er. „Und warum sitzen sie hier nicht", frage ich. „Das ist Solidarität mit dem Arbeitgeber."

Jedenfalls ist das erneut eine Premiere bei diesem Dritten Fasten: Der Standortpfarrer kommt vorbei.

Wenn das stimmt was er sagt, benötigen wir dringend einen wasserdichten, juristisch einwandfrei formulierten Passus, mit dem Soldaten erklären können, das sie gegen die Atomwaffen sind und nichts damit zu tun haben wollen, *ohne* dass es für sie dienstrechtliche Folgen hat. Und falls doch, dass diese auf Anhieb als illegal zu erkennen sind, z. B. als Schikane. Wer kann dabei helfen, das zu formulieren? Entscheidend ist, dass die Soldaten, wenn sie das unterschreiben, *nicht* in die Kriegsdienstverweigerung gedrängt werden können. Ich nehme an, dass davor die meisten zurückschrecken, weil wie dann ja schlicht ihre Arbeit und ihre Einkommen verlieren. Da die Kriegsdienstverweigerung ein anderes Thema ist, sollte man das an dieser Stelle nicht miteinander vermischen. Die Schwelle, solch eine Erklärung zu unterschreiben, würde dann auch sehr hoch.

Wir verabschieden uns voneinander und sagen „Auf Wiedersehen", aber eigentlich will keiner zu diesem Anlass im nächsten Jahr wieder hier sein!

Nachtrag – wir diskutierten irgendwann zwischendurch darüber: PRO ATOMWAFFEN:
- Es sei ein Verhandlungsgut, damit die Russen ihre taktischen Atomwaffen von der Grenze zu Europa hin abziehen.
Aber: Im Zusammenhang mit der Wiedervereinigung sollte Deutschland komplett atomwaffenfrei werden. Andreas Zumach wies in einem Referat – als er mit den Fahrradfahrern auf dem Weg zur NATO-Zentrale in Brüssel bei uns Station gemacht hatten – darauf hin, dass es am Widerstand vom

damaligen Bundeskanzler Kohl gelegen habe, dass die nukleare Teilhabe Deutschlands nicht beendet worden sei. Leben unter dem Fluch dieser nicht gewollten Chance?
Tatsache ist, dass Russland keine Atombomben außerhalb ihres Staatsgebietes gelagert hat und die umgekehrte Argumentation Russlands nicht von der Hand zu weisen ist: Wenn die Amerikaner ihre extraterritorial stationierten Atombomben aus Europa und der Türkei abziehen, dann kann Russland auch darüber verhandeln, dass sie ihre auf ihrem eigenen Territorium von der Grenze abziehen. Umgekehrt wird ein Schuh daraus.
12.14 Uhr Der Abbau fängt an. Zusammen wird das Versammlungszelt ausgeräumt und zerlegt. Das Wetter spielt mit, es ist warm und trocken. Das ist auch für die Zelte gut. Zum Schluss gehe ich noch zu unserem Nachbarn, der uns bei der letzten großen Veranstaltung, als Nina Hagen bei uns auftrat, Gelände und Gerätschaft zur Verfügung gestellt hat. Er fragt nach dem Erfolg der Veranstaltung. Mit ihm und seinem Mitarbeiter, der vor allem wissen möchte, wie wir das Fasten gestaltet haben, kommen wir darüber ins Gespräch. Ich gebe ihm eine Stapel von Flyern der Gewaltfreien Aktion Atomwaffen abschaffen, GAAA, die für Demonstrationen am Atomwaffenlager werben.
Auf dem Weg zurück zum Auto, wartet ein junger Mann in Zivil an der Bushaltestelle. Ich spreche ihn an, weil ich vermute, dass er Soldat am Atomwaffenlager ist. Damit lag ich richtig. Ich frage ihn, ob unsere Aktion unter seinesgleichen ein Thema gewesen sei. Doch ja,

und übrigens sei er auch gegen Atomwaffen. Er vermutet, dass die Amerikaner Deutschland Geld zahlt, damit die hier liegen, er könne sich keinen anderen Grund vorstellen. Ich verabschiede mich und verspreche, dass ich diese These prüfen werde, mir sei sie jedenfalls neu.
14.40 Uhr auf der Fahrt nach Hause. Eben im Auto halte ich Fastenbrechen. Ein kleines Stück Zwieback. Mein Mund weiß gar nicht, was er damit anfangen soll.

06:01 Uhr get
als ich nach hause kam
und dort deine zettel sah
freute ich mich

als ich am nächsten tag
dann deinen brief las
weinte ich

ist alles gegenwart

feines geäder im freudvollen gelb
umwoben umarmend die blätter
eines dem anderen zuvorkommen wollend
prismen und im tropfen die welt

06:02 Uhr npt
Auch der Schrecken hatte vor Zeiten seinen angestammten Platz. Eingefügt in die mittelalterliche ordo. Jedes Kind wusste den Schrecken und wuchs mit ihm auf. Er gehörte zur Ordnung. In den Kirchenfenstern zu Freiburg am Breisgau leuchten die Wunden der Dahingemetzelten genauso wie deren Heilgenscheine. Rein vernunftmäßig gibt es in unserer Welt keinen Schrecken mehr. Er wird wegrationalisiert. So außer Kontrolle kommt er schrecklicher denn je zurück: In den Träumen, in der fiktionalen Welt der Filme und Romane, als Folge der todnüchternen Ausgeburt des eigenen Gehirns. Und kommt bei anderen an, deren Geschichten wir nicht kennen und nicht kennen lernen wollen.

06:03 Uhr npt
Müssen die Vorstellungen vom Schrecken nicht notwendigerweise naiv sein? Denn konfrontiert mit dem Schrecken in Person wird unsere erste Reaktion wohl ein

06:03 Uhr

Nichts sein: Kein Schrei, kein Weinen, kein Zusammenbruch. Er ist einfach zu groß, nicht zu fassen, als dass man ihn beweinen könnte oder anschreien, er hat uns schon zerschlagen.

Der Schrecken ist gegenwärtig so groß, dass es nicht möglich ist, ihn gedanklich zu fassen. Wer behält alle Konfliktherde dieser Welt im Kopfe? Selbst wenn man sie alle wüsste, schwelen immer bislang unbekannt gebliebene und brennen an ungeahnten Orten lichterloh. Auch das Gleichgewicht des Schreckens ist derart, dass es sich jeder Vorstellung entzieht.

Damit ein Standhalten dem Schrecken gegenüber möglich ist – etwas Unfassbaren gegenüber kann ich nicht standhalten – sind die Vorstellungen vom Schrecken naiv: Wir haben ein Kind, einen Mann, ein Volk usw. vor Augen, ein konkretes Beispiel, einen überschaubaren Bereich, wo das Mit-Leiden möglich ist. Wo wir unser Gesicht in der Trauer bewahren können. Wo ich Person bleibe und nicht eingehe in eine gesichtslose Masse angesichts des Schreckens. Diese Bedrohung ist das Zerstörerische des Gleichgewichts des Schreckens. Noch bevor der Schrecken de facto alle Grenzen und Unterschiede vernichtet, hat er schon Individualität, Persönlichkeit, Menschen und Völker zerstört. wie sie alle dem unfassbaren Schrecken, die drohende Vernichtung ihres Lebens durch eine Atomkatastrophe oder einen Atomkrieg nicht standhalten können. So entpuppt sich das Gleichgewicht des Schreckens als ein Prinzip des Schreckens. Nicht Friede ist der Grund und das Ziel des Gleichgewichts des Schreckens, sondern Schrecken.

Aber auch die Möglichkeit, durch naive Vorstellungen der Zerstörung der eigenen Individualität, Persönlichkeit entgehen zu können, ist in Gefahr: Dieser Bereich, in dem Mit-leiden möglich ist, wird gleichfalls zerstört und vom Schrecken eingeholt: Horror-, Kriegs-, Katastrophenbücher, –filme und –spiele bedrohen die Fähigkeit mitleiden zu können. Dem Einzelfall gegenüber kann der Einzelne mitfühlen. Der Unzahl gegenüber bleibt Gleichgültigkeit.

Die Produkte der Schreckensindustrie legen es gerade nicht aufs Mitleiden an. Dem Impuls einem Menschen auf der Leinwand sein Mitgefühl zu schenken, dort wo er bedroht wird oder ihm Furchtbares widerfährt, wird entgegengewirkt, durch Banalisierungen, indem das Geschehen ins Lächerliche gerückt wird oder vielmals wiederholt und damit unbedeutend wird und Schrecken wird auf Schrecken gehäuft. So wird der Schrecken selbstständig, gelöst vom Mitleiden und der Fähigkeit dazu. Und selbst die naive Vorstellung vom Schrecken wird vom Schrecken korrumpiert.

Was dem Schrecken standhalten kann, muss in sowohl naiv als auch umfassend sein, muss in der Lage sein, den Schrecken einzuholen ohne selbst Agent des Schreckens zu werden. Das sehe ich in der Kreuzigung Jesu von Nazareth und der Botschaft, dass dort in ihm und mit ihm Gott getötet wurde.

Der gesichtslose Schrecken bekommt ein Gesicht und einen Namen: Die Fähigkeit Gott zu zerstören. Damit wird der Schrecken relativiert, er ist nicht mehr unbedingt, seine gottgleiche Allmacht gestürzt. Die Zukunft ist das Ende des Schreckens. Ihm nicht mehr hilflos ausgeliefert zu sein, ist schon Zukunft in sich.

06:04 Uhr npt

Was hat das alles miteinander zu tun?

Mein Schlaf, meine Träume, die Nacht mit meiner Verlobten, das Aufstehen, der Brotrest, der platte Hinterreifen am Fahrrad, das Frühstücksgebet, die Pumpe vom Vermieter, die Hilfe des Seniors, das Einkaufen, der Gang durch den Witterschlicker Wald, das Mittagessen, de Sade frei nach dem Kindler Literaturlexikon, die Preise der Propyläen Kunstgeschichte, die Prospekte mit Bildern zum Rausschneiden und verschicken auf selbstgemachten Karten, Richardson und der Briefroman, Giotto und die Westkunst, Odysseus und die Lebensmittel, Ottweiler Bier und Wolfdietrich Schnurre, die Nazis und die Juden, philosophische Gedanken und der Mittagsschlaf mit Liebkosung, der Pflaumenkuchen samt Sahne und die vorchristliche Reiterin, Brechts Baal samt der Musik von Zehar, das Radio, mein Schreiben, das Taschenmesser und Johannes Allsters und und und? Jeder Tag ein Kosmos. Was haben diese alle miteinander zu tun?

Und zwar mehr, als ich mit ihnen in Berührung gekommen bin. Wenn sie sonst nicht mehr miteinander zu tun haben, was würde das bedeuten?

Wenn alles das nur so viel gemeinsam hätte, als sie etwas mit mir gemeinsam hatten, dann haben sie nichts gemeinsam, denn jeder erfährt all das anders.

Damit wäre es völlig beliebig, was sie gemeinsam haben? Das Gemeinsame muss auch etwas sein, was nicht Formal oder wieder zu teilen ist, etwa ihr „Sein" oder dass sie kategoriale Begrifflichkeiten sind.

Was ich fand: Zuerst die Zeit. Die Zeit individualisiert. Kein Blatt vom gleichen Baum ist zur gleichen Zeit am gleichen Ort. Die Wirkung auf das Blatt, die es wachsen und werden lässt ist zu jeder Zeit an jedem Ort verschieden, getrennt von der Ortszeit und verbunden in der einen kosmischen Zeit.

Was ich fand: Dass das Leben eines ist. Mein Leben ist kein anderes als das der Eidechse, meines Nachbarn, meiner Kinder, meiner Frau, der Grasbüschel davor und der Schwalben hoch über mir. In ihrer Lebendigkeit ist jedes Lebewesen verschieden und die Qualität des Lebens kann sehr unterschiedlich sein, aber das Leben ist in allen Lebewesen eines.

Und: So wie die Zeit individualisiert, so würdigt dies die Liebe. Zeit individuiert, Liebe würdigt. Jedes Einzelding. Jeden Einzelnen. Und verbindet dadurch, erschafft Gemeinschaft und Gemeinsamkeiten, heilt. Sie selbst ist das Ganze. Darin ist sie nicht messbar. Menschen haben sie Gott genannt.

06:05 Uhr npt
DICHTUNG VOM WAHREN

I

Warum eigentlich jeder Satz aufhört?
„Nicht aufhörende Sätze": Werdende Sätze
Denn sie beinhalten mögliche Sätze.
Offensichtlich müssen sie wie Frauen ihre Gestalt erst aufgeben, bevor sie Neues gebären.
Wenn die fertigen Sätze gerichtete sind und dies Gerichtete nicht schon immer war, dann muss es früher einmal ungerichtete Sätze gegeben haben.
Wenn die neuen Sätze nicht-fertige sein sollen, müssen sie werdende sein.
Wenn „Sinn" ein Ausdruck für Gerichtetheit („Uhrsinn") ist, dann sind diese Sätze ‚sinn-los'.
Wenn Gerichtetheit ein Ausdruck menschlichen Denkens ist, dann sind die werdenden Sätze verstehbar. Ähnlich wie ein Denken, das wesentlich gleichzeitig und

nicht nacheinander ist; und gleichzeitig heißt: gleichwertig und gleichwirkend in allen seinen Teilen und auf alle Teile.

Das Gegenteil von fertigen Sätzen sind darum nicht unfertige Sätze, weil diese unvollkommen sind. Werdende Sätze aber sind vollkommen – oder ist etwa eine schwangere Frau nicht schon jeden Augenblick vollkommen? Sie sind die eigentlich vollkommenen Sätze.

Fertige Sätze „drücken" alles „aus".
Werdende Sätze bewahren, aber verbergen nichts.
Fertige Sätze sind analysierbar.
Werdende Sätze sind auch in ihren Teilen ganz.
So, wie eine werdende Mutter keine Mutter ist, so ist ein werdender Satz kein Satz. Was aber ist dann ein Satz?
Eine werdende Mutter trägt ihr Kind aus. Ein werdender Satz trägt das Geistige aus. Mit der Geburt hört die Mutter nicht auf Mutter zu sein. Mit dem Punkt hört der werdende Satz nicht auf, werdend und das heißt geistig zu sein. Oder: Mit der Geburt fängt die Mutter an Mutter zu sein. Mit dem Punkt fängt der Satz an Satz zu sein.
Fertige Sätze sind bewusst.
Unfertige Sätze sind „unter"-bewusst.
Werdende Sätze sind „über"-bewusst: Klar, durchsichtig.
Fertige Sätze sind gemachte Sätze.
Unfertige Sätze ereignen.
Werdende Sätze sind gezeugt, sie gebären.
Werdende Sätze sind nicht entweder Prosa oder Poesie, sie sind. (Poesie: „das Machen, das Verfertigen"; Prosa: „geradeaus gerichtete Rede")
Werdende Sätze bezeugen Gegenwart. Fertige Sätze bezeugen nichts. Sie bekennen Vergangenes. Auch unfertige Sätze bezeugen; aber sie bezeugen auch nur Vergangenes.
Fertige Sätze wollen etwas bewirken. Das ist das defizitäres Erbe ihres magischen Ursprungs. Unfertige Sätze erweisen etwas. Werdende Sätze wollen nichts bewirken, sie erweisen niemandem etwas, sie sind, weil sie wirken, sie wirken, weil sie sind.
Alle fertigen Sätze sind einander gleichgültig. Und es gibt kein logisches Kriterium, was einen fertigen Satz

von anderen heraushebt. Werdende Sätze sind einander nicht gleichgültig, weil sie aufeinander wirken. Und es gibt kein logisches Kriterium, was einen werdenden Satz nicht aus anderen heraushebt, weil er werdend ist.

Fertige Sätze richten – sie richten sich auf etwas und sie richten hin.

Unfertige Sätze sind verrichtete Sätze. Werdende Sätze bewahrheiten.

Fertige Sätze sind unbewegt und unbeweglich. Werdende Sätze bewegen sich immer und sind immer bewegt.

Die Primitivität der werdenden Sätze ist eigentlich nur ihre Ursprünglichkeit. Die unfertigen Sätze sind naiv. Die fertigen Sätze sentimental.

Fertige Sätze sind bewusster Raum. Unfertige Sätze sind sich des Raumes und der Zeit nur ansatzweise bewusst. Werdende Sätze sind bewusste Zeit.

Werdende Sätze sind unübersetzbar. Oder besser: Stets setzen sie über, sogenannte Übersetzer.

Mögliche Kennzeichen werdender Sätze:
- Partizipiale Sätze;
- Attributierung des Adverbs – „er trat ins seitliche Grün";
- Substantivierung von Verben;
- Verbalisierung – z. B. durch Kleinschreibung.
- Das Subjekt regiert nicht den Satz.
- Das Objekt wird nicht regiert.
- Das Verb steht überall, aber nicht an zweiter Stelle.
- Der Reim ist aller Ende Anfang.
- Transitivierung des Intransitiven;
- Flexivierung des Unflektierten;
- Potenzierung des Impotenten.
- Die Konjunktionen sind frei. Sie können überall alles binden.

II

DIE AHNEN

PAUL ELUARD

aus: *Unvergesslicher Leib* (1963)

„Portrait In Drei Bildern II

Gehören dir deine Hände gehören deine Brüste den anderen
Wie dein Mund zu dem sich alles drängt was Geschmack werden will
Deine Brüste ein Segel es wölbt sich zugleich mit der Woge
Deines Mundes der sich öffnet und alle Ufer verbindet"

„Ein Pfund Fleisch

Ich bin ein Mann im Leeren
Ein tauber ein blinder ein stummer
Auf einem riesigen Sockel von schwarzem schweigen

Nicht dieses Vergessen ohne Grenzen
Dies absolute Null und wieder Null
Die höchste letzte Einsamkeit

Der Tag ist ohne Makel und die Nacht ist rein

Nehm ich manchmal deine Sandalen
Geh ich zu dir

Ziehe ich manchmal dein Kleid an
Hab ich deine Brüste und deinen Leib

Seh ich mich dann unter deiner Maske
Erkenne ich mich selbst."

aus: *Der Phönix* (1951)

„Tod Liebe Leben

...
Immer und überall kreuzen sich alle Straßen
...
Die Menschen sind gemacht um eins zu sein

Um sich zu verstehen um sich zu lieben
Sie haben Kinder die Väter von Menschen werden

Sie haben Kinder ohne Haus noch Herd
Aber sie werden das Feuer wiederfindener
Sie werden neue Menschen erfinden
Eine neue Natur eine neue Welt
Die Heimat aller Menschen
Die Heimat aller Zeiten."

aus: *Unterweisung in Moral* (1949)

„S p r a c h e   d e r   F a r b e n

...

Bewahrt mir mein Herz auch hier noch das Elend so gibt
es mir dort
Die Klarheit des Schauens die Hoffnung die sieben Farben des Friedens
..."

„G r i e c h e n l a n d   m e i n e   R o s e   d e r   W e i s h e i t

V
Grammos

Wild ist der Berg Grammos
Aber die Menschen zähmen ihn

Die Barbaren töten wir
Und kürzen unsere Nacht ab

Was wissen die Feinde von uns
Sie haben das Pulver nicht erfunden

Nichts wissen sie vom Menschen
Von seiner wunderbaren Kraft

Unser Herz glättet den Stein."

aus: *Die Liebe die Dichtung* (1929)

„...
Wird nicht mehr spotten
Unwissenheit Gleichgültigkeit
Lüften nicht ihr Geheimnis
..."

aus: *Dauernde Sehnsucht nach Dauer* (1946)

„W i r   s i n d   g r e n z e n l o s

Unsere Verwandlung unbedacht so leben wir dahin
Der Tag ist träge doch geschäftig ist die Nacht
Mittags geschlürfte Luft wird von der Nacht geläutert
Und aufgezehrt sie lässt kein Staubkorn auf uns ruhen

Doch dieses Echo das von früh bis Abend murmelt
Zeitloser Widerhall von Furcht und von Liebkosung
Rohes Verkettetsein von schalen toten Welten
Mit tiefbeseelter Welt zwiefach ist deine Sonne

Sind unserm hellen Wissen nah wir oder fern
Wo sind die Grenzen wo die Wurzeln wo das Ziel

Doch endlos ist das Glück sich ständig zu verwandeln
Im faulenden Gemäuer beleben sich Skelette
Gesetz ist die Begegnung von unerhörten Formen
Erfinderischem Fleisch und Blinden offenen Blicks

Das Zugewandte trifft sich dort mit dem Profil
Das Leiden das Gebrest mit der gesunden Kraft
Die Sonne mit dem Wald der Gipfel mit den Tälern
Die Blume mit dem Erz die Perle mit dem Licht

So Leib mit Leib vermengt sind wir der Erde nah
Das All hat uns gezeugt und wir sind grenzenlos."

„H i e r

...
Ein rosiger Himmel ein glücklicher Himmel
Durchweht von Schönheit und Kraft
Hoch über der Straße ohne Zukunft

06:05 Uhr

Die mir das Herz entzweispaltet
Die mich von mir selber entzieht

In dieser nichtigen Straße: niemand"

aus: *Immerwährende Dichtung* (1946)

„...
So steigen wir aufwärts
Verworfen der letzte Einwand des Nichts
Verklungen die letzten Schritte
Die lange im Kreise gingen

Nach und nach zerfallen
Die gestammelten Alphabete
Der Geschichte der Tugendlehren
Der unterjochten Sprache
Der eingepaukten Erinnerung
...

Die Augen öffnen sich
Versteckte entschleiern sich
Die Armut lacht unter Tränen
Über ihr kleinliches Leid
Und Mitternacht reift die Früchte
Und Mittag reift die Monde
..."

aus: *Leben* (1940)

„Unser beider Hände sind zum Geben da
Nimm meine Hand ich geleite dich weit
...

Gegenwart meine Kraft in jeder sichtbaren Hand
Einsamkeit einziger Tod
Von Wonne zu Zorn von Zorn zu Klarheit

Bau ich mich auf vollende mich durch alle Wesen
Durch alle Zeiten hindurch auf der Erde und in den Wol-
    ken

Einteilende Jahreszeiten ich bin jung
Und stark von gelebtem Leben
Ich bin jung und aus meinen Trümmern erhebt sich mein
    Blut
..."

aus: *Wiederholungen* (1922)

„S u i t e

Schlafen in einem Auge den Mond und im andern die
    Sonne
Eine Liebe im Mund einen schönen Vogel im Haar
Geschmückt wie die Felder die Wälder die Wege das
    Meer
Wie die Weltreise schön und geschmückt.

Fliehe quer durch die Landschaft
Unter den Zweigen aus Rauch und allen Früchten des
    Windes
Beine aus Stein in Strümpfen aus Sand
Umfangen von allen Muskeln des Stromes
Und die letzte Sorge auf einem verwandelten Antlitz."

„D a s   W o r t

...
Ich bin kränklich Blumen und Kiesel"

HILDE DOMIN

aus: *In diesem Lande leben wir* (1978)

„Älter werden

Antwort an Christa Wolf
„Du weinst um das Nachlassen ... und, so unglaublich es
sein mag, den unvermeidlichen Verfall der Sehnsucht."
(‚Kindheitsmuster', S. 351/352)

Die Sehnsucht
nach Gerechtigkeit
nimmt nicht ab
Aber die Hoffnung

Die Sehnsucht
nach Frieden
nicht
Aber die Hoffnung

Die Sehnsucht nach Sonne
nicht
täglich kann das Licht kommen
durchkommen

Das Licht ist immer da
eine Flugzeugfahrt reicht
zur Gewissheit

Aber die Liebe

der Tode und Auferstehungen fähig
wie wir selbst
und wie wir

der Schonung bedürftg

2
Gegen die Angst vor dem Mitmensch
„Der Mensch ist dem Menschen ein Gott"
das Veronal in der Tasche

3
Hand in Hand mit der Sprache
bis zuletzt"

ANDRÉ BRETON / PAUL ELUARD

aus: *Noten zur Dichtung* (1930)

„Würde man sich alles Suchen vergegenwärtigen, welches die Schaffung oder Übernahme eines Inhaltes voraussetzt, so würde man ihn niemals einfältig der Form entgegensetzen.

Man entfernt sich von der Form, wenn man sich bemüht, dem Leser so viel Mitarbeit als möglich zu lassen – und sich selbst möglichst viel Sicherheit und Willkür. Schlecht ist eine Form, die nicht in uns das Bedürfnis erweckt, sie zu ändern und die wir nicht ändern; eine Form ist ebenfalls schlecht, wenn sie zulässt, dass man sie wiederholt oder nachahmt. Die schlechte Form ist wesentlich an Wiederholungen gebunden.

Die Idee des Neuen ist als dem Bemühen um Inhalt gleich."

JOACHIM RINGELNATZ

aus: *Reisebriefe eines Artisten* (1927)

„…
Stirbt sich was für einige Zeit.
… "

ROSE AUSLÄNDER

aus: *Im Atemhaus wohnen* (1981)

„S a g o r e r C h a s s i d

Achtzigjähriger Greis
Sein Bart betete weiß
auf der Brust

Auf seinem Kaftan
erholten sich Engel
von der Anstrengung weltlicher Flüge
Die Sabbatkrone
das Stramel
war sein einziger Schmuck

Die Lider gesenkt
sein Blick von Schleiern umspinnen
wohnte im Bethaus
Montag und Donnerstag Fasten:

06:05 Uhr

leicht sei der Leib
seine Speise: Preisen
Sich wiegen im Rhythmus der
Bibelgebete und anderer
heiliger Worte

Wenig Worte –
die Scheinwelt sie nicht besprochen,
nicht betastet mit fettem Interesse
Erscheinungen sind Schemen

dem Wesen (nicht ausgesprochen der Name!)
diene dein Geist

In der doppelgerollten Thora
liegen Licht und Leid
spricht die Geschichte des Volkes
Sieh die Geliebte
im goldgestickten Samtgewand und
krönenden Kopfschmuck
dürfen deine Lippen sie küssen
darfst du sie halten im Arm
und tanzen mit ihr tanzen
zur Ehre des Herrn

Tanzte der Sadagorer Chassid
mit den andern Chassiden"

„Teilhaben

Mit neuen Gedanken
alt werden

Jung bleiben
an uralten Gedanken

Teilhaben
am unsterblichen Leben
unsterblichen Sterben"

„Schatten im Spiegel

Schaut mich an
mit vielen Augen
der Spiegel

Ich geh von
Gesicht zu Gesicht
sie kennen mich nicht

Ich frage jedes
wer du bist

sie sagen
lösch unseren Schatten

Ich schöpfe den Spiegel leer
bis kein Bild bleibt
aber die Schatten sind da

schaun mich an
mit vielen Augen"

PAUL ELUARD

aus: *Donner à voir*, (1939)

„Kein Wortspiel. Alles ist allem vergleichbar, alles findet sein Echo, seinen Grund, seine Ähnlichkeit, seinen Gegensatz, sein Werden überall. Und dieses Werden ist unendlich."

Übersetzung: DOROTHEA ADER

ILYA PRIGOGINE, ISABELLE STENGERS

aus: *Dialog mit der Natur* (1981)

„Heute sind wir nämlich im Begriff jede Welt, die Koyré als ‚die Welt der Quantität' bezeichnete, hinter uns zu lassen und in die ‚Welt der Qualität', in die Welt des ‚Werdens' einzudringen."

HILDE DOMIN

aus: *Ich will Dich* (1977 [1970])

„Zur Interpunktion

Weil die die Neger
fürchten
weil sich die Weißen
fürchten
fürchten meine Worte
ein einfaches Komma
eingesperrt zwischen Satzzeichen
offene Fenster
offene Zeilen
meine Worte haben Angst
vor dem Verrat
des Menschen
an dem Menschen
versuche
ihn nicht
lasse alle Türen
offen
presse uns nicht
uns Wolken"

JAMES JOYCE

aus: Finnegans Wake, (1939)

„... Jambuwel's defecälties is Terry
Shimmyrag's upperturnity"

06:06 Uhr nlr
SECHS NACH SECHS – EIN WÜRFELSPIEL ZU ZWEIT

pour ELLE

1 lui avec la bouche

2 lui avec le bras

3 lui avec la main/les mains

4 lui avec la cuisse ou la jambe

5 lui avec le pied

6 lui avec le pènis

pour LUI

1 elle avec la bouche

2 elle avec le creux de l'aiselle

3 elle avec la main/les mains

4 elle avec la poitrine

5 elle par la cuisse ou la jambe

6 elle par – da kam dein Telefonanruf!

*

1 le missionaire

2 elle monte

3 la amazone

4 en diagonale/ravers

5 a tergo

6 quod libet
p. e.
en la douche
en le bain
en le lit?!

06:07 Uhr net
Ich fuhr nach Brasilien um meine Grenzen zu erkunden.
Und ich fand eine: Dass mir Loyalität zu Freunden trotz
ihrer ungerechten und hochmütigen Äußerungen und

06:07 Uhr

Entscheidungen lieber war als meine Loyalität zu Jesus Christus, durch den mir sehr deutlich wurde, was menschenverachtend war und dass ich unfähig war, mich von solchem Gebaren zu distanzieren.

06:08 Uhr net

Ein Weg zur Konversion selbst großer Rüstungsfirmen: Die Kirchen kaufen die Mehrheit der Aktien und auf der nächsten Aktionärsversammlung wird die Umwandlung beraten und beschlossen.

06:09 Uhr cet

und wenn das ganze gericht gottes
nur darin besteht
dass ich an den eigenen grundsätzen
gemessen werde –
und zwar bereits zu lebzeiten?!

06:10 Uhr cet

Keiner hat die Wahrheit.
Allenfalls bekennen Christen: Christus ist die Wahrheit.
Aber wir haben sie höchstens stückweise.
Das ist der Konsens.
Christus aber kann in uns sein und wir können in Christus sein – vgl. Johannesevangelium Kapitel Fünfzehn Vers Fünf.
Also kann die Wahrheit in uns sein und wir in der Wahrheit – das aber nicht stückchenweise, sondern ganz. Denn Christus gibt's nicht stückchenweise.
In uns und wir in ihm – also keiner allein oder nur für sich, sondern nur miteinander, Christus zwischen uns und wir von ihm umgeben.

06:11 Uhr ffr

Halbschlaftraum: Verschiedene mannshohe Puppen. Wir kriechen in sie hinein, stellen uns auf und sehen aus seiner Sicht – des Übergezogenen – Gott.

06:12 Uhr cet

Was im Gottesdienst bei mir und in mir geschieht: Was für eine Furcht ich habe, wenn ich einen Taufspruch auswendig aufsagen will oder mich wie am Sonntag dazu genötigt sehe, ihn falsch aufzusagen! So dachte ich. Ich überprüfte es – es stimmte doch!

Da ist eine Ehrfurcht – aber kein Ehrgeiz!
Ernsthaft gefragt: Wo ist mein Herz? Ich fühlte es rechts – und weiß es ist links. Warum spielt das eine Rolle? Für meine liturgischen Bewegungen am Altar: Cor ad altarem – Herz zum Altar! Komische Wahrnehmung: Meine innere Leitlinie war: Jeden angefangenen Weg – zum Beispiel die halbe Strecke um den Altar –

zum Ursprung zurückgehen, wie einen Faden zurückwickeln! Wenn ich weiter gehe, habe ich einen Knoten. Also gehe ich mit der rechten Seite zum Altar zurück. Angst vor „Verwicklungen" mit Christus?
Und: Wahrhaftigkeit: Paradox: Wenn ich meine Wahrhaftigkeit auf mich gründe: kommt nur Unwahres, Wankendes, Unklares hervor.
Gründet sie auf Christus kommt Klares, Einfaches, Gutes etc.: Aber das bin dann ja nicht ich, sondern Christus – ist das unwahrhaftig?
Wahrhaftigkeit nur dann zureichend sofern sie bezogen bleibt auf Jesus Christus?!

06:13 Uhr net

Ich habe geglaubt, ich habe keine Angst. Habe ich doch: Warum ich das Auswendiglernen meide: Weil ich fürchte, dass mein eigener, innerer Satan = Ankläger und Teufel = Verwirrer im Gottesdienst zum Vorschein kommt.
Heute im Kindergottesdienst summe ich vor mich hin und denke bei der Melodie „Komm, Herr, segne uns": „Stets sind wir allein, nie sind wir die deinen" und geht mühelos weiter: „Lachen oder Weinen wird vergeblich sein".

06:14 Uhr cet

Faktischer Polytheismus: Die Rede ist vom „einen Gott" und von „Christus" und „Glaube" – aber jeder meint etwas anderes. Viele in der Kirche und ihren Kreisen und Verbänden unterziehen sich nicht der Mühe zu klären, was unter diesen und anderen Bezeichnungen jeweils verstanden wird. Wenn das nicht deutlich wird, ist zu vermuten, dass von allem anderen als von Gott die Rede ist. Das macht die Rede von Gott und Christus und Glaube sinnlos: Zu wem gilt es umzukehren? Wer ist der, der bei uns bleiben will? Was ist es, das die Welt überwunden hat?

Wer deckt diesen Schwindel auf, dass von dem „einen Gott" die Rede ist, aber vermutlich so viele Hörende so viele Vorstellungen darüber kursieren, wer oder was das sei.

06:15 Uhr net
Am Kanal in Gizycko/Lötzen auf der Mauerbrüstung Balancierübungen Der beruhigende Punkt: Den externen Sicherheitspunkt – wie ein erhobener Mittel- oder Zeigefinger eines Unterstützenden für eine der beiden sonst im Wind rudernden Hände links oder rechts – nach innen verlegen. Mir wurde auf der Spitze des wendeltreppenähnlichen Turmes der Ibn Tulun Moschee schlagartig schwindelig. Ich war mir meines externen Sicherheitspunktes nicht mehr sicher! Der innere Sicherheitspunkt gerät ins Paradox: Verliere ich dort oben auf der Spitze das Gleichgewicht, hilft er mir nicht mehr. Will ich ihn wie unter Zwang in mir produzieren, bin ich seiner nicht gewiss. Was spricht dagegen, dass ich ihn nicht habe? Ihn wie ein Kind beim Gehen lernen in sich zu bilden, diese Unmittelbarkeit ist vorbei und die reflektierte Unmittelbarkeit versagt, sie dauert zu lange.

06:16 Uhr när
Fünfzehn sogenannte Muslimbrüder wurden dieses Jahr in diesem Land hingerichtet. Erschossen? Wie stellt der Staat das an? Mit Wehrpflichtigen? Oder einer sogenannten Spezialeinheit von Freiwilligen? Verbinden sie den Opfern die Augen? Oder schossen sie ihnen in den Rücken? Worauf zielen die Henker? Auf den Kopf, das Herz? Schießen sie vorbei? Ist immer noch einer ohne Patronen ohne dass vorher gesagt wird, wer dieses derart präparierte Gewehr erhält?

Mir tauchen Erinnerungen auf, die mit Ängsten zu tun haben, immer wenn im Fernsehen Hinrichtungen gezeigt wurden, ob im Film oder in den Nachrichten (Vietnamkrieg) überfiel mich eine furchtbare Angst, als wenn ich selbst betroffen wäre. Vermutlich spürte ich die Angst meines Vaters, der als Soldat in eine Lage geriet,

in der er befürchtete bei einer Kontrolle der sogenannten Kettenhunde im Zug bei Schneverdingen erschossen zu werden. Er war nach einem Lazarettaufenthalt nicht zu seiner Einheit zurückgekehrt, sondern suchte zu Hause Schutz und war von seiner Mutter der Haustür verwiesen worden, auf dem Weg nach Hamburg. Als mein Vater mir das auf der Anhöhe über Stuttgart erzählte war ich stolz auf ihn und rief, „du warst ein Deserteur!" – das stritt er vehement ab. Das wollte er nicht hören. Er war ja Soldat. Zwar schon außer Dienst, aber erhielt vom Staat seine Pension.

06:17 Uhr fet
Schlummertraum: Militärs unterhalten sich über den Einsatz von Atombomben: „Das würde über eine Million Opfer kosten!" „Wer sagt das", meint ein anderer, „es könnte auch unter einer Million bleiben." Schreckwach.

06:18 Uhr ced
Da wo in der Kölner U-Bahn beide Wagonteile miteinander verbunden sind und sich die die zwei Halbscheibe in jeder Kurve zueinander verschieben, hat ein Herr seinen Platz gefunden, halb steht er, halb lehnt er, zwischen Augen zu und Augen geöffnet, mal tief im Schlaf versunken, mal um sich schauend, wie in Trance. Mit einer roten Trainingsjacke bekleidet, Stoppelbart, lockigen schwarzen Haaren – er sieht nicht aus, wie einer, dessen Eltern schon ewig im Rheinland gelebt hätten. Die Bahn ist voll, fast jeder Platz ist besetzt auch der, mit dem Rücken zu ihm von einer Frau, die mit ihrem rückwärtigem Schopf ihn fast berührt, wenn der Herr in der Kurve mitgeht oder vom Schlaf überwältigt für Sekundenbruchteile einknickt und wieder zu sich kommt. Ich sitze ihr gegenüber, mir steht eine Fahrt mit mehreren Haltestellen bevor. Sie steigt aus. Der Mann bleibt in seinem Dauerzwischenzustand. Mir ahnt, was ich zu tun hätte, wenn's schlimmer kommt, aber will ich das? Ich sehe mich um, wo sind freie Plätze. Vielleicht weiter weg, vorne an der Spitze? Und will aufstehen, da knickt der Herr ganz weg, sackt in sich zusammen, verliert aus den Händen, was er immer noch festgehalten hatte und kommt kurz bevor er auf dem Boden aufschlägt doch noch zu sich. Da war ich schon im Begriff aufzustehen und ging im deutlich leerer gewordenen Waggon nach

06:18 Uhr

vorne und fand einen Platz in einer Vierergruppe. Mit Blick in die Fahrzeugmitte – ich würde ihn weiter sehen? Will ich das? Er ist nicht mehr zu sehen.

Was war das?

Wer die radikale Liebesbedürftigkeit im Bedürftigen erkennt, wird mit der eigenen Lieblosigkeit konfrontiert, vor der einem genauso ekelt.

06:19 Uhr flt
DER BARMHERZIGE SAMARITER

Der Samariter setzte, nachdem er sich vom Wirt verabschiedet hatte, endlich seine Reise fort. Am Abend traf er bei seinem Geschäftspartner ein. Dieser war sehr aufgebracht. Er habe Stunden auf ihn gewartet. Für eine langfristige vertrauensvolle Zusammenarbeit sei diese Erfahrung eine denkbar schlechte Voraussetzung. Der Samariter erzählte, was vorgefallen war. Sie kamen überein. Anderntags trat er die Rückreise an. Er kam beim Wirt vorbei, der ihm erzählte, dass er für den Verletzten den Arzt hatte rufen müssen, er hätte sich nicht mehr anders helfen können; und natürlich hat er den Arzt auszahlen müssen, so dass er auf einen höheren Betrag, für den der Samariter versprochen hatte aufzukommen, angewiesen sei. Er zahlte, sah nach dem Rechten, wie es dem Verletzten ging, sie wechselten einige Worte miteinander, dann zog er fort, nach Hause. Noch vor Sonnenuntergang kam er an. Seine Frau eröffnete ihm, dass die Tochter dringend Schulgeld nötig hätte, die Schulleitung hätte sich in seiner Abwesenheit schon zweimal bei ihr gemeldet. Er bedauerte, nicht genug Geld mehr vorrätig zu haben, sobald der Verkauf der Ware mit seinem Geschäftspartner angelaufen sei, sei es gewiss kein Problem, alles zu bezahlen. Die Frau wollte wissen, was mit dem Geld passiert sei, mit dem er losgezogen war. Der Samariter erzählte, wie er dem Verletzten geholfen habe und die Rechnungen beim Wirt für ihn beglichen hatte. Seine Frau war darüber entsetzt und konnte es nicht fassen. Der Samariter verließ das Haus und traf vor der Tür auf einen Bettler, für den er bislang immer eine Münze übrig hatte. Dieser hatte schon von seiner Tat vor Jerusalem gehört und fragte ihn: „Weißt du, wem du da unter die Arme gegriffen hast?" Und erzählte ihm: „Das war selber ein Räuber,

der mit den anderen darüber im Streit lag, wer die Straße zwischen Jericho und Jerusalem kontrolliert, da hast du ja hübsch geholfen!" Der Samariter floh in die Wüste und betete. Er erinnerte sich daran, dass auf dem Weg auch einen Priester und einen Levit gesehen hatte, die am Verletzten vorüber gegangen waren. Er fing an sie zu verstehen. Wer, unter denen, denen der Samariter begegnete, war ihm ein Nächster? Würde er jemals wieder irgendjemandem aufhelfen?

06:20 Uhr net
Die Wolken, unbeweglich, stehen da wie eine Apotheose. Ihr Stillestehen am Himmel, der sechsundneunzig Prozent der Fensterfüllung für sich beansprucht, ehe über der Leiste die blätterlosen Zweigspitzen und ruhelose-trägen E-Kabel erscheinen, gibt ihnen den Ausdruck des Unbedingten. Der fliegende Trennungsstrich kam ganz akzidentiell vor. Ein Drittel des oberen Drittels wolkenfrei blau. Wolken, diese luftigen Nichtigkeiten: schreien nach Existenz, Existenzberechtigung?!

06:21 Uhr net
Zum ersten Mal – nicht als Patient! – in einer Intensivstation, Lungenfachklinik. Oder:

Sonnenuntergangsorange Schwingmembran aufzu. Intensivstation. Hier geht's zur Sache. Eine schmale Wabe. Hier wird sich angepasst; Hygieia regiert, strenge Göttin mit unendlicher Nachsicht, die Göttin ohne Mund. Was hier schief läuft erfährt kein Hund. Stoffige Klempnerfarbe als Ersatzhaut. Hose umstülpt die Gehstiele, Kittel rücklings zusammengeschnürt. Die Gras-Treter auch wechseln? Besser ist besser. Irgendwelche unschuldsweiße Clogs an. Clogs, ausgerechnet Intensiv!

Unbenutzte Küche; – – Schmalgang; – – Abstellraum?

Nein, das ist der Passat: Der Flur, durch den der Wind alles Behalten hinausweht, wenn sich auch nur eine Pforte traut zurück zu treten.

Algenkacheln, grün die Wände, schwimm ich zur Theke. Ein Mädchen öffnet Ampullen. Mitleidlos beobachte ich sie. Erschreckend, leicht erschreckend erblickt sie mich. Warten. Hier ist also das NASA-Zentrum.

Wenig Geräte für eine Schaltzentrale. Die Geräte geräuschen aber in den Flurzellen, um ihre Güter herum.

Mitten im Flur ein Orpheus, selig. Das EKG piepst feierlich zu jeder Bestätigung. Röchelnd hebt sich ein Tubus über die Bettdecke. Ströme des Lebens tröpfeln stürzend in Plastikrohlinge hinab, lautlos sich vermischend mit del Elixier, dem Roten.

Besprechung. Plötzlich alle da. Dienstabsprachen. Drei Matronen lehnen am Küchenschrank. Blutiger Sack lebender Erinnerungen wandert in den Abfall. Farewell, wenn man dich lässt. Hier wirst du gelassen. Leben als Hypothesen-Verifikation oder –Falsifikation. Streng wissenschaftlich.

Der Boden kachelt unter Bettrollen, Arztschritten, Demutsschleichem hinweg. Bis zur Schleuse: Abgetrennt von der Außenwelt durch doppelte Sichtfenster. Oh-phee. Hier wird geschlachtete, schlagen sie die Toten in den Wind, versuchen die Zeit rückgängig zu machen. Fünfundsiebzig bis Achtzig Prozent der Patienten nach einer Lungenoperation sterben im Laufe von Ein bis Fünf Jahren. Ca. Zwanzig Prozent sinds. Die anderen: Opfer.

Hier ist der Atzteken-Tempel zu dem die Opfer gerne kommen. Hier wird ihnen die Lunge herausgerissen, wie bei den Germanen. Opfer der Kalkulation Versicherungsvampire, staatlicher Rüstungskalfaktoren und industrieller Langzeithinrichtung. Die Ärzte als gehorsame Diener Huitzilophochtlis.

Dann darf ich endlich zu Herrn F.

06:22 Uhr cet

Das Passiv sollte strafrechtlich verboten werden (!). Niemand dürfte ihn mehr in der Schule unterrichten. Die Kinder sollten Sätze wie „der Dollarkurs wurde gesenkt" oder „der Krieg wurde eröffnet" nicht mehr verstehen – sondern fragen lernen! Wer senkte? Wer eröffnete? Wer hat das Passiv erfunden?

„Passiv", zu Deutsch „Leideform". Aber „ich leide" ist kein Passiv! Leiden ist aktiv. Leiden ist das Aushalten des Lebens unter Widerwärtigem, Leben im Zerstörenden. Leiden heißt: Recht behalten, auch gegen den Anschein der Macht.

„Ich leide" – wie soll das im Passiv klingen? „Ich werde gelitten."

Ist das Passiv ein Rest der Anankä-Religion, das alles vorherbestimmt, das Leben ein Spiel der Göttin Notwendigkeit sei?

06:23 Uhr n-r

Worauf ich eine Antwort suche: Warum ist Geigespielen/Geigeüben für mich nicht unverzichtbar wie Essen/Sex/Bibelübersetzen/Lesen/Schreiben? Ich glaube die Antwort liegt in der Frage, die ich spontan variierte:

Es war für mich Geige-Üben. Und das Üben war behaftet mit meiner familiären Vergangenheit: Schlechter Klavierunterricht, wenig geübt, schlechtes Gefühl auf dem Weg zum Unterricht, Tadel im Unterricht, die Flucht aus dem Unterricht – zweimal – in die Bratsche. Der Weg ins Orchester: Gymnasium – Kreuzkirche, Bonn. Das Defizit entdeckt beim schnellen Spiel. War ja auch unvorbereitet und ohne begleitenden Unterricht. Meine Streicherabstinenz, die Wiederentdeckung durch die erste Musikanlage, Unterricht wieder beim gleichen Lehrer wie zuvor jahrelang und dann die über Dreißig Jahre während Abstinenz: Und mitten drin mein Unfall mit Schädel-Basis-Bruch als von mir vermutete Mitursache für die Schnelligkeitsphobie, Tachyphobie. Aber immer war es Üben und nicht Spielen. Bei einem der letzten Geigenstunden mit meinem Lehrer für arabische Musik machte ich zum ersten Mal diese Erfahrung: Er lud mich ein, über eine Maqqam, eine arabische Tonart, zu improvisieren. Er spielte dabei nur den Grundton. Und was ich spielte: Ich selbst bekam eine Gänsehaut. Das hatte ich noch nie erlebt. Dass mein Spiel Spiel war und nicht Üben! Im Schulorchester die letzten Jahre hatte ich solche Momente, wie beglückend es ist, gemeinsam zu musizieren, selten erlebt. Zu Hause am Klavier: Es war immer verstimmt, nie schön, immer mit Zukunftsrabatt versehen, der nie eingelöst wurde; mein Gehör bis heute mit der Schwierigkeit belastet, manche Töne genau zu spielen, Komischerweise besonders das F. Die Woche im Anschluss sollte ich im Unterricht wieder improvisieren. Ich hatte was im Kopf, aber konnte nicht, wie ich wollte: So funktioniert es nicht, ich war wieder um Übungsmodus. Und ein anderes Hindernis: Das Optimum-Paradox. Weil ich das – mögliche! – Optimum will, z. B. was ich alles Üben könnte! – NB Üben! – ich es aber nicht anfange,

06:23 Uhr

unterbleibt alles. ‚Das Optimum ist dem Möglichen sein Tod', einer meiner Sprüche zuletzt in der Gemeindearbeit. Aber genau das praktiziere ich. Statt umgekehrt: Das Mögliche ist die Voraussetzung für das Optimum. Wie mit dem Frieden! Wenn das Spielen selbst nicht schon schön ist, wann wird es das und warum und wodurch werden? Und das lernte ich nicht. Und praktizierte ich nicht. Warum kann ich im Musizieren kein Spiel erkennen? Weil es zu sehr mit Regeln verbunden ist?

06:24 Uhr cfr

Erste Buch Mose, Kapitel Zweiundzwanzig, Vers Sieben:
Und es sprach Jizchak zu Abraham seinem Vater, er sprach:
Mein Vater.
Und er sprach: Hier bin ich, mein Sohn.
Und er sprach: Siehe, das Feuer und die Hölzer und wo ist das Lamm zum Ganzopfer?
Das erste Mal, als ich mich intensiv mit diesem Abschnitt befasste, geschah das auf einem Bildungsseminar mit jungen Erwachsenen, an dem ich als Volljähriger endlich teilnehmen konnte, nachdem meine Eltern mir das zuvor stets verboten hatten; eine wenig ältere Frau strich nachts auf dem Heimweg in die Unterkunft mir ahnungslosem Jüngling heimlich im Dunkeln durch die Haare und lagen auf der nächtlichen Rückfahrt mit vier anderen nebeneinander im Zug; ich bereitete eine Andacht vor und war mit dem Text hoffnungslos überfordert: Dabei hätte ich nur die Ich-Perspektive radikal einnehmen brauchen: Wie Väter ihre Kinder opfern und ihren Fragen ausweichen und dadurch Herrschaft ausüben.

1. Abraham erfährt am eigenen Leib, was er seiner Zweitfrau und Erstmutter Hagar mit ihrem gemeinsamen Sohn Ismael angetan hat. Er jagte sie in die Wüste, wo sie ihren Sohn zum Sterben unter einen Strauch legt und sich weit weg davon, weil sie sein Geschrei nicht mehr ertragen konnte.

2. Kontradiktorisches Problem: Wie ist eine Tradition des jüdischen Volkes möglich, die auf Traditionsbruch beruht? Denn Abraham brach mit seinem Vater, seinem Elternhaus und seiner Heimat. Demnach hieße die Tradition: Abrahams Sohn bricht mit seinem Vater. Das ermöglicht keine Tradition.

Der Bruch aber ist geschehen und nicht rückgängig zu machen und traditionsgründend.

Folglich muss der Bruch woanders verortet werden, bei einem anderen, gegenüber einem anderen stattfinden, er muss übertragen, transferiert werden.

Dass der Vater dem Sohn nicht die Wahrheit sagt, sondern damit spielt;
dass der Vater seinen Sohn fesselt wie einen Sklaven oder ein Schlachtvieh und
ein Vater seinen Sohn töten will –
das alles ist für einen Sohn zutiefst erschreckend: Er, Jizchak verliert seinen Vater, so wie Abraham seinen durch den Auszug verloren hat und er sein Vatersein für Ismael verspielt hat. Abraham vollzog den Bruch mit seinem Vater als Sohn, hier vollzieht er den Bruch als Vater, verrät der Vater seinen Sohn.

Und in der Gottesvorstellung findet ein Bruch statt. Kinderopfer werden für unmöglich erklärt. Was anfangs noch Gott zugemutet wird, wird von ihm selbst einkassiert.

Was ist das Kontinuum? Das Vertrauen? Ein zweifaches? Das von Abraham in Gott und das von Jizchak in seinen Vater?

06:25 Uhr cpr

und es entglitten ihm seine Gesichtszüge – Erstes Buch Mose Kapitel Vier, Vers Fünf: Und Kain und seine Gabe sah er [Gott] nicht an und Kain erzürnte außerordentlich und es entglitten ihm seine Gesichtszüge. Im Hebräischen steht nur eine Pluralform von „Gesicht" – wörtlich „Gesichte", panim. Dieses Wort kommt im alttestamentlichen Hebräisch, so geben die Wörterbücher Auskunft, nie im Singular vor, es ist ein plurale tantum, ‚immer im Plural'. laut dem Theologischen Wörterbuch für das Alte Testament, Band Sechs, ist das Wort nicht als Begriff zu verstehen, sondern als Redeweise, es drückt Beziehungen aus. Das verwandte Wort im Akkadischen, pann, meint ‚Vorderseite', im Plural: ‚Gesicht'. Früher gab es einen Plural im Deutschen, „Gesichte", der später nur noch für ‚Erscheinungen, Visionen' verwendet wurde. Das Wort ‚Ge-Sicht' selbst ist ein Kollektivbegriff wie Ge-Birge" oder „Ge-Bäude": Wo eine Vielheit als Einheit gefasst wird. Was aber ist der Grund „Ge-Sicht" als

Zusammenfassung einer Vielheit zu fassen? Die Verschiedenheit und vor allem Selbständigkeit der verschiedenen Gesichtsausdrücke? Du kannst lachen und weinen, dich freuen und Hass zeigen – so vielfältig modulierbar wie sonst nur die Stimme: Es würde die These von Hermann Schmitz bestätigen, dass Organe des Menschen vor der Achsenzeit als selbsttätige und selbständige Größen aufgefasst wurden: „und es entglitten ihm seine Gesichtszüge".

06:26 Uhr net
Warum wurde seit 1978 zunehmend des Novemberpogroms 1938 gedacht? Beobachtung von Y. M. BODEMANN in der *Frankfurter Rundschau* vom 29. November: Vielleicht spielte dies mit eine Rolle: 1978 fanden die hektischen Gesetzesveränderungen gegen den Terrorismus statt: „Kontaktsperrengesetz" vom 29.9., am 2.10.1978 in Kraft. Am 13.10. wird die Landshut entführt und der Kapitän ermordet. Am 18.10. befreit. Der am 5.9. entführte Schleyer wird am 18.10. ermordet. Auch am 18.10. begehen BAADER, RASPE und ENSSLIN Selbstmord. Kann es sein, dass man das Vierzigjährige Gedächtnis aufnahm, um sich mit den Opfern zu solidarisieren und die Terroristen als totalitäre Zerstörer gleich den Nazis erscheinen zu lassen? Konnte man so, den durch die Terroristen gefährdeten Konsens, dass die BRD sich gereinigt habe und ihr ethischer Impetus, sich stets wachsam solchen totalitären Strömungen zu widersetzen, erneuern? Juden also wieder ein Mittel zum Zweck?

06:27 Uhr net
blätter, wenn sie gelocht in ordnern verschwinden
sind wie löcher in der nase
durch die man den ring zieht
mit der man die sklaven aus der hütte zum markt
zum verkauf zieht und in der fabrik anbindet
in der plantage schuften lässt oder im bett vergnügen
vorgibt
stets gehorsam
zwei löcher inmitten des gesichts
dorthin wo eh zwei schon sind, genügen.

06:28 Uhr get
DÜNENTAG AM HENNESTRAND
1033-2019

löwenzahnlicht

fragemädchen dünings

löwenzahnlichtspur

lila kleezapfen

dünenbruchgeschichte – die folgen der letzten hochflut

lepraspelz

löwenzahn blütiges tasten

heide pinien en miniature

Degas halmblatt

gelbe dünenresonanz

halmnicken

schichtscheiben schieben weiß aufs land

rotcola etikett

himbeerrote trainingshose mit gelbfüßung

endlich, der letzte geht, ungestörtes meerrauschen

schlafsackrundrot vertrollt sich

sandtau

menschen sehen nach menschen aus

seeliche wasserträger

steiles holzlimit

melofrequenzrauschen mit nato-dumpf

06:28 Uhr

schlangenschlankes, gras

heidegrünteller jonglieren auf den dünen

gelbe böschungshalter

flugzeugmotoren geben an

unschuldsrauschen

Odysseus im gummiboot

halmspitzentango

vertrocknetes halmgelb verspielt mit federkielgrün

Odysseus unentschieden

warum – wenn das gehirn sich ausruht – schwebt es im
  vergangenen?

löwenzahndiode auf böschungskuppel, rieselbändiger

daumenblattbreite blatthefte verhalten tau und restre-
  gentropfen

die mückenattraktion

wogenwölbung, einander verschlingend, mit nachdruck

missverhältnis: meeresspannung und die rauschgenera-
  toren

die gerade des horizonts ist gekrümmt – mit terminmar-
  ker besetzt

blinddarmgrünung

mücken fliegen ihrem stachel hinterher. männer auch

alle halme zittern. keiner ist relativ

unverfrorene anhäufung

grasstreu durchbricht die sandige differentialgleichung

möwenstaffel

böschungskamm

noch vor stunden väterlicher selbstmordgespräche –
  luftschrei

touristenkrebsbau, sichtlich

harmlosdächer wedeln mit dannebrogs

heide gräten zitterlich

zwillingsgeste

kriuwi kriuwi kriuwi flatterschlagend

hören wie gras sich entknickt

tellerminige lebenspioniere

sapientiales kehlkopftönen

natodumpfdumpf

ereifernde möwen ayi, ayiii, ayyiii

binnen gummistiefeligen mückenstichgejucke

windripppen im sandigen abhang

dünige sand-hed

sand in die augen streuen: sandsynelig

rundgang

die heidegräten sind blaubeeren

grollende selbstvergewisserung

gummistiefelschwarz bräunlich gescheuert

Gilgameschs letzte prüfung

außen stabiles grasblatthalbrund innen rührige stabilität

geflügelte ameise ungeflügelte ameise an der taschen-
öffnungsgrenze

schulteriges jacken

der wind umhüllt mein schädelbasishaar

ameisen = miniaturkraftwerke

„kraft"- „werk" mensch?

plastikfetzen verfehlt seinen halt

möwen auf schnabeljagd

augen fälliges

Odysseus saß nicht im gummiboot, jetzt sind es zwei fi-
schereiboote, eines setzt ein rotes dreieckssegel

löwenzähnige dünenmilchstraße

ehepaar in gegenüberdüne plastikumgeben

plastik schützt den menschen,zerstört natur

plastik zerstört natur, zerstört den menschen

plastik zerstört den menschen, schützt natur

hydrophobe polypheme, kakiolivgrün im grund

die drei möwen bezeichnen den strandverlauf

rundgang?!

paar vergegenständlicht ihren liegeplatz

es geschieht großartiges? nichts ohne mich!

sechsfach windanzeigerdrachen

re ermahnt scheinend

flächiges schämen

nördliches meertreiben

ohren surren

feuerwerksfontänenspitzen

dritter schaumpflügler

geschattetes tiefgrau mit weißen déjà-vus!

gräser zupfen am dünenhang

aʔeµ?? paʔ?? eʔeʔʔʔʔ

vorregnerisches nässen

aphrodites grüßen

formations-wellen

der geheime rhythmus der gräser

schreib- denk- erlebnisblasen als phantasieloch –
schöpfbar

eiffelturmwipfeln himmelsgräser

gräserhologramm

gewurzelte gräser wedeln kreisrunde

wolkiges landeinwärts

fischendes tandem sichtnäher

meerhelle bestickt

glockengläsriges horizontlicht messerscharfes horizon-
ten

halmwellen pinselig flauschig

06:28 Uhr

schwerterscharf wie windbiegsam: ist das nicht eine gute kombination?

haltehalme

der bürger meeresrauschen: die autobahn

synapsengalerie als hügelkamm vorm welligen

findet er mich so attratkiv, dass er immer wieder kommt? nein, er findet dich so attraktiv, dass er immer wieder kommt

synästhesie

rauschendes motoren

halmknicksen

wahrnehmung desintegration: sehen fürs sehen, hören fürs hören, fühlen fürs fühlen, lebeweltgetrennte erfahren – synasthesie möglich?

heller himmel / dunkelt meer; diffuser himmel / hellt meer

mit den ohren sehen / mit den fingerspitzen hören / mit den augen fühlen

hauchangenehme luft umspült entnackten oberleib

fortwähren flut

riechen ist ohne geschichte? wohl kaum

wellen wettkampf

regengeschmack auf der zunge

wellenatmen

wind bringt sich in erinnerung

möwische quadriga aus dem landesinneren

weidenwechsel

löwenzahnmulde

unter zähmig gelben löwen sie leuchten lautlos

rotdurchblutete hinweise stämmige blaubeerstiele

schwarzhimmel reinigt sich

rotorange angelaufene blättchen und zweige

die exakt halbkkreisrunden wischungen am hang

schwarzbeere knackt zwichen erhaltenen löhnen

paradisisch in greifnähe: imbiss

hängeleibspinne

auge ist bewegungsempfindlich

von summehummel umschaukelt

gelbes arpeggio hangauf

lilakorbblütler gab kopf ab

möwenschlag im highsky

rundgang

das farbige halmballet

alles unweit hochgeschornsteinten chemiefabrik

blumbeerenoase

ameisen transferieren das trichterfeld

summziel

aber ohne emphase nüchtern

zahnarztlage

trichterfeld: erinnerung der letzten regenfälle

es roch nicht nur nach regen es regnete und regnet noch

die gräser schwingen das wasser wellt sich

wir hören regen, schritte, anklopfen – und nicht erst geräusche, erst recht nicht

die erschreckte dünenbodenspinne unter waldbeeren etwas fremd / fehl am platz?

gefeuchtete luft bestrich das land

fontänenwaldbeerzweig

die aufruhrmöwe über der hütte

es schien als wollte das meer etwas

regen fetzte

eine lerche mischte sich ein

tellerblätter in der nebensenke: musikalische tropfenfänger

er ging nach draußen und wartete bis der regen vorbei war. dann ging er in die hütte

tröpfchennachweisverfahren

sandgedächtnis des letzten regenfalles

keine trichter sondern ringe

regenfeste blindschreibung

sonnenfleck auf dem meer

möwentiefflugübung

unter dem sand nur circa fünf centimeter alles trocken

die weißen grüße auch von weit draußen

doppelten hörtrichter

jetzt kann ich die luft wieder hören

wachsen kippen im sand?

die einzelmöwe

selbst der weiße schaum geht unter!

zwei lerchen

krautiges löwenzahn

wer fliegt besser als möwen? aber ihr geschrei!

der regen ist ein wiedergänger

ein schwipp-flug-vogel stolzt jetzt in der düne drüben

die gelben ganz bescheiden– grün mit macht

wolken fetzen täuschen regen vor – es trömmelt

dämmerung – es war kein betrug

ein spatzenschwarm? hohe flügelschlagfrequenz

an so einem ort: vater Kierkegaard fluchte gott

stürzen die wellen verstürzen sich

eine ameise rettet sich in dickicht und verharrt

was macht ihnen der regen aus? möwenschwarm

allgemeine flugstunde

nord nord nord nord regen

06:28 Uhr

mit der luft kämpft die zierliche möwe

linker fuß taub

dünengewippe fische ausgenommen

van-Gogh-korn-schwingung

nicht „unterm strich", sondern jetzt:

die gelben ähren!

nur wer stärker als der wind ist, darf nicht nachgeben –
die gräser richten sich alle! wieder auf!

naturlogik weil sie zeit in masse hat

sieben schwärme

acht schwärme – oder kreisflüge?

der neunte schwarm persiflierte

zehnter und elfter schwarm

die sonne!

ihre lichtstraße auf dem meer direkt mir zu

ein schwarm in gegenrichtung

die kleinen abbilder der gelben haben doch noch ihre
chance

durch den regen satte schwarze erdklumpen – wurzel-
werk

im regnerischen wind klingelten die druckknöpfe der ka-
puze in beiden ohren wie clownsschellen

am untersten rand der großbritannischen wolkenkarte

verschwenderisch was alles glänzt

aber gelb-giftig! sie kommen sie drohen die nächsten
schauer!

ihr volles rund wie hässlich mein kaki dagegen

was der wind fortragen will holt jetzt die nässe ein –
sand?!

müheloses gleiten – sie paarweise

im regen sah das meer wie wut aus – jetzt: ein wässriger
spiegel

die ablösung

06:29 Uhr gev
TRANSFERENZ I

A

Psalm 119

Wohl denen, die da wandeln
Vor Gott in Heiligkeit,
Nach seinem Worte handeln
Und leben allezeit;
Die recht von Herzen suchen Gott
Und seine Zeugnis halten,
Sind stets bei ihm in Gnad

Von Herzensgrund ich spreche:
Dir sei Dank allezeit,
Weil du mich lehrst die Rechte
Deiner Gerechtigkeit.
Die Gnad auch ferner mir gewähr;
Ich will dein Rechte halten,
Verlass mich nimmermehr.

Mein Herz hängt treu und feste
An dem, was dein Wort lehrt.
Herr, tu bei mir das Beste,
Sonst ich zuschanden werd.
Wenn du mich leitest, treuer Gott,

So kann ich richtig laufen
Den Weg deiner Gebot..

Dein Wort, Herr, nicht vergehet,
Es bleibet ewiglich,
So weit der Himmel gehet,
Der stets beweget sich;
Dein Wahrheit bleibt zu aller Zeit
Gleichwie der Grund der Erden,
Durch deine Hand bereit'.
(KORNELIUS BECKER, 1602)

B

Wohl denen, die da wandeln

ist gänzlichkeit wandelbar
in der liebe erachten
mitteilsam werdend
im gewirk der zeit
allfrieden begehrend
ist wahrheit während
und stets voraus

ursprunghaftes sagen
erspürt dem erinnern die denkmäler
im rat des maßes aller
ungerechtigkeit
bedürftig entnötigender wendungen
unnachgiebig rechtend
sind wir liebend gegründet

ursprünglich bewahrend gegenwärtigen
wir frieden
erzwingend der bösen bosheit trotz
sich aller gültigkeit gefährdete
allerwegs des zieles inbegriff
erfinden wir die gangbarkeiten
empörten rechts

ist frieden allen möglich
unausrottbar einmalig
öffentlichend
alle wirksamkeiten

gewirkt in gänze
zuhanden in erwachsenem
immer bereit

TRANSFERENZ II

A

Dû bist mîn, ich bin dîn:
des solt dû gewis sîn.
dû bist beslozzen
in mînem herzen:
verlorn ist daz slüzzelîn
dû muost immer drinne sîn.

B

sind wir
durch mitwisserschaft einander
da bist du
allwendig
richtungslos eingefranst
zur gegenwart

TRANSFERENZ III

A

Perstet amicitiae
Semper venerabile foedus!

Der Mensch hat nichts so eigen,
So wohl steht ihm nichts an,
Als dass er Treu erzeigen
Und Freundschaft halten kann;
Wann er mit seinesgleichen
Soll treten in ein Band,
Verspricht sich, nicht zu weichen
Mit Herzen, Mund und Hand.

Die Red ist uns gegeben,
Damit wir nicht allein

06:29 Uhr

Für uns nur sollen leben
Und fern von Leuten sein.
Wir sollen uns befragen
Und sehn auf guten Rat,
Das Leid einander klagen,
So uns betreten hat.

Was kann die Freude machen,
Die Einsamkeit verhehlt?
Das gibt ein doppelt Lachen,
Was Freunden wird erzählt.
Der kann sein Leid vergessen,
Der es von Herzen sagt;

Der muss sich selbst auffressen,
Der in geheim sich nagt.

Gott stehet mir vor allen
Die meine Seele liebt;
Dann soll mir auch gefallen,
Der mir sich herzlich gibt:
Mit diesen Bundsgesellen,
Verlach ich Pein und Not,
Geh auf den Grund der Höllen
Und breche durch den Tod.

Ich hab, ich habe Herzen,
So treue, wie gebührt,
Die Heuchelei und Scherzen
Nie wissentlich berührt.
Ich bin auch ihnen wieder
Von Grund der Seelen hold;
Ich lieb euch mehr, ihr Brüder,
Denn aller Erden Gold!
(SIMON DACH, 1605-1659)

B

Der Mensch hat nichts so eigen

mensch das dort der
mangelnd des grundbaren vermächtnis'
der währungen

grenzbewegendem sorgen
sind innungshaft doch
bewahrheitbar
in folgensamen
gehandel entsprechen gewissen

worte begegnen
münden zum uneins
währen die wechselwirksamen
wendungen freier
im durcheinander
enträtselt uns die durchsichtigkeit
aller schmerzen
geltender trübnisse

irren bare wohlungen
entführen unsere einsicht
zur mehrfältigung
mitteilsamer zeugen
sageweise
entgleitet die harm uns
ist garstig grausig irrig
doch nur selbstredendem

ist liebe rückhaltlos
unumgänglich gegenwärtiger
vielfältigen erfindens
unserer querungen
und urengsten bemächtiger
fährnishafter trotz
quellversiegender qual
alleinigkeit des grundstumm

doch unentschuldbaren
gänzlicherweise
und friedlosen erleidungen
unzurechnungsfähig
sind uns neuartigende wiederholungen
fröhlichender gütigkeit
aller gemeinsamen
mengenloses maß

TRANSFERENZ IV

A

Es ist alles eitel

Du siehst wohin du siehst, nur Eitelkeit auf Erden.
Was dieser heute baut, reißt jener morgen ein;
Wo jetztund Städte stehn, wird eine Wiese sein,
Auf der ein Schäferskind wird spielen mit den Herden;

Was jetzund prächtig blüht, soll bald zertreten werden;
Was jetzt so pocht und trotzt, ist morgen Asch und Bein;
Nichts ist, das ewig sei, kein Erz, kein Marmorstein.
Jetzt lacht das Glück uns an, bald donnern die Be-
schwerden.

Der hohen Taten Ruhm muss wie ein Traum vergehn.
Soll denn das Spiel der Zeit, der leichte Mensch, be-
stehn?
Ach, was ist alles dies, was wir für köstlich achten,

Als schlechte Nichtigkeit, als Schatten, Staub und Wind,
Als eine Wiesenblum, die man nicht wiederfind't!
Noch will, was ewig ist, kein einzig Mensch betrachten.
(ANDREAS GRYPHIUS, 1616-1664)

B

Du siehst, wohin du siehst

hohlleere blndung
    rundweisen entbergens
zeitigt entpaarte
    entgänzlichungen
verwaister
    wohnungen
ziemlichem
    vergessen

ergräulicht zu
    planbaren

vermisst
    seinerselbst
unverbundener
    halterungen
verzweiten
    lebewohls

spurenloses
    ergehen
entstellte
    menschliches
gänzlichem
    wähnen

unverfügbares
    bloß
ursprünglichem
    säumig
ist aller geltung
    missachtung

TRANSFERENZ V

A

Frühlingslied

Die Luft ist blau, das Tal ist grün,
Die kleinen Maienglocken blühn,
Und Schlüsselblumen drunter;
Der Wiesengrund
Ist schon so bunt,
Und malt sich täglich bunter.

Drum komme, wem der Mai gefällt,
Und freue sich der schönen Welt
Und Gottes Vatergüte,
Die solche Pracht
Hervorgebracht,
Den Baum und seine Blüte.
(LUDWIG HEINRICH CHRISTOPH HÖLTY, 1748-1776)

06:29 Uhr

B

D i e   L u f t   i s t   b l a u

atmungen brechen spiralkörpers urwellen
zur heiteren transparenz erdalte erinnerungen
verausgaben zukünftigkeit mit wechselnder aufgabe
teilhafter
verquickungen
in lautem duftglühen

durchdringende sichtbarkeit beweist allteiligem
genugtuung wahrgebender zeugnisse
im treuhänderischen maßlösen
gläubiger
pfändungen
und trotzhaften erläuterungen

06:30 Uhr ndr

Mutlangen. Sowas von raus. Datum suchen. Wo bin ich hier? Wie heißt der Ort? In meinem Rücken steigt die Sonne auf. Jetzt tauche ich hier in Mutlangen in die Geschichte ein, die ich bislang nur von außen kannte. Vor Jahren erzählte mir jemand, wie seine Mutter hier mit blockiert habe, als die Pershing II-Raketen der Vereinigten Staaten von Amerika hier lagerten. Von 1982 bis 1987 fanden hier regelmäßig Blockaden statt. Nicht zur Freude der Anwohner in der Nähe des Militärlagers. Sie sahen sich gehindert, vom Haus aus wegzufahren. Bis Anfang 1987 – während meiner Zeit in Bonn, Kopenhagen, Oberhausen, Vikariat.

06:31 Uhr cfr

Übersetze aus dem Alten Testament Psalm Neun, Vers Zwei und Drei.
    Auf! Ich sorge dafür, dass Gott gelobt wird
    in meinem ganzen Herzen!
    Auf! Ich preise! Und: Auf! Ich jule mit Dir!
    Auf! Ich singe laut deinen Namen, Höchster!
    Gehe der Formel „in" im Hebräischen und in der Griechischen Übersetzung, der Septuaginta nach. Entdecke dabei, dass das, was in der Septuaginta mit „Hoff-

nung" oder „hoffen auf dich" wörtlich „in dir" wiedergegeben wird und Luther mit „traue auf dich" im Hebräischen oft eine Form von *chasah* steht, „sich bergen, Schutz finden": Also etwas ganz Reales genannt wird und nicht etwas Objektloses wie „hoffen" oder wie „Wille".

06:32 Uhr get

deck ich doch stets einen teller hinzu
bett' neben meinem ein bett
so
denk ich
alltäglich
an dich
und christus fände hier ruh

06:33 Uhr get

AUSWEIS

sind mir
gedanken anderer
wie selbstverständlich fremd
muss ich als fremder
halt leben

06:34 Uhr net

Und schaust du durch den Schnee dir gegenüber auf einen festen Punkt, dann, siehe: Es scheint der Schnee zu stehen, die Flocken hören auf zu fallen und es erscheint dir ganz so, als wenn du himmelan samt deinem festen Blickpunkt, du langsam begönnest empor zu schweben.

    Bilden solche Eindrücke die Grundlage – womöglich mit Hilfe halluzinogener Drogen, etwa ein Gemisch aus Pilzen, Wein und Wasser – für Ähnliches: Berichte vom Fliegen und Schweben in antiken Erlösungs- und Geheim-Kulten?

06:35 Uhr gsr
die maas

verdoppelt liegt die welt im fluss
ganz glatt das wasser
als zeigte der spiegel voller stolz
das wahre leben

zwei schiffe schwimm'n zur gleichen zeit
das eine schlitzt das wasser auf
das andere den himmel
das eine, das zerstört das bild
das andere – mich?

06:36 Uhr csr
aus gegebenem anlass

psalm 23
melodie von David
JHWH ist mein hirte
ich ermangele nicht

auf wiesenweiden lässt er mich ruhen
an wasser-Rastplätzen leitet er mich

mein leben stellt er wieder her
er führt mich in gerechtigkeitsverschanzung wegen seines namens

denn selbst wenn ich gehe in einer finsternisschlucht,
fürchte ich böses nicht,
denn du, bei mir, dein knüppel und dein stab, die trösten
mich

du verschafft vor meinem antlitz einen tisch gegenüber
meinen ängstigern
du fettest mit öl meinen kopf, meine tasse ist sättigung

oh ja, gutes und güte verfolgen mich alle tage meines
lebens
und ich verweile im haus JHWHs für tageslängen

06:37 Uhr cft
Ist das Böse zu etwas gut?

Aus dem Bösen kann Gutes erweckt werden, es selbst aber ist aber nicht gut, und nur weil auch dem Bösen Gutes erweckt werden kann, ist das kein Grund, das Böse zu tun. Soweit, so bekannt

Neu aber kam mir – und dabei fühlte ich mich, als würde ich am Hexenkessel stehen und in dem Moment, wo ich hier rühre würde weltweit ein Beben entstehen – oder wie sagt Jesus, „ich sah den Satan vom Himmel stürzen" –:

Da das Böse ohne Grund ist, kann es auch jederzeit beendet werden. Dabei ist das Böse ein Mangel an Liebe, aber nicht auf Grund eines Mangels an Liebe.

Dass die Schöpfung als perfekt vorgestellt wurde, hieß nicht, dass dies vor Missbrauch schützt.

Wenn es kein Böses gäbe, gabe es dann den Zwang zum Guten?

Was wäre es, wenn man nichts anderes als das Gute tun könnte?

Eine absurde Vorstellung? Aus lauter Neugier, wie es ist, würde ich doch ausprobieren wollen, wie es ist, wenn ich etwas nicht Gutes oder nicht so Gutes tue – gleich böse?

Ist Freiheit nur dann Freiheit, wenn die Möglichkeit zum Guten und Bösen besteht? Warum muss Freiheit moralisch sein?

Ist Freiheit darin unfrei, dass sie nicht ohne die Möglichkeit zum Bösen sein kann?

Mir wird schwindelig!

Nur darum ist das Gute freiwillig, weil das Böse möglich wäre?!

Das Böse überwinden, das ist: das Grundlose des Bösen offenbaren, zur instantiven Umkehr einladen, dem Menschen Grund geben, ihn dazu einladen, zusammen zu leben, indem der Mangel an Liebe erkannt und eingewechselt wird mit dem Überfluss an Liebe, sichtbar im freiwilligen Leid, dem Mitleid, in der Vergebung, in der Freundschaft.

Freiheit und die Möglichkeit zum Bösen hängen zusammen, es bleibt dabei völlig offen, ob ursächlich. Im Gegenteil, höchstwahrscheinlich nicht, sonst wäre die Freiheit ursächlich für das Böse.

06:37 Uhr

Was ist, wenn „das Böse" das Normale ist – ein Erbe der Natur, das ist ein Opfer zum Fraß für das Leben anderer werden zu müssen – es zum Bösen wird, durch die Freiheit der Liebe?!

Aber: Zur Freiheit bedarf die Freiheit nicht das Böse. Ich kann das Gute so oder so tun. Da herrscht Freiheit. In dem Moment, wo ich mich jedoch frage, ob ich es überhaupt tue oder nicht – oder das Böse unterlasse oder nicht, wird aus dem konträren Gegensatz – so oder anders – der kontradiktorische – ob überhaupt oder nicht. Der kontradiktorische Gegensatz erscheint als die Ausweitung, ins Grundsätzliche geweitete, des konträren Gegensatzes.

06:38 Uhr näd
Einfach aussteigen

Am Haupteingang zum italienischen Hospital in einem der ältesten Stadtteile von Kairo hatte ich mich mit meiner Frau verabredet. Ich war schon recht zeitig da. Von hier aus sollte es nach Mittelägypten, nach Minya gehen. Auf dem Hinweg fielen mir in der Metro die vielen Menschen auf, die an einigen Stationen sitzen und sich unterhalten und keine Anstalten machen, eine Bahn zu nehmen. Es ist Ramadan und tief unter der Erde ist es kühler als draußen im Dunst und der Sonne und nirgendwo gibt es im Stadtviertel so viele Sitzgelegenheiten wie hier am U-Bahnhof. Im Stadtteil angekommen geht es an der Moschee mit der allerschönsten Kuppel vorbei – leider nicht renoviert, sonst wäre man überwältigt von ihrer Vielfalt – dort auch eine heidnisch-christlich-koptische Muscheldarstellung, ganz so, wie in der Katakombe in Alexandria und im koptischen Museum von Kairo – und genau ihr gegenüber bereitete einer die Fleischspieße für das Fastenbrechen am Abend vor. Es lagen schon Berge von gebratenen Spieße bereit. Von dort war der Weg zum Krankenhaus nicht weit. Es lag in Sonne. Ein klassizistisches Gebäude aus den Anfängen des 20. Jahrhunderts, renovierungsbedürftig. Die Farben verblasst, die Gipsschmuckstücke abgeplatzt, das Tor zur früheren Haupteinfahrt verbogen. Links und rechts vom Eingang zwei Gummibäume, unter einem suchte ich Schutz vor der Sonne und sah mich um. Da ich unter einem Baum stand nicht nur nach links und rechts, zu den Menschen, die auf dem Trottoir oder auf

der Straße mir entgegenkamen und entwichen, sondern auch nach oben. Was für ein wirres Geflecht von Luftwurzeln?! Je älter der Baum, umso mehr schien er mir welche zu treiben. Als ob man an seinen Strähnen das Alter des Baumes abzählen könne. Ich wusste bislang nicht, wie die Früchte dieser Art aussehen. Hier blickten sie mich an: An den Wurzeln der Blätterstiele, schon fast etwas verborgen, eine, selten zwei, wie ausgereifte Hagebutten große rot-rötlich-orange Knollen, die die Reste der vormaligen Blüten wie bei einer Birne noch in der Mitte der vom Baum weggewachsenen Rundung prangte. Meine Neugier war drauf und dran welche zu versuchen abzudrehen und zu probieren. Mein Verstand untersagte es mir. Bei solchen Experimenten sind schon andere vor mir an weiß nicht was krepiert, auch wenn das Hospital direkt hinter mir steht, ich muss es jetzt jedenfalls nicht ausprobieren. Außerdem wird es genau dazu gewiss verlässliche Informationen geben. Ein Vater stützt ein humpelndes Mädchen, offenbar auf dem Weg zum Krankenhaus, eine Frau, die Mutter?, geht knapp hinter dem Mann her, immer in Schulterhöhe, nicht schneller und nicht langsamer als er. Ein Herr, mit sehr dunkler Haut und Haaren, dicht und filzig wie Rastalocken schlufft auf der Straße entlang, obwohl er barfuß geht, eine Decke über die Schulter geworfen, deren unterste Ecke hinter ihm her schleift; sieht ganz so aus, als wenn es sein Bett wär. Er bettelt nicht und wird von niemanden angesprochen. Und jetzt könnte ich meinen elektronischen Minicomputer mit seinem Kleinbildschirm zücken aus dieser Situation aussteigen. Einfach woanders sein. Ich lasse das Gerät stecken. Da fällt mir ein, dass der stellvertretende Präses meiner Landeskirche am nächsten Tag wegen eines Projektes von mir mit dem Präses sprechen wolle. Solch eine Art der Wahrnehmung meiner Arbeit habe ich mein ganzes Leben noch nicht erfahren. Ich hatte auf seine Ankündigung noch nicht geantwortet, als ob es mir egal wäre. Ich holte das Gerät heraus und schrieb im Stehen einen kurzen Gruß unterm arabischen Gummibaum in die deutsche Kirchenzentrale.

06:39 Uhr cgr

Was für eine merkwürdige Form des Handels: Erstes Buch Mose, Kapitel Vierzehn, Vers Zwanzig:

Der König Melchisedek spricht zu Abram, der siegreich von einem Krieg zurückkehrt: Und gesegnet wird Gott der Höchste, der deine Feinde in deine Hand ausgeliefert hat! Und er – Abram – gab ihm den Zehnten von allem.

Für Segen bekommt der Priester Bares? Die wesentliche Funktion des Gottesdienstes? Sein Segen sanktioniert die erfolgreiche (Rück-)Eroberung – Abrams Neffe, Lot, wurde zuvor beraubt und entführt. Entsprechend überraschend die Fortsetzung:

Da sprach der König von Sodom zu Abram: Gib mir die Leute, die Güter behalte für dich! Aber Abram sprach zu dem König von Sodom: Ich hebe meine Hand auf zu dem HERRN, dem höchsten Gott, der Himmel und Erde geschaffen hat, dass ich von allem, was dein ist, nicht einen Faden noch einen Schuhriemen nehmen will, damit du nicht sagest, du habest Abram reich gemacht, ausgenommen, was die Knechte verzehrt haben; doch lass die Männer Aner, Eschkol und Mamre, die mit mir gezogen sind, ihr Teil nehmen.

(Genesis Vierzehn, Verse Eins bis Vierundzwanzig Lutherbibel von 1984)

06:40 Uhr get
ASKESE

nicht mehr raum einnehmen als einem zusteht.
nicht mehr gemeint haben, als man mit seinen worten
       gesagt hat.

06:41 Uhr när

Ramadan sammelt den Abfall unter den Augen der Militärs und Polizei ein. Seine Straße, die er täglich säubert führt unmittelbar zur Prachtstraße, Hier fahren die Staatsgäste des ägyptischen Präsidenten vom Flughafen ein. Auf dem Weg zur Kirche oder von der Kirche begegnen wir uns regelmäßig. Er bräuchte Geld für seine Frau zur Behandlung bei einem Arzt, 600 LE. Ich sagte, ich würde nichts verstehen. Verstand tatsächlich nicht alles. Aber dass ich das nicht verstanden hätte, stimmt nun nicht. Und öffnete mein Portemonnaie: Mit 50 LE. Er nahm es, fragte ob es denn ginge. Ich bejahte, sagte aber, „dann habe ich kein Geld mehr", was nicht stimmt. Zu Hause liegen 200 LE-Scheine. Ob wir uns treffen? Er gab mir seine Telefonnummer. Ich ihm meine nicht. Und ihn anrufen will ich nicht. Wer kann mir beim Übersetzen helfen? Die, die ich fragte, entzogen sich höflich. Warum habe ich nicht gefragt, ‚welches Krankenhaus? welcher Arzt?'

06:42 Uhr ner

Tallin, St. Marien, um 20.15 Uhr Ortszeit erste Gedenkfeier der Fastenaktion für eine atomwaffenfreie Welt. Im Chorraum ausgebreitet liegt auf dem Teppich die Weltkarte der Atomkette. Wir zünden eine Kerze an für eines der Opfer des Atombombenabwurfs auf Hiroshima. Der Küster beim Aufräumen nach dem Gebet meinte, er habe sich die Karte angesehen, wir sollten damit nach Russland gehen. Atomwaffen würden Frieden bringen. Angekommen.

06:43 Uhr när

Arabischunterricht. In Köln gab es eine Geiselnahme in der Bahnhofsapotheke im Hauptbahnhof. Die Arabischlehrerin fragte: „War es ein Ausländer? Die Leute aus dem Nahen Osten in Deutschland sind alle verrückt." „Ich bin auch verrückt. Ich arbeite ohne Geld. Und, ich bin verrückt, ich lebe hier." „Nein Ägypten ist die Mutter aller Kulturen und Deutschland ist dein Vaterland – da muss doch was bei herauskommen?!"

06:44 Uhr cft

Teilen heißt herrschen können. Abraham teilte das Land und lässt Lot die Wahl.

Herrschaft wird durch die Ästhetik der Unterscheidungskunst genährt: Der Freude am Differenzieren, noch Nuancen unter Nuancen unterscheiden zu können – in der Musik, in der Malerei, in der Literatur, in der Philosophie. Das vereinfacht die Herrschaftstechnik von ‚teile und herrsche!'

06:44 Uhr

Demnach dürfte es auch eine Segregationsreligion geben. Die Apartheid in Südafrika hatte eine ausgearbeitete und die Christen in Nord-Amerika, die Sklaven für sich arbeiten ließen.

06:45 Uhr nft
ZWEITER UND DRITTER URLAUBSTAG RUND UM BÜCHEL, AM ATOMWAFFENLAGER – DONNERSTAG/FREITAG

Lauter Messen

6.45 Uhr Frühmesse in Martental

Bin schon 6.30 Uhr dort – zuvor bei der Gastgeberin schnell ein Schluck Sprudel – auch gleich die Anfahrt hinab ins Tal gefunden, parke diesmal auf dem klostereigenen Parkplatz. Werde an der Pforte hereingelassen und erwarte tatsächlich, dass vielleicht doch jemand erscheint. Erscheint natürlich nicht. Durchschreite die Flure mit den zahlreichen Zimmern – für jeden Zweck ein eigener Raum (Seelsorge / Ökumene [?], Beratung [?]etc.), stoße das Portal zum Esssaal auf – finde aber keine Kapelle; auch im Keller nicht: das gleiche Ensemble wie im Erdgeschoss, nur alles gedrungener: wofür sie bloß die vielen Räume brauchen?

Im ersten Stock endlich passiere ich die Flügeltüren und sehe zwei recht ältere Herrschaften – jeder in einer Bank. Kurzer, nicht erwiderter Gruß, beziehe auch eine Bank. Der Klassenbeste in der ersten Bank erhebt sich und zündet die Kerzen an. Ein Vierter tritt ein, verschwindet und kommt in vollem Ornat wieder: Dieser Pater wird die Messe lesen, erinnert an den Heiligen Willibald und sein gefahrvolles Leben.

Nach der Messe frage ich nach Pater H., ob er schon da sei, wüssten sie nicht, aber es gebe um 7.15 Uhr auch noch die Laudes, als wenn man mir das nicht hätte gleich sagen können, auch schön.

Nicht zu früh trudeln die Patres ein, Pater F. stellt sich vor, bekomme ein Gebetsbuch mit den benötigten Seiten aufgeschlagen. Werde von Pater F. zum Kaffee eingeladen.

Ein Tafel: Nicht etwa ein Brötchen – vier oder fünf Sorten! Weich und hartgekochte Eier. Ein Pater kommt etwas später und beklagt, dass kein weichgekochtes mehr da sei und biete ihm meins an. Vereinbare Termin mit Pater H.. Nach einem halben Brötchen muss ich los – ab zu den Karmeliterinnen.

Kurz vor Acht auch angekommen; erahne wo die „Abkürzung" wohl zum Kloster liegt, fahre aber wie bei der ersten Erkundung gestern wieder an der langen Bruchsteinmauer entlang. Klingel beim Empfang, eine Schwester weist mich auf die Kapelle hin, noch pünktlich dort – mit etwa 15 anderen, eine Mutter mit Kind. Nette Ansprache von Pater F. zur Aussendung der Jünger: wer nicht frei ist, ist von anderen Zielen „besessen" – schönes Bild.

Die schönen Frauenstimmen klingen in den Antiphonen doch anders als Männergesänge; lieblich, herb, rostig-löchrig: Die Mischung macht's.

Im Anschluss passiert nichts. Pater F. spricht mich an und gibt mir den Tipp mit der Pforte. Also zum 2. Mal für heute dort: Sr. Hildegard wird kommen und kam auch. Dummerweise unterließ ich es, sie erst einmal etwas zum Kloster zu fragen, fing ziemlich sogleich damit an, was mein Anliegen war; erzählte davon, wie ich von den Wallfahrten gehört habe, als der Militärflughafen errichtet werden sollte.

Sie versprach unser Anliegen mit ins Gebet aufzunehmen. Es geht ja nicht nur um die Atomwaffen, sondern darum, dass Menschen, die das tun, mit irgendeiner Faser ihres Herzens dem zustimmen. Es findet hier also eine Beeinträchtigung der Gewissen dieser Menschen statt. Menschen so in Gewissenskonflikte zu bringen ist Unrecht. So kämpfen wir also wahrhaftig mit Mächten und Gewalten und sind darauf angewiesen mit Gebet miteinander verbunden zu sein.

Wanderverein Büchel – Familie NN.

Bin viel zu früh in Büchel. Der Kaffee aus dem Kloster schmeckt noch nach. Lass mir an der Dorftankstelle den Weg erklären. Das ist also der Nutzen des Reichtums, den die Bundeswehr gebracht hat: Eine Tankstelle im Ort. Nutze die Zeit und erwandere mir das fehlende Mosaikteil in meiner inneren Kartografie vom Gelände, wie man also mit dem Auto durch Büchel hindurch zum Schrotthändler kommt. Vorm Autohändler K. in einem winzig kleinen Wäldchen gut versteckt ein Sommerhäuschen, mit eigenem Bach. Tornados donnern über den

Flughafen – in zehn Minuten drei Stück – und wage nicht ins Wäldchen zu pinkeln, bewässere den Weizenacker.

Zurück zur Familie NN. Am Haferfeld vorbei, fast pünktlich auf die Sekunde klingele ich und wird mir die Tür geöffnet. Herr NN. fragt freundlich, ob er sich hinzu gesellen dürfe. Er war Lehrer in Büchel und kam später in die Berufsschule nach Cochem. Später fassten sie in Büchel Fuß und leben nun hier. Der Wanderverein veranstaltet einmal im Monat eine Wanderung, zweimal im Jahr mit einem Bus in anderen Regionen, zuletzt an der Rurtalsperre. Im August ist Volkswandertag.

Herr NN. ist sehr aufgeschlossen. Dass die Aktionen sich gegen die Atomwaffen richten und nicht gegen den Flughafen ist für die Menschen sehr wichtig. Der Kommodore, erzähle ich, habe vor kurzem gesagt, dass die Existenz des Flughafens nicht von Atombomben abhinge.

Viele, die hier arbeiten befürchten: Wenn ihr Arbeitgeber sie in der Zeitung auf dem Foto sieht, sind sie ihre Arbeit los. – Eine Angst, die ich gar nicht nachvollziehen kann, so ein ausgesprochen negatives Bild habe ich nicht von der Bundeswehr. Berichte von den Gesprächen mit dem Kommodore, dass er ausdrücklich Demonstrationen befürworte und sich dafür einsetze, dass sie stattfinden können.

Ein Gespräch mit der Standortverwaltung wäre vielleicht nicht verkehrt.

Was könnte mit Jugendlichen veranstaltet werden? Frau NN weist mich auf die Junggesellenvereine hin – ein Name den ich so nur aus der Geschichte der Jugendarbeit im 19. Jahrhundert kenne und von meinem Großvater in der Lüneburger Heide; hier sehr aktiv. Der Bürgermeister könnte weiterhelfen.

Ein Gespräch mit Bekannten wäre auch nicht ausgeschlossen. Wenn er – so Herr NN – in der Vergangenheit bei den Umrundungen nicht mitgewandert sei, so habe er dies doch in der Tat nicht mit gutem Gewissen getan. Er merkte sich den Termin im September. Wenn ich im nächsten Jahr erneut käme, ich sollte mich melden, er sei auch an weiteren Informationen sehr interessiert. Nahm mehrere der Kärtchen, die zur Friedenstafel einladen.

Lutzerath – Frau Bürgermeisterin

Als ich fragen wollte, wo die Straße liegt bzw. besser, wo Frau Bürgermeisterin wohnt, nahm ich wahr, dass dieser kleine Ort, eher ein Flecken doch wohl kaum Lutzerath sein kann, in der Tat, es war Driesch. Lutzerath begrüßt mit einer piekfeinmodernen Feuerwehr, ein Ort, der etwas auf sich hält. Dennoch fand ich die Bürgermeisterchaussee nicht auf Anhieb. Ein Straßenschild wird aber bald angebracht, das Werkzeug dafür ist in der Nachbargemeinde, klärte mich Frau NN. zur Begrüßung auf, weil ich darauf hinwies, dass noch nicht mal eine Linde auf die Existenz der Lindenstraße hinweist. Dafür schön an der Straßenecke das Bürgermeisterhaus.

Sie stammt aus Wilhelmshaven, entstammt der dortigen katholischen Minderheit, die – etwas auf sich haltend – sie selbstverständlich auf die dortige Eliteschule der Ursulinerinnen schickte. Die Bundeswehr verschlug sie mitsamt ihrem Ehemann nach München, irgendwann nach Büchel, dann Köln und jetzt in den Ruhestand. Kleine motorisierte Bootstouren auf der Mosel sind eine kleine Erinnerung an Friesland.

Inzwischen hat auch sie vernommen, dass die Existenz des Flughafens nicht von der Lagerung der Atomwaffen abhinge, inzwischen; was auch immer das heißt. Der Kommodore hat wohl gewühlt. Denn wenn – wie „Winnie" (wie er liebevoll und wohl bald auch wieder voller Liebe genannt worden ist) NACHTWEI in der Frankfurter Rundschau (30.04.2005) zum Besten gab – 2013 die Eurofighter alle Tornados ersetzt haben werden, ist sowieso Ende der nuklearen Teilhabe; es sei denn, der Eurofighter wird – nach einem Bundestagsbeschluss? wer will das glauben – mit abermaligen Millionenkosten als Atomträgersystem umgerüstet.

Eine Einladung zu einer Bürgerversammlung oder Gemeinderatssitzung – warum nicht? Sie wird es vorschlagen. Nachdenken über alternative Nutzungskonzepte des Flughafens: Warum nicht? Sie haben inzwischen die zweite Generation von Methangasverarbeitung in der Gemeinde gebaut, zwischen den beiden Generationen, „da liegen Welten"; da kann gut und gerne drüber nachgedacht werden.

Ein Grußwort zur Friedenstafel, warum ... – sie ist an dem Tag nicht da, landet ihr Mann am Abend in Hamburg und kommt erst in der Nacht an. Ginge auch schriftlich –...

Die Konversionsprojekte kannte sie natürlich und dass Memmingen scheiterte (Groß-Zeppelin-Anlage). Und dass es schwieriger werden würde, „aber warum nicht"! Die Wallfahrten wendeten sich damals gegen das befürchtete Übel des Flughafens und der Bedrohung durch die Luftwaffe, nicht gegen die Atomwaffen. Jetzt ist alles anders; ca. 2000 Menschen haben mit dem Flughafen zu tun und finden Arbeit.

Die Verrohung der Gewissen, die Korrumpierung der Bevölkerung, die Gefahr durch mögliche Terroranschläge kein Thema. Die Waffen waren wohl im kalten Krieg sinnvoll, jetzt aber wohl nicht mehr. Doch abgezogen gehören sie schon.

Austausch von Adressen, ein fröhliches Wiedersehen gewünscht, 14.35 Uhr. Weg frei nach Faid.

Pfarrer in Faid

Warum dieser Ort so saudi-arabisch klingt: „fah-jid"? Es stimmt, erzählt der Pfarrer, es waren Araber hier, die fotografierten den Ort und zeigten Bilder eines gleichnamigen Ortes in der arabischen Wüste. Ob es römische Kriegsgefangene waren, die dem Ort ihren Namen gaben?

Aktionen mit Jugendlichen – das könnte er sich vorstellen. Hat aber keine eigene Jugendarbeit.

Eine Andacht im Freien.? Das könnte er sich vorstellen. Hat bislang nur von den Andachten und Veranstaltungen am Tor von Alflen gehört, sich noch nicht näher damit befasst.

Aber eine Vorstellung der Arbeit, eine Vorstellung von uns in der Gemeinde, im Gottesdienst oder im Anschluss an einen Gottesdienst in der Kirche in Büchel, das sei ausgeschlossen. An der Wand zwei kunstfertige Tiger, umlauernd ein rotes Feuer. Er sei im Jahr des Tigers geboren. Alle 12 Jahre wiederholen sich die Namen. Noch mit einem Zusatz bedeutet sein Name „nächster Tag".

Dass die Piloten üben würden Atombomben abzuwerfen, könne er sich nicht vorstellen. Dass sie dies natürlich mit Attrappen proben, überzeugte ihn nicht. Er kenne zwei Piloten im Ort. Sie hätten ihre Flugstunden zu absolvieren, deswegen flögen sie.

Kloster Martental – Pater NN

„Hier bin ich, Herr, um Deinen Willen zu erfüllen" – Motto der Ordensgemeinschaft der Dehonianer im Kloster Martental.

Es muss ziemlich nervig sein mit mir, ständig bin ich zu früh. Zehn Minuten vor der Zeit klingele ich an der Pforte, hoff' dass ich im Gebäude warten kann, in der Gegensprechanlage höre ich den Pater. Er wird gleich da sein. Ich entschuldige mich für meine Verfrühung. In diesen sterilen Sprechzimmern mit den immer gleichen Schmucktischen und vier akkurat gesetzten Stühlen. Eine große vierspaltig gedruckte Bibel – oder Lektorat? – auf der Kommode in einem Buchständer.

Der winzig kleinen Ausschnitt der Arbeit, den ich am Morgen kennen lernen konnte, ist keineswegs nur pastorales Löcherstopfen. Jeder hat seinen eigenen Bereich; natürlich gibt es auch die Notfall-Seelsorge für die benachbarten Pfarreien.

„99% der Bevölkerung ist gegen die Atomwaffen und würden auch bei einem Gebet zur Abschaffung der Atomwaffen mitsprechen ‚Herr erbarme dich', aber die Sorge um die Arbeitsplätze würde die Bevölkerung gegen das Kloster aufbringen, würde ruchbar, dass das Kloster irgendetwas mit den Veranstaltungen am Tor zu tun hätten", höre ich. „Du kannst nicht zwei Herren dienen", blieb als mein Einwurf noch etwas blass und verfänglich.

Früher habe es Wallfahrten gegen den Luftwaffenstützpunkt gegeben, aber auch solche für den Erhalt des Stützpunktes. Wie lagen die Nerven blank als bekannt wurde, dass Luftwaffenstandorte geschlossen werden würden. Wallfahrten zum jetzigen Zeitpunkt zu unternehmen würden zwei entgegengesetzte Lager schaffen. Das sei gewiss nicht sinnvoll, pflichtete ich bei, es geht ja nicht darum zu polarisieren, sondern darum, Menschen zu gewinnen.

Die Auskunft – nicht von „der" Friedensbewegung, sondern vom Ministerium oder vom Kommodore, dass der Flughafen nicht von der Lagerung der Atomwaffen abhinge, die würde eine wesentliche Veränderung bringen.

Überhaupt der Weg, mit Menschen direkt Gespräche zu führen, sei effektiver als – z. B. Artikel zu veröffentlichen. „Die persönliche Begegnung verändert Menschen." Deswegen frage ich auch danach, ob es möglich ist, wenn die Patres damit einverstanden sind, im Rahmen einer Andacht oder eines Gottesdienst die Vorhaben und uns vorzustellen.

Oder dass einer von ihnen bei der Andacht mitwirke.

Der Pater berichtet wieder von den Sorgen der Bevölkerung. Sie haben im Konvent zum Mittagessen auch darüber diskutiert. Sie können nicht den Rückhalt der Bevölkerung aufs Spiel setzen. „Das ist wieder eine Frage der Herren." Wie ich das denn meine? „Du kannst nicht Christus und der Bevölkerung dienen." „Darüber lässt sich streiten."

Ist nicht erst das das Evangelium, woran man Anstoß nehmen kann, denke ich bei der Heimfahrt?

Ja, sie werden das Anliegen mit ins Gebet nehmen – genauso wie ich die Geschwister mit ins Gebet schließe, die ich jetzt in diesen Tagen kennen gelernt habe. Es gibt ja schließlich auch die Möglichkeit, für die Abschaffung der Atomwaffen zu beten und dafür, dass neue Wege für andere Arbeitsplätze gefunden werden.

Durch die Felder, schon auf dem Hinweg gesehen, segelt ein Jet auf im Heimflug, fast lautlos. Zum ersten Mal kann ich ihn mir sozusagen aus der Nähe betrachten. Ganz deutlich, unter dem rechten Flügel eine etwas gestaucht und verkürzte Havanna – das ist die Attrappe, die Übungsatombombe? Auf der Anhöhe verschwindet der „Wirbelsturm", der furchterregende Tornado. Wie würde Dante heute sein Inferno gestalten?

Auf der Heimfahrt zwei weitere Maschinen im Landeanflug. Wie sicher das wirkt. Wie sicher sich die Piloten wohl fühlen? Wie sicher sich die Bundeswehr hier fühlt?

Besuch beim Pfarrer in Ulmen, am Freitag, im Juli, 9.00 Uhr
Dreimal so hoch wie im Bundesdurchschnitt

Die Kirche St. Matthias erhaben über Pfarrhaus und Bürgermeisteramt, ein herrliches Ambiente. Zum Glockenschlag ertönt die Türglocke. Wäre ich dem Pfarrer auf der Straße begegnet, ich wüsste nicht, wer er ist. Die Begegnung im Gottesdienst und im Anschluss daran vor

drei Jahren in Alflen hinterließ bei mir keinen bemerkenswerten Eindruck. Er hatte damals wenig Zeit, musste zum nächsten Gottesdienst, war kurz angebunden, sehr reserviert, wenig Lust – so empfand ich es – sich mit der Thematik auseinander zu setzen. Dennoch – als ich heute zwei Tage zuvor anrief – war er bereit sehr kurzfristig einen Termin zu vereinbaren, obwohl es ein Anruf an seinem freien Tag war. Und ich konnte mir gut vorstellen, was das für einen Pfarrer bedeutet. Solche Anrufe kommen immer dann, wenn alles andere ausnahmsweise einmal gut läuft und endlich etwas Ruhe einkehrt.

Im Mitarbeiter-Gesprächszimmer, an den Wänden Kopier-, Falt- und Sortiermaschinen nahm er mit der brennenden Pfeife – nach höflicher Rückfrage, ob mir das Recht sei – Platz.

Wir kommen ins Gespräch. Wie fest verankert der Vorname „Matthias" hier sei, und ob meine Eltern wohl an den Heiligen Matthias in Trier gedacht hätten, als sie mir diesen Vornamen gaben, sie dachten doch mehr an Matthias Claudius.

Wie ich zu diesem Engagement gekommen sei, vor meiner neuen Pfarrstelle. Wie schwierig es ist, Menschen zu mobilisieren. Er erzählte von seinen Demonstrationserfahrungen in der Jugend und als junger Erwachsener und wie jetzt vor kurzem der Versuch, zu Hause daran anzuknüpfen, um eine Platanenallee –

wohl mit eine der letzten in Deutschland – zu retten, nur damit ein Anrainer morgens bei Sonnenlicht seine Zeitung lesen kann, kläglich scheiterte.

Dass wir uns mit diesen Aktivitäten nicht gegen den Flughafen, sondern gegen die Atomwaffen dort richten. Und die Arbeitsplätze sind uns alles andere als gleichgültig. Sinnvolle Modelle können aber erst erarbeitet werden, wenn eine bürgerliche Kommune sich dafür interessiert; dann kann als Vermittlung zwischen Kommune und Friedensbewegung das Bonner Zentrum für Konversion, BICC tätig werden. Der Pfarrer gibt mir die Telefonnummer des Verbandsbürgermeisters.

Wie wir zu zivilen Inspektionen Abstand halten und offen mit dem Kommodore und der Polizei zusammenarbeiten. Zu Volkswandertagen sozusagen einladen, uns an die Erzählung vom Fall der Mauer von Jericho anlehnen und jetzt auch den Schritt tun, uns ganz vom Demmonstrationsschema zu verabschieden mit Hilfe der geplanten Friedenstafel und der Kunstaktion. Und ob es nicht möglich sei, die Andacht gemeinsam zu gestalten und in Alflen an der Kirche Trauerbänder für alle Opfer der Atomwaffen, vom Uranbergbau bis zu den Strahlenopfern der überirdischen Atomtests, vor der Kirche abzuhängen.

Er hätte an dem Tag eine Taufe in der Kirche und ein Dorffest in Ulmen. Ich verstehe nicht ganz, wollten wir doch zum Ende des Tages vor dem Haupttor zusammen mit der Kunstaktion eine Schlussandacht feiern. Er ging offenbar davon aus, dass wir zusammen in der Kirche in Alflen feiern. So gegen 15.15 Uhr, ob mit einer Stola oder mit Talar oder ohne Talar, wie der Ablauf sei und hier die Faxnummer und im Gemeindebrief wollte er auch darauf hinweisen, wann der Redaktionstermin ist und dass wir uns für die Gestaltung noch telefonisch oder per Fax absprechen …

Lade ihn – wenn er einmal ganz woanders sein will – ein, in meinem Pfarrhaus unterzukommen und er berichtet von seinen Möglichkeiten mit der Familie in Frankreich.

Ja die Thematik ist in der Gemeinde bekannt. Die Angst sei groß. Erst im letzten Jahr habe er fünf junge Menschen vor ihrem Dreißigsten Lebensjahr beerdigt, die an Krebs gestorben sind. – Als ich davon im Gemeindebüro Cochem erzähle, bestätigt mir der Vikar: 2004 hatte er eine Beerdigung von einem Mitglied der Hundestaffel in Büchel, engagierter Mensch, noch keine Fünfzig, Krebs, es ging ganz schnell. Ob es möglich ist, zu erfahren, wer Mitglied der Hundestaffel ist und wer davon an Krebs erkrankt ist? Vielleicht über die Standortverwaltung?

Und, ist das ein seltsamer Gedanke: Müsste es nicht die Hunde genauso treffen? Gibt es einen Hundezuchtverein o.ä.?

Wir wollen eine Stoffbahn mit den Opfern der Atomwaffen auch den Mitgliedern der Hundestaffel widmen.

Überhaupt, es gebe Untersuchungen, so der Pfarrer, dass die Rate der Krebsopfer in dieser Region um das Dreifache höher sei als im gesamten Bundesgebiet. Sicherlich haben die Pestizide durch den Weinanbau auch daran Anteil, aber nukleare Strahlung wird daran nicht unschuldig sein…

Nach einer Dreiviertelstunde verabschieden wir uns und ich habe das Gefühl, nicht als Fremde. Steige ins Auto, will erst vorfahren, dann – angesichts der engen Gässchen wohl doch zurücksetzen, da fällt mein Blick auf das Maar: Ulmener Maar. Das habe ich noch nie gesehen. Nicht mal das Laacher Maar ist so einnehmend. Sofort stelle ich den Wagen ab und nehme Rast auf einer Bank am Ufer. Ein Großvater spielt auf dem Steg mit seinem Enkel auf einem angeketteten Tretboot. Die explosiven Kräfte in der Eifel. Wie nah das alles beieinander liegt. Und dass es hier auch einmal wieder aus dem Erdinneren hochgehen kann – ist das ausgemacht, dass das ganz unmöglich ist? Wie lieblich dies Eifelauge mit den beiden Stockenten ins Gemüt fällt. Ruhig, spiegelglatt, ganz dunkel, dunkelgraublau die Oberfläche.

Zurück zum Wagen auf der Anhöhe des Weges drei ältere Damen am Fuße der Kirche im Gespräch. So muss es auch ausgesehen haben, als die Römer hier siedelten (siedelten sie hier? Durch Ulmen führt jedenfalls eine Römerstraße). Wenn die Bewohner von Ulmen in diesem Teil der Stadt römische Trachten trügen, sie wären die Attraktion, alles würde passen – hoffentlich tun sie's nicht!

Im Gemeindehaus der Evangelischen Kirchengemeinde Cochem

Es ist fast völlig vergessen, dass hier vor ca. Fünfundzwanzig Jahren heftige Bauernproteste gegen eine geplante Wiederaufbereitungsanlage alle Schlagzeilen besetzten. Was später in Wackersdorf angefangen wurde zu bauen, sollte in Kaisersesch errichtet werden. Der daraus entstandene Verein habe sich erst vor kurzem aufgelöst. Im schwärzesten Wahlkreis im schwarzen Bundesland Rheinland-Pfalz erwartete man keine Proteste. Und könnte man daran nicht anknüpfen? Der Vorsitzende des hiesigen Bauernverbandes ist Bundestagsabgeordneter aus Brachtendorf. Sein Stellvertreter und sozusagen der Vorsitzende vor Ort zugleich der Erste Beigeordnete des Landrates.

Im nächsten Jahr stehen wohl andere Besuche an.

Es kommt zum telefonischen Kontakt mit dem Verbandsbürgermeister. Was er bei der Konversion in Ulmen erlebt hat – auch wenn es erfolgreich war, wie er zugibt – möchte er nicht noch einmal durchfechten müssen. Es hat doch im Rückblick gesehen zu viel Kraft gekostet. Termin? Heute noch? Gott bewahre! Für mich Vertröstung aufs kommende Jahr, für ihn eine Entlastung?

Ortsbürgermeister von Büchel

Der Bürgermeister unterbricht mich. Die Atomwaffen? In Zehn bis Dreizehn Jahren sind die weg. Das wird so nicht weitergehen. Von oben her lässt man es durchsickern, dass die Eurofighter Standort für Standort eingeführt werden, an letzter Stelle steht Büchel – und dann ist es sehr wahrscheinlich, dass dieser am Ende eingespart wird.

Das Konversionszentrum in Bonn, BICC kann nur in Anspruch genommen werden, wenn es moderierend zwischen Kommune und Friedensbewegung tätig werden kann. Eine Einladung im Rahmen einer Gemeinderatssitzung hält er nicht für ausgeschlossen. Auch daran zu arbeiten, die Jugendlichen mit einzubinden, unterstützt er ausdrücklich. Überraschungstüten mit Infos, Fahrradventilen o.ä., einer Fahrkarte bis Cochem – oder eine Fahrradrallye, die in Büchel beginnt und am Heiligenhäuschen mit der Preisverleihung schließt etc. – eine ganze Reihe von Ansprechpartnern erhalten.

Vor dem Gebäude noch ein Gespräch mit dem Gärtner, der auch im Kloster Martental arbeitet. Kennt so ziemlich alle. Auch eine Einladung erhalten.

Zeit ist nicht günstig –. der Bürgermeister von Alflen

„Sie wissen, dass in der gegenwärtigen Zeit keine Beunruhigung gewollt wird. Jede Diskussion um die Atombombe würde nur aufrühren; auch wenn in Berlin ein Regierungswechsel kommt." Und ergänzt: „Was die dort mit der Atomenergie vorhaben,...", Ortsbürgermeister von Alflen. Im Gemeinderat könne er es einbringen, dass wir das Thema von alternativen Nutzungen vorstellen, aber ob er eine Mehrheit dafür fände, das sei doch sehr zweifelhaft.

Ob wir die Andacht in der Kirche feiern möchten,, möchte er wissen. „Werden, das ist heute geplant worden". Keine Reaktion. „Es ist nicht die Zeit...".

Merkwürdig: Kirchlicherseits Aufgeschlossenheit in Alflen, aber nicht in der Kommune. Kommunal in Büchel: Offene Ohren, Kirche: „In keinem Fall". Ein Beispiel dafür, wie gut es ist, dass es beide Beine gibt?

06:46 Uhr nst
Steht das Stundengebet mit der Absicht „die Zeit zu heiligen" in der ungebrochenen Tradition, die Sonne in ihrem Lauf hin und wieder zurück zu ihrem Ausgangsort in Bewegung zu halten?

06:47 Uhr cft
Der Lohn der Taten ist, dass sie gut sein können und darum gute Werke sein können.

Taten – das ist subjekt-orientiert, Werke – was sich zwischen mindestens Menschen ereignet, gut – was mit Gott zu tun hat.

Die guten Werke folgen einem nach, Offenbarung Kapitel Vierzehn Vers Dreizehn.

Dass der Vater gepriesen wird, ob eurer guten Werke, Matthäusevangelium Kapitel Fünf Vers Sechszehn.

Die Taten wirken nicht das Heil, das wäre Hochmut. Die Taten sind nicht ohne Gottes Heil – das wehrt die Verzweiflung ab. Nicht die Taten sind das Verdienst, sonst würde menschliches Handeln Gottes Handeln definieren, sondern die Güte ist größer: Der Mensch bekommt nicht, was er verdient, sondern viel mehr!

06:48 Uhr fet
DER SONNTAGSBOTE

Es war einmal eine kleine Stadt. Sie hatte eine Dorfstraße und es war schönes Wetter. Dort standen einzelne Häuser und einige Hochhäuser. Sonntags, wenn Kinder die Langeweile überfiel, saßen sie auf den Bordsteinen und riefen sich gegenseitig zu, was sie am Abend zuvor an Filmen gesehen und für Spiele gespielt hatten. Doch das wurde mit der Zeit auch langweilig, jeder kannte ja alles. So saßen sie da und wünschten sich, dass der Sonntag endlich vorbei sein würde. Einer hasste besonders die Sonntagsöde. Johannes. Er war der Chef der Clique. Sie nannten ihn Joh. Johannes war nicht der stärkste oder schnellste oder klügste, anderen waren in alledem besser als er, Frank, Klaus und Anni zum Beispiel. Das nicht, aber Johannes konnte fantastisch gut beobachten. So scharfe Augen wie er hatte niemand. Er sah nicht weiter als die anderen. Aber er sah einfach mehr. Und er konnte Fragen stellen, erbarmungslos gnädig. Das machte Spaß, wenn sie irgendwo hinkamen und er fing an zu fragen. Dafür war er schon derartig bekannt, dass die Erwachsenen, wenn sie ihn sahen, einen großen Bogen um ihn herum schlugen. Wenn die Clique keine Erwachsenen zu fassen kriegte oder der letzte mit einer Ausrede das Weite gesucht hatte, streiften sie durch das Neubaugebiet, wo sich Konrad vor allem auskannte. Und wenn ihnen das zu langweilig wurde, hatte Karin Wettspiele auf Lager oder Frederike erfand Mutproben. Aber wenn sie alles durchgespielt hatten, war es meistens Johannes, der irgendetwas Neues entdeckte. Und wenn er wieder etwas entdeckt hatte, wunderten sich die anderen darüber und fragten sich insgeheim, warum sie es nicht gesehen haben. Und so saßen sie auch an diesem Sonntag, Frank, Klaus, Konrad, Frederike, Karin, Anni und Johannes und dösten in der Sonne und langweilten sich zu Tode.

Da entdeckte Johannes etwas. Das hatte er noch nie gesehen. Doch zunächst ließ er sich nichts anmerken. Er hob nur die Augenbrauen. Doch das sah Anni, die ihm gegenüber auf der anderen Straßenseite hockte und rief: „Hei, Leute!", rief sie, „ich glaube, es liegt was in der Luft! Kommt her! Ich glaube Joh hat wieder etwas entdeckt!" „Was denn?", riefen die anderen die Straße herab und hinauf und liefen zu Johannes und setzten sich um ihn herum. Johannes tat erst so, als wüsste er von nichts und sagte, „was soll ich denn entdeckt haben?" „Ach komm", sagte Anni, „tu' doch nicht so!!" „Ja, sag Joh, was hast du gesehen!" Eigentlich wollte er sie noch etwas zappeln lassen, aber dafür war er selbst viel zu neugierig. Es platzte aus ihm heraus: „Ein Briefträger!" „Ach so", klang es enttäuscht von den anderen. „Na und, ist das was Besonderes?" – „Und ob!", sagte Johannes, „oder habt ihr schon mal einen Briefträger gesehen, der am Sonntag Briefe austrägt?" Da mussten sie ihm Recht geben. Und wirklich, ohne dass sie es gemerkt hatten, hatte sich ihnen ein Mann genähert, hinter sich ein Kärrchen. Er kam in Postuniform die Straße hinauf. „Ein Neuer! Ein Neuer!", reifen sie. Das war ihr

Schlachtruf und wenn er durch die Straßen gellte, flüchteten die Erwachsenen in ihre Häuser, denn sie wussten, was mit ihnen geschah, wenn erst einmal von dieser Meute eingekreist wurden und Johannes zu fragen anfing. Doch das wusste der Briefträger anscheinend nicht. Denn er blieb an seinem Kärrchen stehen und blickte erstaunt die Schar der Kinder an, die ihm entgegenstürmten. Der Lärm zog noch andere Kinder an, die sich jetzt auf die Straße trauten, um so den Eltern zu entwischen.

Sie standen um ihn herum und Johannes in der Mitte von allen, dem Briefträger genau gegenüber. Und es begann ihr Zeremoniell. Erst einmal musterten sie ihn: er war nicht viel größer als Johannes. Vielleicht gerade zweieinhalb Kopf größer, so dass er dem längsten unter den Jungen, Manfred von der Grünen Straße schon nicht mehr über den Kopf blicken konnte. Was von weitem wie eine Postuniform aussah, entpuppte sich bei näherem Hinsehen als Kleidungsstücke, bestehend aus lauter Abzeichen, Andenken, Plaketten, Wappen, Wimpeln aus aller Welt, so seine Jacke. Er trug eine Mütze, die war aus Blumen geflochten und aus Pflanzen gewunden, von denen die meisten die Kinder nicht kannten. Eine Rose, eine Feuerlilie, eine Gladiole und viel, sehr viel Heidekraut konnten sie erkennen. Die Hose war eine einzige Landkarte. Wohin man auch schaute, Straßen, Städte, Gebirge, Flüsse, von oben nach unten in verschiedenen Maßstäben die unterschiedlichsten Landkarten zu einer Hose zusammengenäht. Das fiel Johannes zuerst auf. Doch war die Hose mit der Zeit wohl etwas grau geworden. Der Mann, der von weitem sehr jung und sportlich aussah, an den Füßen Sportschuhe, die sich als eine erstaunliche Mischung von Bergstiefeln, Sandalen, Sportschuhe und Steigeisen erwiesen, sah im Gesicht sehr alt aus. Viele Furchen durchkreuzten sein Gesicht. Irgendwie erinnerte Johannes dieses Gesicht an die Landkarten seiner Hose.

Seine Erscheinung verblüffte die Kinder so sehr, dass selbst Johannes keinen Ton mehr hervorbrachte, da er doch sonst immer der erste war, der mit seinen Fragen losprustete. „Na, wer seid denn ihr?", fragte der Bote. „Falls ihr meinen Namen wissen wollt: Ich heiße Johannes Transaetheria Semperidem Aliusque." Johannes durchzuckte es. „Ah – so!", rief von hinten einer und alle lachten. „Ja, oder auch einfach ‚Der Bote' genannt.

Und wer seid ihr?" Sie stellten sich der Reihe nach vor und der Bote hörte aufmerksam zu. Jeder erzählte von dem, was er am liebsten machte. Da fuhr Johannes Stimme scharf dazwischen: „Und woher kommst du?", fragte er. Die Runde blickte erstaunt und erwartungsvoll den Briefboten an. „Ich komme vom Jenseits." „Ah, vom Himmel! Vom Himmel gefallen!", rief Frank und erneut war die Straße voller Kinderlachen. „Ruhe!", rief Johannes. „Ich will genau wissen, woher du kommst. Wo ist das Jenseits? Ich denke du bist ein Postbote?" „Ja, das bin ich auch. Wie du siehst, habe ich hier mein Kärrchen voller Post. Aber ich bin kein gewöhnlicher Postbote. Zum Beispiel kann ich nur sonntags arbeiten. Wenn meine Kolleginnen und Kollegen alle Feierabend haben." „Wo ist das Jenseits?", unterbrach ihn Johannes barsch. „Hier", sagte der Postmann. Das verblüffte Johannes. „Entweder du kommst von hier oder vom Jenseits, beides geht nicht. Und außerdem habe ich dich hier noch nie gesehen. Nicht wahr, ihn haben wir ihn noch nie hier gesehen, oder?!", rief er laut in die Runde den anderen zu. „Stimmt, Wir haben dich noch nie hier gesehen!" „Das war ja bislang auch nicht nötig", sagte der Postmann. „Wieso nötig?", fragte Johannes, „ich glaube, du trägst Brief aus. Da kommt eine Adresse drauf, dann werden sie von den Absendern bezahlt, die Briefmarken werden gestempelt und Leute wie du müssen sie dann austragen. Das ist dann nötig." „Wirklich? Johannes", sagte der Bote, – ‚wie kann er sich so schnell meinen Namen merken?', fragte sich Johannes – „dann schau doch mal die Post deiner Eltern an: Ist das alles nötig?" Johannes überlegte und meinte: „Du hast recht, mein Vater bekommt Werbung, Rechnungen und Zeitschriften mit denen ich nichts anfangen kann." Er machte eine kurze Pause, dann fragte er: „Und wer schreibt deine Briefe? Wer bezahlt sie?" „Du bist aber heute gar nicht in Form!", sagte Anni, „wie kannst du nur so dumm fragen, die Absender natürlich." Der Bote widersprach: „Nein", sagte er, und kramte einen Brief hervor, „hier, schaut mal diesen Brief." Johannes nahm ihn in die Hand und begutachtete ihn. „Na und? Nichts Besonderes. Da steht vorne die Adresse darauf, hinten der Absender. Nur die Briefmarke fehlt. Dann musst du halt Nachgebühr kassieren. Das habe ich schon oft gesehen. Nichts Besonderes." „Hier nicht", sagte der

Postbote, „meine Briefe kosten nichts. Jedenfalls kann man sie nicht mit Geld bezahlen." „Ja, womit denn?" „Sind alle Briefe so?" „Hab' ich auch einen?" „Woher kommt denn der Brief?" „Bist du überhaupt von der Post?" Jetzt fragten alle wild durcheinander. Sa setzte sich Anni durch und machte einen Vorschlag: „Lieber Bote! Ich habe eine Idee. Wir haben weit von hier eine Bude. Es ist wohl das Beste, wenn du erst deine Briefe da austrägst und dann kommst du zu uns in die Hütte und dann erzählst du uns alles und wir fragen dich nach Herzenslust der Reihe nach aus. Ist das ein Vorschlag?" „Hervorragend!", stimmte der Bote zu. „Aber wo ist eure Bude?" „Wenn du die Post ausgetragen hast, erwarten dich zwei von uns am Ende dieser Straße dort unten und führen dich dorthin. Abgemacht?" „Aber unsere Bude ist nur für uns, nicht für Erwachsene!", rief Frederike dazwischen, „die dürfen nicht wissen, wo sie ist, sonst machen die sie kaputt!" „Dann muss er sich halt die Augen verbinden lassen, wenn er zur Bude kommt", sagte Anni. „Und wehe, du kommst nicht!", fügte sie hinzu, „dann lassen wir dich vor drei Stunden nicht gehen!" „Gut, abgemacht!", sagte der Briefträger und fing an in seinem Kärrchen zu kramen, so wie man halt den nächsten Brief sucht. Die Kinder rannten derweil schon die Straße hinunter, zum Ende hin. Nur Johannes blieb noch etwas zurück. Er wollte noch etwas fragen. Er wartete bis sich der Postmann mit einem Brief in der der Hand wieder aufgerichtet hatte und frage: „Hab' ich auch einen Brief?" „Das weiß ich nicht im Voraus", sagte der Bote. Johannes Augen senkten sich. „Aber ich glaube ja. Mal nachsehen", sagte er und bückte sich, „das sehen wir gleich, Johannes." Aber das bekam Johannes nur noch so nebenbei mit. Er lief den anderen bereits hinterher und versuchte sie einzuholen.

06:49 Uhr net
Ist nicht die Viertel, sondern die Triole die Grundlage für das europäisch-metrische System? Eine Viertel lässt sich nicht restlos in drei gleiche Teile teilen. Aber eine Triole macht eine Viertel. Es liegt das Sechsersystem statt dem Dekadensystem zu Grunde!

06:50 Uhr

06:50 Uhr nfd
Andachten am Atomwaffenlager Büchel, zur Sechsten Internationalen Fastenaktion für den Abzug der Atomwaffen der Vereinigten Staaten von Amerika aus Deutschland und eine atomwaffenfreie Welt. Introitus an einem Sonntag, morgens, mittags, abends:

Im Namen Gottes – das Leben haben wir nicht selbst gemacht;

im Namen Jesu – Liebe haben wir geschenkt bekommen;

im Namen des Heiligen Geistes – die Kraft zur Überwindung des Bösen.

Im Namen Gottes – das eröffnet die Perspektive für alle Menschen;

im Namen Jesu – er öffnet Menschen für den Blick der Liebe;

im Namen des Heiligen Geistes – er öffnet Mund und Hand, das in Gemeinschaft zu leben.

Im Namen Gottes – kein Mensch lebt umsonst;

im Namen Jesu – keine Liebe ist vergebens;

im Namen des Heiligen Geistes – sie bringt alle Verzweiflung zur Verzweiflung.

06:51 Uhr get
DIE SUCHE

bäumt der keim sich und
rindet der stamm
wächst der baum sich zeitlich hervor

06:52 Uhr gl-
Suchst du Frieden? Liebe? Glück?
dann
friede
liebe
 glücke

Ach, Gott, das ist unmöglich!
Friede
ist kein Tätigkeitswort
Glück
auch nicht

Aber, aber die Liebe!
und wo Liebe ist
ist da nicht auch
Frieden und
Glück?

Suchst
du
Liebe?!

Liebe!

06:53 Uhr get
wie verliebt in dich selbst
liest du deine eigenen gedanken
und hältst sie für etwas besonderes
zu feige diesen festzuhalten
denkend, ihn gedacht zu haben
genüge, sich selber zu erkennen
schreibst du ihn auf und verletzt
die heilsame distanz, die zwischen
dir und deinem eigenen standtpunkt, von wo aus du
        dich selbst betrachtest,
vonnöten ist: was bleibt?

trivialität.
da capo!

06:54 Uhr net
Resignation: In dem Augenblick, da ich an einem Zustand, am Umgang mit einer Person oder Sache, bei der ich bisher unter irgendeinem Mangel litt, etwas Positives entdecke, fange ich an zu resignieren, habe ich bereits resigniert.

06:55 Uhr npr
Langeweile – Muße: Was ist der Unterschied? In der Muße gebe ich mich in die Zeit – es ist Hin-Gabe. Darum hat jede Hingabe etwas von Muße und Gelassenheit an sich. In der Langeweile gibt sich die Zeit mir – es ist ihre Aus-Gabe. Darum haben Menschen Angst vor ihr, sie ähnelt der Verlassenheit.

06:56 Uhr när
ARABISCH LESEN

Gestern und vorgestern nahm ich auf meinem Weg zum arabischen Gottesdienst in Heliopolis, Kairo, die Kopie der Liturgie mit, mit der ich vor etwa einem Jahr angefangen hatte, den Gottesdienst auf Arabisch mit verfolgen zu wollen. Ich wollte wissen, wann genau das war, dass ich anfangen hatte, mir Sätze der Liturgie vorsprechen zu lassen, dass ich sie las und verstehen wollte. Ich fand die Daten. Es war vor genau einem Jahr, vermerkt auch am Vaterunser. An einer Stelle bin ich immer noch unsicher. Ich möchte keinem auf den Geist gehen und es mir ständig neu vorsagen lassen. Im Gottesdienst mitlesen zu wollen: eine Katastrophe! viel zu schnell. Ich finde mich zwar zurecht, aber mitsprechen? – ist immer noch schwierig. Damals setzte ich mir ein Ziel: Ostern hast du es gepackt. Weit gefehlt. Es ist eine Geduldsprobe. Wie ergeht es Flüchtlingen bei uns? Wenn ihnen der Mut sinkt?

06:57 Uhr cft
die idee war einfach
wenn die, die die macht haben, gut sind
wird das, was sie machen, gut sein

gott ist gut
wer also mit gott ist
hat die macht und ist gut
und was er macht ist gut

so war gott auf seiten der macht
denn es sollte gut sein, was sie tun
und wo immer menschen macht sahen
dort vermuteten sie auch gott

doch gott hat die seiten gewechselt
nur weil sie die macht haben, ist noch lange nicht gut, was sie tun
gott ist nicht länger das mäntelchen des guten, das verdeckt, was nicht gut ist

06:58 Uhr gdt
die straße mündet in den acker
kein weiterkommen möglich
wahrscheinlich
damit der autofahrer versteht
hier ist schluss
steht dort, auf freiem feld
eine ampel auf rot

06:59 Uhr net
Sonst kommt es dir vor – und selbst glaubst es ja – als hättest du viel Zeit. Jetzt aber glaubst du, dich entscheiden zu müssen.

Sonst fühlst du dich nicht genötigt, einen Gedanken festzuhalten, weil du denkst, wenn der Gedanke richtig war, wird er dich schon irgendwann wiederfinden. Glaubst du, du verlierst ihn? Oder er findet außer dir noch einen anderen?

Aber muss man sich entscheiden? Wahrscheinlich ja, um von dem Zwang, sich von jemandem oder etwas trennen zu müssen, frei zu werden.

07:00 Uhr nev
Gestern Nacht war meine erste Nachtbereitschaft: Ins Haus gegangen, ein Altenheim, errichtet auf den Fundamenten eines früheren Nazi-Arbeitslagers, Licht angemacht im Flur, links in den Flur, rechts in den Flur gegangen, einen Blick auf die Uhr, zu beiden Seiten die Zimmer: Ruhig, Totenstille, kein Sterbenswörtchen.

Ich wollte weg. Ein bekommenes Gefühl wollte mich packen: Hier, zu meiner Linken und zu meiner Rechten alte Menschen, weißt du, ob heut Nacht einer von ihnen stirbt? Was soll „Nachtbereitschaft"? Wenn was passiert, was soll ich tun? Was ich tun kann? Durch meine Anwesenheit Ruhe verbreiten, Gelassenheit, Geborgenheit, Liebe.

Aber nachts, wenn alles schläft? Ich müsste früher anfangen, damit sie mich und ich sie kennenlerne. Aber bist du frei genug eine alte Frau zum Gute-Nacht-Gruß fest zu umarmen? Sie schlafen ja alle, aber wenn eine wach wird und dich ruft? Die grellen Lampen sind ausgestellt und die rotes Licht verbreitenden Nachtleuchten habe ich eingeschaltet.

Besuch bei Herrn H., Herrn Otto B. und Pflegedienst bei Frau L. Hier hat mein Tun Sinn und ihr Leben erfährt Sinn: Tu ich's offen genug.

Herr H. hat einen berühmten Vorfahr: Zumsteeg, der Ur-Ur-Großvater. Eine alte Urkunde hängt an der Wand. Er erklärt und liest vor. War seinerzeit mit Schiller auf einer Schule und streckenweise mit ihm befreundet. Dann die ganzen Nachfahr'n. Mich kannte er nicht mehr. „Schlechtes Personengedächtnis" – „passiert mir auch manchmal": War das richtig? Indem ich das so sage, kennzeichne ich doch diesen Mangel gerade als einen unnormalen Zustand und bewirke das Gegenteil von wem, was ich erreichen wollte? Mich mit ihm gleich zusetzen – ist das fair? Nützt ihm das?

„Das schadet nichts!" – Wirklich nicht? Tut es ihm nicht weh, wenn man Personen nicht wiedererkennt, die von einem erwarten wiedererkannt zu werden? Also lag's einmal an mir – „Wichtig, dass Sie die Menschen, die Sie kennen und lieben nicht vergessen und diese Menschen Sie nicht!" Zu schwierig? Und dann wieder die Urkunde: Für ausgezeichnete Fähigkeiten auf dem Violoncello. Die Musik habe er von ihm geerbt. Das gleiche, fast wörtlich dasselbe noch einmal: Weiß er das? Ich schaue ihm in die Augen: Es besteht eine merkwürdige Diskrepanz zwischen dem, was er sagt und wie, und dem Ausdruck der Augen, die gleichbleibend, distanziert sind. Ich hatte das Gefühl, seine Augen wissen, dass er ständig sich selbst repetiert, dass sein Gehirn fast von selbst spricht, das Gleiche. Ich glaubte zu fühlen, dass er im Inneren darunter leidet.

Seine Frau ist nicht da, er geht spazieren, wandert, macht noch mit 78 Jahren Bergtouren und „erfreue mich bester Gesundheit".

Ich denke an Max Frisch, Gantenbein, der Mann an der Theke, der ununterbrochen nur eine einzige Geschichte erzählt. Dieses Phänomen habe ich nicht erst bei Herrn H. angetroffen, auch bei anderen, auch bei mir: Erzählst du nicht auch manchmal mit Vorliebe bestimmte Geschichten?

Erzählen sie alle nicht von Erlebnissen, wo sie sich eins fühlten mit sich, und dem was sie wollten, eins mit sich und den anderen und dem Rest der Welt? Oder von Erlebnissen, die Menschen die schlimmste Kluft haben durchleben müssen zwischen sich, ihrem eigenen, persönlichen Besonderen und dem, was sie gerne wären oder sein sollten, fern von jeder Identität und fern von jedem Einvernehmen zwischen sich und anderen? Da begrüßte mich ein Mann damit, er sei in einem Bergwerk verschüttet gewesen, drei Sachen habe er sich gebrochen, Stirnbein, Nasenbein und den Kieferknochen.

Ich gehe über den knackenden Holzflur, halte inne, ein Geräusch, jemand bewegt sich, ich mache Licht, damit man mich sieht und schalte die Lampe im Flur hinter mir ein, sehe gerade noch, wie ein Kopf hinter einer Tür verschwindet und sie leise schließt. Soll ich hingehen oder nicht? Hingehen und dich vorstellen, damit er oder sie keine Angst oder Furcht hat. Du sie kennenlernst, doch nur so ...

Gestern habe ich's nicht gemacht. War ich schon zu weit weg? Außerhalb des Alles-oder-Nichts-Bezirks? Jemand steht hinter einer Glastür. Ich bin nicht hingegangen. Ich gehe über den Flur und das Holz knarrt. Ich höre ein Geräusch hinter mir und halte inne. Heute Abend stellte ich mich ihr vor, Frau H. Schlägt die Hände über den Kopf zusammen, duckt sich und ist erstaunt wie ein schüchternes, überraschtes Mädchen. Herzliebes Gesicht, voll von Runzeln. Es riecht aus dem Mund, abstoßend.

Gestern Nacht dreimal einer Frau geholfen beim Stuhlgang und/oder Wasserlassen. Gesicht und Haare wie eine Indianerin: Schwarze Haare zu zwei Zöpfen gebunden zu beiden des Gesichts. Sie weiß, was sie will, herrisch, laut, weil schwerhörig. Was denkt solch eine Frau, wenn sie sieht, dass ein Mann dabeisteht und zusehen muss, wie sie Wasser ablässt? Ich schaute weg. Musste schließlich doch darauf achten, damit sie nicht das Bett nass macht. Für sie weniger unangenehm als für mich? War wie froh, dass überhaupt jemand kam und ihr half? Ein herzliches „Gute Nacht!" aus freundlichen Augen.

Das, was du als Mann begehrst vor dir zu sehen, den Schoß, reizt dich nicht. Liegt's am Alter oder anderer intellektueller, augenblicklicher Distanz: Ich bin da, um der Frau zu helfen. Ist sie keine Frau, etwa nur darum nicht, weil sie alt und verschrumpelt aussieht?

Herr B., schwer zu verstehen, schwäbisch, verständig, offen, auch für Argumente meinerseits, bestrebt sich zurück zu versichern in Erwartung negativer Antworten, „Glaubens nicht?" Bejahung. Überraschung oder schon normal? Ich antwortete etwas anderes, keine Reaktion. Akzeptiert mich als Gesprächspartner. Erzählt freimütig von seinem Beinverlust, die Amputation, den Operationen, den Schmerzen auch im Bein, das nicht mehr da ist, ohne herzerweichendes Selbstmitleid.

07:01 Uhr nlr

Am Frühstückstisch. Warten auf die Tochter. Auf der Titelseite der vorweihnachtlichen Tageszeitung der Bundespräsident mit Zweitfrau vor seinem – die Redaktion hatte offenbar kein aktuelles Bild – unwinterlichen Präsidentenpalais. Sie in einem grau-meliertem Kleid, dass – wenn sie nicht so attraktiv wäre, weit weniger ansehnlich wäre, kniefreie schlanke Beine stehen in eleganten Pumps im Gras. Er daneben, im hellgrauen Anzug. Wie es sich halt gehört. Das umgekehrte fänden wir anstößig: Die Frau im Hosenanzug und der Mann in Shorts – kniefrei, die Füße in Badelatschen. Drei Frau im Hosenanzug schon nicht mehr. Ob das andere auch kommt: Die Frau präsentiert ihren Mann? Schönes, dichtes, dunkles Haar um die Waden? Starke Knöchel, breite Füße, robuste Knie, knackige Oberschenkel: was für eine Pracht? und Wonne?!

Müsste sich dafür aber nicht das gesamte Persönlichkeitsgefüge der Prägung von Mann und Frau in unserer Gesellschaft verändern? Ein Beispiel: Niemand nimmt daran Anstoß, dass in Anzeigen mehrere Frauen leicht bekleidet eng aneinander geschmiegt das gleiche Produkt bewerben – das gleiche Bild mit Männern: Es würde wohl sofort den Gedanken hervorrufen: Sind die schwul? Dass Frauen an Frauen Gefallen haben ist gesellschaftlich nicht tabuisiert. Dass Männer an Männern gefallen haben – noch. Die Kulte der Männerbünde und Männerfreundschaften, in Rockbands, Fußball- und Handballmannschaften, ist auf der gleichgeschlechtlichen Ebene entsexualisiert. Wenn sich das ändert, dann wird es auch solche Bilder geben, eine Bundespräsidentin präsentiert ihren sexy Typen in Bermudashorts.

07:02 Uhr net

Gibt es Sätze, die Sie bisher nur einmal bzw. nur zu einem Menschen gesagt haben, etwa „ich liebe dich", oder „ich hasse dich"?

07:03 Uhr net

bleibt am ende nur übrig,
dass man sich erinnern kann
an die zeit, wann einem die erinnerung
noch leibhaftig war
man noch nachfühlte
den tag, die stunde, die sekunde,
wo ich mit dir
glücklich war?

07:04 Uhr vet

Die Liebe umfängt sogar die Zeit.

07:05 Uhr cär

Damit alles Fleisch sich nicht rühme gegenüber Gott. Paulus in seinem Ersten Brief an die Gemeinde in Korinth, Kapitel Eins, Vers Neunundzwanzig. Etwas, das Werner Jaeger und alle, die den Wettstreit in jeder Form lieben, die dem Kompetismus frönen, nicht verstanden haben: Die Aussetzung aller Konkurrenz durch Jesus von Nazareth und seinen absurden Tod am Kreuz.

07:06 Uhr ndr

Berlin Dahlem, dritter Fastentag für den Abzug der Atomwaffen der Vereinigten Staaten von Amerika aus Deutschland und eine atomwaffenfreie Welt. guten Morgen! Die Sonne schleicht sich am Stützpfeiler der Kirche vorbei und hoffe hier, im Vorraum auf der Bank von der Sonne gewärmt zu werden. Da sind schon ihre Strahlen, ihre Kraft noch von Blättern und Zweigen verdeckt, so sehr, dass man sogar in die Sonne blinzeln kann ohne darüber blind zu werden. Trotzdem ist es vom Winter ausgesehen unfassbar wie ich hier im Unterhemd schlafe und frühmorgens mit nackten Armen durch den Kirchgarten zum Waschen gehe.

Hatte einen Appetit-Traum. Wir aßen mit der Gruppe. Ein Freund aß neben mir und irgendwie war auf seinem Teller wenig geraten. Ich hatte genug und gab ihm von meinem Schnitzel, meinem Braten. Und goldgelb in Fett gebratene kleine runde Kartoffeln, glänzende Möhrchen, Bohnen und dachte – im Traum – das sieht alles so lecker aus, ein klein wenig Möhrchen, das wäre doch etwas Wunderbares. Da griff weiß nicht wer ein und erinnerte mich daran, dass ich im Fastenmodus bin, Essen = Null.

Ein anderer ungemütlicher Traum: Bei einem befreundeten Konvent sind meine Frau und ich bei Beratungen dabei. Es geht – so ungefähr kann ich es rekonstruieren, was mir im Traum sonnenklar war – um die staatliche Förderung eines Bewohners, der mit Behinderungen lebt. Diese Gelder drohen auszuzulaufen, die Behinderung wurde so erfolgreich behandelt, dass sie stark zurückgegangen ist. Ein geachtetes Mitglied aus dieser Gemeinschaft meinte, „dann müssen wir ihm die Behinderung beibringen, dann fließen die Gelder weiter!" Ich widersprach sofort – nicht ohne mich darüber zu wundern, dass sonst keiner was sagt: Allein schon diesen Gedanken finde ich unerträglich. Sollte er ausgeführt werden, würde ich sofort die Gemeinschaft verlassen und behielte mir eine Anzeige vor. Das Erstaunen war groß. Die – schweigende – Zustimmung auch. Aber in dem Moment hatte ich den Eindruck, einen Feind gewonnen zu haben.

Ich dachte im Traum noch eine Weile darüber nach, ob das jetzt nur eine typische Reaktion von mir war oder notwendig und richtig oder ob es Alternativen gäbe? Etwa: Sobald jemand so spricht, traurig davon gehen. Wortlos.

Wie kommt es, dass ich das träume? Weil ich das Leben in Gemeinschaften bislang immer mit Korruption und Korrumpiertheit verbunden erlebt habe und solches nun in diese Gemeinschaft hineinlese?
- Ein kirchenleitendes Gremium fragt sich, was soll mit dem alten Gemeindehaus passieren. Der Kirchmeister wirft ein „am besten warm abreißen". Ich drohe mit Klage. In der Nachbarschaft wurden zu der Zeit Brandsätze in Flüchtlingsunterkünfte geworfen. Ich erlebte Ausschreibungsmanipulationen, Geschachere um gemeindlich finanzierte Aufträge.
- Jugendarbeit: Manipulationen bei Abrechnungen, „gehe an die Kasse und sammle Kassenbons ein, das ist reines Geld."
- oh je, meine Familie.
  Es ist 7.33 Uhr, die Sonne übersteigt den Baumkronen, ein Blick zu ihr, wo genau sie ist, unmöglich. Jetzt fangen die Strahlen an zu wärmen.
- Friedensarbeit: Eine schwarze Kasse wurde aufgelöst.
- Baufinanzierung bei einer Kirchengemeinde: Darlehen wurde gegenüber einem Geldgeber falsch deklariert.
- Und ich? Um Gottes willen! Auf Kosten einer Freizeitkasse mir eine Gitarre beschafft. Später zurückgezahlt. Bücher geklaut. Später alle an öffentliche Bibliotheken verschenkt. In der Schule bei Arbeiten abgeschrieben. Eine Seminararbeit manipuliert.
- Militärseelsorge: Tagungen für Militärpfarrer in Vier- oder Fünfsterne Hotels, während die sogenannten Pfarrhelfer sich in Kasernen trafen. Wochenenden wurden als Seminare ausgegeben und entsprechen finanziell gefördert, die reinen Freizeitcharakter hatten.

Das ist doch eine hübsche Liste. Und da sollte in der Gemeinschaft, mit der ich gegenwärtig zu tun habe, nichts dergleichen sein?

07:07 Uhr gär
bin wie ein fluss
brauch jahr für jahr ein neues bett
und werde ich kanalisiert
springe ich über die ufer

07:08 Uhr net
Ich komme mir vor wie in einem groß angelegten Roman, wo ich die Person bin, durch die der Autor, wie ein Fenster, die Wirklichkeit sieht.

07:09 Uhr nlr
APFELKUNST

Ehepaare – gleich ob verheiratet oder nicht – werden gebeten beide gleichzeitig in einen Apfel zu beißen. Das wird fotografiert. Die eingebissenen Äpfel werden im Gegenlicht aufgenommen und die Aufnahmen in einen quadratischen Rahmen eingefügt.

07:10 Uhr cft
Christliche Friedenstheologie – das ist die christliche Rede von Gott bezogen auf den Frieden. Besser wäre die Bezeichnung: Chrstliche Eiränologie: Die christliche Rede vom Frieden, im Frieden, zum Frieden. Christliche

Eiränodialogik: Die Kunst des christlichen Zwiegesprächs zum, im, vom Frieden.

07:11 Uhr cpt

Warum wird Jesus von Nazareth in den Kirchen sooft vergessen? Simmel: Weil in Folge von Schleiermacher Religiosität ausgehandelt wird, einzig als etwas, das zwischen Gott und dem Menschen stattfindet. Jesus wird dazu nicht benötigt.

07:12 Uhr net

Hosea nannte seine Kinder nach jüngst vergangenen und verdrängten staatlichen Massenmorden – wonach soll ich, sollte ich Kinder bekommen, diese nennen: Auschwitz und Treblinka?

07:13 Uhr n-t

Sheraton, Zimmer Sechstausendzweihunderteinundfünfzig, Frankfurt Flughafen, Weiterflug annuliert. Es ist Fußball Weltmeisterschaft, Brasilien im Endspiel. Die Piloten lassen sich das nicht entgehen. Übernachtung im Hotel. Das ist der Trick: Essen, Schlafen, Lazytime, leasure und alles okay. Wie ein Schuljunge: Alles ausprobieren: Schranktür links, Schranktür rechts, Lichtschalter, Schlüssel, Türvorhängeschloss – ja tatsächlich: Hotelatmosphäre: Nie ruhig, monoton aufdringlich der dumpfe Ton der Klimaanlage. Dann vor dem Duschen – wer weiß wann nochmal? – alle Lichter aus, schweren Vorhänge beiseite, aufgezogen: Bodylotion und noch etwas Grünes: Wohl fürs Baden gedacht. Das erste las ich als „Babylotion". Portiönchen zum Mitgehenlassen – Diebstahl der Geizigen. Einzelzimmer, ich muss nachsehen, weil ich es nicht glaube, die Erinnerung sagt mir Fünfhundertund fünfundsechzig Euro, Doppelzimmer Fünfhundertund fünfundneunzig Euro – stimmt. Beim Anziehen fliegen alle Vokabelzettel auf den Boden, nur eines nicht: agrícola: da, vor mir: landwirtschaftlich. Auf dem Weg zur genossenschaftlichen Landwirtschaftsschule im Nordosten von Brasilien. Tokio 16.30 Uhr Frankfurt 21.31 Uhr New York 15.31 Uhr Rio de Janeiro 16.32 Uhr hier scheint die Zeit schneller zu laufen. Die Nottreppen haben etwas ungemein Realistisches, Realitätsfreundliches an sich. Noch nie habe ich nackten Betonboden, ein einfaches Geländer und zwei weit zu öffnende Alufenster so geschätzt wie jetzt. Lähmende Luft. Wenn die Fluggesellschaft auch Getränke und Telefon bezahlt – es ausnutzen oder nicht? Es gibt zwei Kategorien? – Lebensweisen unter Menschen? Jesus hat doch recht. In der Ablage im schönen Leder, Buchwohlgeruch: Kein moderner Lyrikband, das Telefonbuch von Frankfurt. Das ist der Gegensatz: Die äußere Formen von Geist, Charakter und Gestaltungskraft – und der Inhalt: Kommerz, Vertrieb, Zahlen, geistlos. Frühstück sonst wie nur zur Hochzeit. Unverzichtbar der Spiegel in der „Sektion B". Erniedrigend – die abgegebenen, abgegrasten Tabletts im Hotelflur auf dem Teppichboden – der Abfall der zahlenden Geschäftigen ist des Aufhebens Wert, verbunden mit einer ungesehenen Verbeugung. Liegt hier Apokalyptisches in der Luft oder wie reagiert ein Mensch darauf? – Heute wahrscheinlich mit Gleichgültigkeit, wenn das Gehalt stimmt oder man mit ihm übereinstimmt. Warum im Hotelbett schlafen? Warum sich nicht danebenlegen? Bett mit Zettel versehen: ungenutzt, herzlichst, Ihr Gandhi. Während des Schreibens die ständige Herausrufung zu anderem.

Mensch als Ware: Herren – Damen; Gentleman – Lady; Baby-Raum; Nursery und ein COIN-IN: Beim Einwurf und entsprechend Druckknopf öffnet sich eine Tür und es erscheint ein Herr, eine Dame oder ein Baby.

In der Maschine Siebenhundertundneunundvierzig MD-Elf. Wer zwischen allen Stühlen sitzt kann nicht erwarten, dass ihm ein Platz angeboten wird. Musikdusche und Videoberieselung über beiden Gängen links und rechts, Wild in Videosavannen und im Kopf noch die Gedanken vom morgendlichen Klogang: Steward verteilt Anmeldekarten. Der Gegensatz zwischen anspruchsvoller Gestaltung und geistlosen Inhalt ist noch nicht genau beschrieben, denn es ist sofort etwas anderes, sobald auch nur einer die Hohlform mit Geist erfüllt, dann wird eine Plakette angehangen: „Hier verfasste Klaus Mann seinen Roman Mephisto" oder „schrieb Bernd Alouis Zimmermann seine Oper ‚Die Soldaten'." – Glaubst du im Ernst, dass das jemand inter-essiert? Tatsächlich interessiert diese Hohlform damit sich in ihr so viele Menschen wie möglich wohlfühlen. Dennoch ist sie auf einmal erfüllt, wenn jemand in ihr sich mit Sinn und Verstand bewegt. Aber es ist noch einfacher, das zu erreichen, es be- – man wird überhäuft: Kopfhörer, Broschüren, Kamm und Minizahnbürsten – -darf keines Genies, das geniehafte liegt nicht im Erklimmen, sondern im Nicht-Übergehen des Einfachen: Es geht genauso. Wenn ich, da im Hotelzimmer, dankbar bin: Für den Lichtschalter im Flur, den Ingenieur, der das erfand, den Elektriker, der dies einbaute, die Bauaufsicht, die die Leitungen überprüfte, den Kaufmann, der dafür zahlte, für die Luftverwirbelung in der Toilette und im Duschraum, für die Seife dort und im Duschraum, das dreisprachige Neue Testament – auf einmal erwirkt sich Substanz und hinterlässt Spuren: Einbildung?

Eine elektrische Spannung in einem Raum. Das Hotelzimmer verwandeln in das Grüne Gewölbe. Habe ich es getan? Gedacht. Also sei dankbar: Schon beim zweiten Start, so ganz frei war ich nicht. Eo e grato. Die Informationen des Beiblattes sind weitaus delikater als was per Video den Passagieren zugemutet wird: Wasserlandung: Rutsche aus dem Flugzeug ist zugleich das Schlauchboot, der Letzte muss das Seil zum Flugzeug kappen oder das Flugzeug reißt das Boot in die Tiefe. Flatternde Gedanken unzuende gedacht. 10.54 Uhr Wolkendurchstich. Trag das Notwendige, zum Teil ja durchaus Schreckenserregende auch tatsächlich mitzuteilen. Schreiben ist die lifevest. Die Ansprüche steigen. Leasuretime – o divertimento – mehrere Musikkanäle, nach dem Mittagessen wird ein Spielfilm gezeigt, irgendwas von Innocent, wann war der Papst? Die moderne Skyscraperarchitektur hielt das Elementarisieren-Periodisieren-System auf, das heißt genauer, legte darüber eine neue Super-Ebene, entwickelte weitere Gestaltungsräume, ein Hochhaus in São Francisco, es wächst ab der x-ten Etage ein neues tragendes Bauteil hervor, ähnlich einem Kreuzschraubenzieher. Die akustische Berieselung hat schon ein verhorntes Trommelfell erzeugt, die optische Berieselung – welche Auswirkung wird sie haben, hat das Auge doch schon eine Hornhaut. Es sind andere Aufgaben der Konzentrationsfähigkeit gefragt: Distinguieren, Selektieren – oder: ich lobe mir die Blindenbrille. Die akustisch-geistige Vielfalt in Simultaneität hat Kafka sie nicht in Amerika projiziert? Das Michael-Schumacher-Prinzip: Beim Formel Eins Rennen in Großbritannien überholte er gegen das Reglement in der Vorrunde den vor ihm fahrenden englischen Rennfahrer Hill. Dafür wurden ihm fünf Strafsekunden verhängt. Um diese abzuleisten wurde er mit der schwarzen Fahne herausgewunken. Wer die schwarze Fahne überfährt und missachtet, wird disqualifiziert. Was geschieht: Drei Runden übersieht Schumacher die schwarze Fahne. Der Formel Eins Manager drückt durch, dass Schumacher nicht disqualifiziert wird, sondern am Ende nur eine Zeitstrafe von fünfundzwanzig Sekunden erhält. Das ist das Schumacherprinzip: Einfach-drauf-ankommen-lassen, einfach los, einfach drauf: In der Wartehalle direkt an der Flugbahn werden zuerst Eltern mit ihren Kindern oder ältere gebrechliche Personen gebeten den Bus zum Flugzeug zu besteigen. Was geschieht: Sofort bildete sich eine Schlange mit allen möglichen Passagieren. Und die Angesprochenen müßten sich durch den Ausgang. Wenn jeder einzelne angesprochen werden würde und er deswegen rausgeholt und an den Schluss der Schlange gestellt werden würde, das würde vielleicht etwas nützen. Und was heißt das für die Welt: Die globale Vordrängelei, unsere First World erhält erst meine Aufmerksamkeit, wenn die Bedürftigen ihres Bedarfes entledigt sind, den ich mit ihnen oder für sie nehmen kann. Ein geeignetes Gemeindeprinzip.

Die Passage vom Flughafen zum Sheratonhotel: Hängende Dachkonstruktion, vollisoliert über drei Ebenen (Bus/Auto/Parkzufahrt), PC-Boden, ohne jeden Winzig, Fenster getönt. Benjamin nannte ein Werk „Passagenwerk". Heute hat gewonnen, wer es geschafft hat in geregelten Passagen zu sein – verliert, wer den Zutritt zu ihnen nicht erhält. Ein abgewrackter Graubärtiger, Krümmung, etwas benebelt – wird er sich hier lange aufhalten können? Die Polizei sorgt sicher auch für die soziale Ordnung. Und du bezahlst für das Reglement, das dich zugleich unfrei macht. Und wie beeinflusst mich das? Sind Gedanken nicht auch wie Passagen: Durchgang zu Entscheidungen? Je reglementierter umso gleichmäßiger, gleichförmiger die Entscheidungen. Dein Aufenthalt bestimmt dein Bewusstsein. Wer unter einer Passage lebt, lebt anders als der, der in ihr ist: Ein Passagier. Was muss so ein Flug der Fluggesellschaft einbringen? Der Aufenthalt diese Nacht kostete meiner Gesellschaft ca. 250.000 € inklusive Frühstück und Abendessen bei ca. 300 Gästen. Wie stellt man 300 Erwachsene elfeinhalb Stunden ruhig? Laufendes Videoprogramm. Erst Love-Story, jetzt Klamauk, was kommt dann? Krimi? Und ich mache Pause vom Vokabellernen und höre Mozart. Surreal: Ich höre alleine für mich

Mozarts Haffner-Symphonie, sehen Hunderte einen Film und hören X-Andere anderes: Individualisierung wohin du siehst. Ungleichzeitigkeit obwohl im gleichen Raum zur gleichen Zeit, vom gleichen Ursprung zum gleichen Ziel! Doch gleichzeitig die Meta-Ebene: Ruhiggestellt werden. Dieser Film erzeugte in ihr eine unwirkliche Selbstwahrnehmung, er zerstreute die Wahrnehmung zu fliegen und schuf die Illusion, wir wären in einem Bus. Diese Illusion bekam mir unbehaglich. Another-Woman-Woody-Allan-Film. Ich verstehe kein Wort. Habe den Portugiesisch-Kanal gewählt. Während der Seefahrten der Atlantiküberquerungen sind früher Reiseromane entstanden. Heute langt es höchstens zu einigen Telefaxen.

Ich liebe Frauenantlitze. Ich kann mich an ihnen nicht statt sehen. Schön ist das ebenmäßige Gesicht. Das heißt: Wo jeder viel hineinlesen kann. Das heißt: Das schönste Gesicht ist die Leinwand.

Jede Ungleichmäßigkeit – wodurch jemand als Werbeträger unbrauchbar wird als Frau – ist eine Individualität. Die aber verhindert, dass möglichst viele verschiedene Menschen sich in ihr wiederfinden können. Wird ein Mensch geliebt, ist es umgekehrt: Je mehr Eigentümlichkeiten, umso mehr Liebenswürdigkeiten. Aber das ist paradox: Im Zeitalter der Individualisierung verlangt der Mensch eine entindividualisierte Person als seine Projektionsfläche: so auch Gott, so die Regierung, so der Sport. Der Narzissmus unserer Epoche frisst sich selbst. Wenn die Liebenden ihre Kraft außerhalb dieses Zyklus verschenken, dann müsste dieser Kreislauf an geistiger Leere aussterben. Sähe er sich gezwungen, sich zu verändern? Ich habe den verändernden Punkt noch nicht gefunden. Wenn Persönlichkeiten, Individualität, Allgemeinheiten repräsentieren, so dass nicht jeder seines/ jede ihres hineinprojizieren kann, ändert sich dann etwas?

Alles psychologisch durchgesteylt. Erwartungsberuhigungsdruck. Verheißungsvolle Zeit. Hübsche Mädchennamen Lana. Einstimmung auf São Paulo per Video-Aperitif. Ein Flugzeug ohne Bullaugen – unmenschlich. Der Mensch bedarf des Zugangs zum Licht. So oft er sich diesen auch selbst verstellt oder gar per Smog zum Beispiel zerstört. Gelandet. Ist das nicht Argument genug, dass es dieselbe Sonne ist?

Villenviertel, Straßenlaternen werfen Licht auf die Stadt und dann der Blick auf die Stadt: und erkennt kein Ende. Stadtdelta. Lichtersee zwischen den Bergen. Essensschlacht von den Stewardessen und Stewards gewonnen. Eine war besonders geschafft. Hatte ich sie nicht schon überm Atlantik gesehen? Die vielen verstreuten Siedlungen beweisen geradezu den Versammlungstrieb des Menschen. Anfang des Anflugs auf Salvadore da Bahia. Am Strand mit Blick auf Afrika. Ich muss umdenken. Schwarze machen die Drecksarbeit: Am Flughafen, am Bahnhof, im Hotel. Am Busbahnhof, es regnet aus Kübeln. Zwei Busfahrer eine Strecke. Busfahrer bekreuzigt sich und segnet sein Gefährt. Das ist so verständlich!

Hinter Salvadore Grünbewuchs, Palmen wohin das Auge sieht. Linker Hand ein See, kleine Siedlungen. Zuckerrohranbau. Felsen am Straßenrand nur noch randweise mit Erde bedeckt wirken wie bloßgelegte Knochen. Kleine Gärten am Straßenrand mit noch kleineren Kapellen. Andersherum steht die Sonne, Punkt Zwölf Uhr im Norden. Viele kleine Hügel – weil es keine Eiszeit gegeben hat? Geschäfte sind alle als Garagen gebaut mit kleinem schmalen Überbau für die Aufschrift: Die Garage ist stilbildend. Nicht nur für den Beginn weltberühmter Firmen. Das was auf uns zukommt – Leben in und aus der Garage. Der Fahrer des Busses singt viel zu seinen Musikkassetten. Schon seit etlicher Zeit Kakteen. Die großen Kakteen verbaumen regelmäßig am Stamm, werden grau und erscheinen rund. Am Straßenrand Reste einer umgestürzten LKW-Ladung: Dachziegel. Die warmen Strahlen der untergehenden Sonne haben etwas Versöhnendes ansich. Neues Bergland tut sich auf. Straßen wie bei Römern, schnurgeradeaus, nur der Belag ist anfälliger. Viele Familien im Dunkeln unterwegs, mit Rädern, zu Fuß, beladen zumeist, Frauen vor allem kopfstark. Zwei wilde Pferde am Straßenrand, drei aasende Esel.

Bin auf der Plantage am Morgen zum Bohnenpflücken eingeteilt. Bei einer Pause rannte mir eine Ratte über das Hemd und E. erschlug eine Schlange. Der Strohhut gibt die Wärme nicht ab, er speichert sie. Nach dem Mittagessen legte ich mich hin und nach dem Bibelgespräch zu Jeremia Kapitel Zwei Vers Dreizehn erneut. Danach entleerte ich meinen Magen, alles Flüssige via Mund retour.

Fahrt zu einer Weintraubenexportfirma. Männer die Gift versprühen gehen ohne Atemschutz und barfuß durchs Feld. Eigentümer der Plantage ist ein Japaner. Ein Weinstock trägt ca. Fünfzehn Jahre, er wird gepflanzt und nach drei Jahren hat man die erste Ernte. Nach Fünfunddreißig Tagen kommt die Blüte, nach Fünfundvierzig Tagen sind die ersten Weintrauben da, nach Einhundertundzehn Tagen: Ernte. Nach Vierzig Tagen wird jeder Rispe Trauben abgedreht, damit die verbleibenden die „richtige" Größe erhalten. Zwei bis drei Ernten pro Jahr. Die dritte Wahl bleibt in Brasilien. Achtundvierzig Stunden nach dem Pflücken werden die Weintrauben in Deutschland verkauft. Der Flughafen ist nicht weit. Pro Arbeiter gehen täglich Zweihundert Kisten raus, die Erwartung ist: täglich mindestens Sechzig Kästen für Brasilien, Neunzig Kästen für Europa. Mindestlohn: Einhundertundfünfzig Euro im Monat.

Was ich kann? Ich arbeite sehr umständlich, Schritt für Schritt. Statt per Hängebrücke mit zwei Pfeilern baue ich Pontonbrücken, selbsttragende Brücken. Das erfordert: Übersicht, ein Ziel, Intuition und Warten! Immer wieder versalzene Böden. Methode zur Rekultivierung: Viele Entwässerungsgräben. Der Regen wäscht das Salz heraus. Dauer: Zwei bis zehn Jahre, wenn denn Regen fällt. Erlös der Weintrauben pro Hektar Fünfzehntausend bis Sechzehntausend Dollar. Der Busfahrer ist ein Künstler: fährt entlang der Kanäle rückwärts zurück. Besuch einer Fabrik, die Tomaten zu Mark und Ketchup verarbeitet. Eine Presse füllt in acht Sekunden im Behälter fünf Kilo bei neunzig Grad Celsius. Es ist so laut, dass man, wenn man leise von Angesicht zu Angesicht spricht – und sich darauf konzentriert – wieder alles versteht. Auch ein deutsches Erbe? Bei diesen industriellen Verarbeitungsprozessen immer auch daran zu denken, dass auf die gleiche Weise Menschen vernichtet wurden? Dass dieser Prozess eine immanente Grausamkeit birgt, einen lebendigen Zynismus? Wie kommt es, dass die Leiter solcher Fabriken auffallend oft so machomäßig sind? Survival of the fittest – damit die am Ende auch zu Mark werden – Deutsche Mark Qualitätsprüfung in sechs verschiedenen Eimern. Ein Faß wiegt Zweihundertundfünf Kilogramm. Außen wird auf den Verschluss die Uhrzeit notiert, „16.41", obwohl es 16.26 Uhr ist. Kühlung in den Tonnen. An den Tonnen herbei- und wegschaffen arbeiten zwei bis drei Arbeiter, an der Füllung sechs, an der gesamten Vermarkung: Kein einziger. Das Mark in den Fässern ist ohne Konservierungsstoffe, da vakuumverpackt. Das hält zwei Jahre. Siebenhundert bis Siebenhundertund fünfzig Fässer werden pro Tag produziert, von Januar bis Juni, danach ist es zu heiß. Eintausendundeinhundert Tonnen Rohtomaten müssen dafür täglich angeliefert werden. Gegen die Versalzung hilft, dem Boden nur so viel Wasser zuzuführen, wie die Pflanze entnehmen kann. Bei Furchen- und Beckenbewässerung wird das sogenannte Unkraut wichtig, um dem Boden die Feuchtigkeit zu entziehen. Links und rechts der Straße: Immer wieder garstige Felder. Wolken formen Spiralnebel, Embryos, orangen Lebensgelee, Nabelschnur in Pastelblaugrün. Als ich das erste Mal auf einer Gruppenfahrt in einen Bus stieg setzte ich mich allein und erwartete, dass sich jemand zu mir setzte. Alle Teller waren weg. Ich glaubte, die zweite Gruppe äße später. So nahm ich meine Viola und wollte etwas üben. Ein brasilianischer Junge lugt durchs Fenster, ich winkte ihn herein. Es kamen noch mehr. Es fing ein gemeinsames Singen an, dass von anderen weitergeführt wurde, während ich in Ruhe aß: Es war nur ein Teller zu wenig, alle hatten längst gegessen. die Küchenchefin mit dem Namen Mariajesus gab mir Reste aus der Küche. Verhalte dich so, dass du dich schon jetzt darauf freust, dass dein Verhalten offenbar werden wird. Die Gesichter der alten Menschen, nein, die alten Gesichter, das hat mich berührt, aus dem Konzept gebracht beim Violaspielen. Der Mensch hat ein Recht auf ein altes Gesicht. Und die Alten sollen nicht klagen, über ihr Alter, sondern darüber, was sie so alt gemacht hat: Im Nordosten Brasilien die Arbeit. Es ist sechsuhraltundfünfzig. Ende Juli. Noch werfen selbst die flachen Steine Schatten. Führung durch den Staudamm. Bei der Flutung wurden vier Städte verlegt, Zwölftausend Familien waren betroffen, Siebzigtausend Menschen. Der See hat eine Länge von Dreihundertundfünfzig Kilometer. Die ersten Turbinen lieferte die Sowjetunion, bezahlt wurde mit Schuhen und Kaffee. Es sind sechs Turbinen, Durchmesser Fünfundzwanzig Meter, das Mittelstück hat einen Durchmesser von fünf Metern. War nicht Alexander von Humboldt auch hier im Nordosten Brasiliens? Beim Bohnenpflücken: Ich sehe sie, musste sie fühlen, suchen. Es war nicht geordnet, sie wuchsen wild neben-, über- und durcheinander, ganz anders als die mathematische Logik die florale Logik. Das ganze Feld vor Augen vergeht mir der Mut anzufangen. Ich denke: das schaffst du nicht. Diese Arbeit ist für mich zuallererst eine intellektuelle Herausforderung, nicht der kindischen Allmachtsphantasie zu erliegen, sondern das, was vor Augen liegt, tatsächlich zu ergreifen, das was jetzt geschafft werden kann zu schaffen. Fünf Uhr Nase zu, Nacht zu Ende. Gegen drei ging heftiger Wind. Hörte Schafe blöken. Wollte sehen, ob alle Zelte sicher stehen und entdeckte die Lämmer: Sie hatten sich verheddert und weil sie an einem Vogelbeerbaum angebunden waren, war jeder stärkere Windzug wie eine Erdrosselung. Nach mehreren Versuchen band ich Beides endlich vom Baum los und stattdessen an den Stall an. Das eine Schaf begann, kaum frei geknotet, zu hüpfen, zu springen und zu laufen! Fahren in einer Kleingruppe mit Rädern in die Ca'atinga zum Übernachten bei Familien der Schüler der Schule. bringen die Lebensmittel für die Familie mit. Seit drei Jahren kein richtiger Regen, Arbeit ohne Lohn. Wurden vor 22 Jahren als erste im Zuge des Staudammbaus enteignet und mussten hierhin ziehen. Die Entschädigung war zu wenig um davon ein Haus bauen zu können. Sitze zwei Stunden an der Maniokmühle, schäle und mühle mit und lerne das ganze Dorf dabei kennen. Wie soll das System aussehen, das den Kapitalismus ablösen kann? Ein religiöses? Politisches? Wirtschaftliches? Was gibt es noch? Eine künstlerische Form von Herrschaft? Pule in der Nase und bin auf einmal der dreijährige Junge allein unter älteren Jungen, der krank im Bett die Wand mit seinem Popel verzierte. Im Vorraum des Hauses der Familie sind vier größere Haken an der Wand – und schon können zwei Hängematten eingehakt werden. Eine Henne mit weißem Gefieder, jede einzelne ziseliert wie vom Juwelier, traut sich ins Haus. Eine braunhäutige Ziegenmutter säugt eine schwärze Ziege mit weißen Lappen. Eine rote Libelle! Die Bauern sind fleißig, arbeitsam und trotzdem arm. Es zählt nicht, wie fleißig man ist, sondern wie produktiv. Für die verheiratete Tochter wird ein Lehmhaus gebaut. Zwei Männer bauen daran fünf Tage, dann ist es fertig, verputzt mit Lehm und Kalk. Das einzige Buch: Die Bibel. Das Radio plärrt. Nach den Versen Eins bis Drei im Ersten Brief des Paulus

an Korinther ist Liebe selbst kein Tun, sondern die Art und Weise wie ich etwas tue? Ein Nachbar malt zwei Kreuze an die Tür. Zur Abwehr. Von oben sehen wir eine Fazienda-Villa – wie im alten Rom. Sesam wächst gut und lässt sich gut verkaufen. Die Maniokmühle ist zugleich die Grundschule. Werden zu einem Felsvorhang geführt und sehen indianische Felsbilder: Lange Stricklinien, ein vierbeiniges Tier, einen Vogel, eine Eidechse und weitere Motive. Eine große Tränke und dort, wo die Schlucht am engsten: Eine Quelle und eine Vertiefung, dass man dort schwimmen könnte. Und dann sah ich die ganze Ebene umschlossen von Felsen.

Zurück in der Schule. Im Eifer hat einer der Gruppe das Pflanzungsbecken geflutet und dabei ist es verschlammt. Durch das gute Wollen wird mitunter mehr kaputt gemacht als durch das Unterlassen. Die tragenden Stützen für den Ziegenstall sind in einem zu großen Abstand, es sind schon welche gebrochen. Der Stall ist riesig. Zuviel vorgenommen?

Ich bin durchaus konfliktbereit und habe dies verschiedentlich unter Beweis gestellt, aber woher der Zug zur Selbstbezichtigung, der sogar dem Gesprächspartner bereit ist Recht zu geben, um eine Übereinstimmung mit ihm/ihr festzustellen, selbst dann, wenn es keinerlei Gemeinsamkeiten gibt? Ein klassischer Loyalitätskonflikt?

Seit wann gibt es die Scheitelfrisur? An den Straßenrändern immer wieder Zelte und Notunterkünfte, kleinste Anpflanzungen auf schmalem Streifen. Ist es möglich, dass europäische Großunternehmer durch Südamerika fahren und zum Schluss kommen: So geht's doch auch?! Eine große Menge von Menschen unter der Armutsgrenze halten, die sich mit einer Hütte und Dreck zufrieden geben?

Bei der Fahrt im Bus beobachte ich das Drehen der Bäume am Straßenrand.

Von welchem Ansatzpunkt aus ist eine gerechte Welt mit einer gerechten Weltwirtschaft möglich. Möglich ist sie – das ist das Bekenntnis meiner Hoffnung. Der Ansatzpunkt liegt meistens vor den Füßen – es fehlt in der Regel an der Entschlossenheit ihn aufzugreifen, deswegen wird er nicht entdeckt. Ist es das Eigentum? Franz von Assisi hat Recht?

101

Wenn ich wieder in Deutschland bin, führe ich dann Tagebuch als wenn ich in einem fremden Land wäre, so etwa wie hier? In Salvadore da Bahia erfahren wir die Hauptgründe für die Landflucht: Trockenzeit und die Zäune der Großfirmen, die das Land zertrennen. Und die Zersetzung der Familie, nicht zuletzt Alkoholismus, Zuckerrohrschnaps; Krankheit und Gewalt. Wie gleicht eine Familie in Deutschland das aus: Mobilität, Innovation, Konkurrenz und Fortschritt? Auch eine Frage der Schicht, ob sie es schafft? Kinder, die auf der Straße leben werden Opfer gnadenloser Gewalt, Ermordung von Straßenkindern ist Alltag. Die Meisten der Kinder sind abhängig, von Alkohol und sie schnüffeln Leim. Kinder auf der Straße sind Überlebenskünstler, Helden des Überlebens. Das muss geachtet und anerkannt werden!

Das Video, die Bildaufnahme ist tot, es ist Abbildung, kein Leben. Aufzeichnen heißt: Unumkehrbar machen. Gilt das für jede Technik der Erinnerung? Aufschreiben auch ein Totmachen? Daher die unheimliche Nähe der Kunst zum Tod? Joyce hat mit Finnegans Wake das Leben wieder in die Kunst geholt. Kein Lesen ohne lebendig sein. In Salvadore da Bahia leben zwei bis drei Millionen Menschen, 75% im Elend, ca. Fünfzehntausend leben auf der Straße und Sechshundert von der Straße.

Jeder Mensch ist in Ewigkeit die geronnene, Gestalt gewordene Explosion der Lebenslust, sie flackert auf in der Musik, in der Freundschaft, im Spiel, beim Lösen von Problemen, beim Erzählen, in der Kunst und in der Sexualität. Alle Vierzehn Tage etwa ist ein Kind tot – Unfall, ermordet, Selbstmord. Sie sollen auch ordentlich beerdigt werden. Jetzt diskutieren achtundzwanzig Erwachsene ernsthaft darüber, ob man ein Video ansehen will oder weiter mit den Verantwortlichen der Arbeit für Kinder in Gefahr/Straßenkinder diskutiert. Lebenslust? Bei vielen Erwachsenen längst erloschen? Besonders in den Kirchen. Wie wecken? Durch Ungewohntes.

sagt allen schlafenden
wacht nicht erst morgen
sagt den erwachenden
bleibt jetzt nicht stehn
sagt den betroffenen
bleibt nicht verborgen
sagt den begeisterten
zeit ist zu gehn.

Das ist oft bei Frauen zu sehen: Beim Hinsetzen auf den Stuhl noch einen winzig kleinen Hüftschwenk einpassen.

Die allermeisten Jugendlichen ohne Ausbildung gehen in die Sexarbeit. Die Zirpen sind stockhausianisch minmalartistisch! Auf einen Schlag hören sie auf – und fangen woanders wieder an.

Armut und Würde unterscheidet sich vom Elend – man hat die Würde verloren.

Denn unvergänglich wie das Leben ist die Liebe. Dennoch können wir uns das Ende des Lebens vorstellen – daher oder das Ende der Liebe. Oder ist es umgekehrt: Weil wir das Ende der Liebe erleiden und erleben können, haben wir Angst vor dem Ende des Lebens?

Grafik: Drehgesicht:

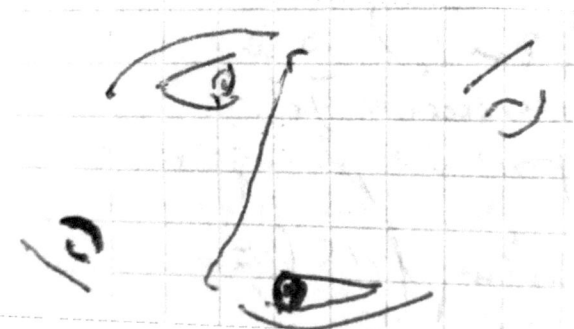

Die Grenze zwischen „Ich kann nicht mehr" und „Ich kann nicht anders".

Nach einer langen Busfahrt ist man froh, wenn man sich irgendwo wieder – hinsetzen kann.

Götter der ORIXAS:
EXU
OMULU
OGUM
NANA
OXUMARE
XANGO
OBA
YANSA
OXOSSI
OXALUFA

OXAGUIA
IEMANJA
OXUM
EVA

Bin ich doch ein Rassist? Oder zu alt geworden oder ist eine Veränderung in mir vorgegangen oder ist es die erfüllte Erwartung oder das vielleicht neue keimende Leben in meiner Frau: brasilianische Frauen machen mich nicht an – noch nicht jedenfalls. Gäbe es – denke ich – das was brasilianische Frauen zeigen bei weißen Frauen zu sehen, es würde mich erregen. Das Flugzeug rollt zur Startbahn. Wie selbstverständlich Fliegen werden kann?!

weißwellenwogenspitzen wie haifischflossen

Das Meer sieht aus wie eine wolkige Haut, schwerkraftverirrt, auch alles in Bewegung.

Die Bezeichnungen „Askese" und „Verzicht" sind irreführend. Luxus raubt dem Körper die Fähigkeit, sich selbst zu regenerieren.

Dank ist der Gehalt der Welt.

Danke und deine Welt hat Gehalt.

Welches Land will sich Armut leisten? Armut ist Zeichen für ein Bankrott – den menschlichen zuallererst: die spontane Fähigkeit, sich zu erbarmen ist tot, wird unterdrückt oder fern gehalten. Grund: Ungleichheit im Grundbesitz und Eigentum.

Ein Gleichnis

Der fetteste Fisch war nur damit zu tun, die anderen vom Fressen fernzuhalten, so dass er nicht einen Moment dazu kam auch nur einen Bissen zu sich zu nehmen, währenddessen es mit Vorliebe, wenn er wild Kontrahenten verfolgte, andere mit Witz und Schnelligkeit verstanden so nach und nach alles wegzuschnappen bis auch zum Schluss nur noch ein Happen übrigblieb – und der fette Fisch zu erschöpft war, um ihn zu sich zu nehmen, sondern sich erst einmal erholen und die gewonnene Ruhe genießen wollte – als ein Jungräuber vorschoss und ihm auch den letzten Bissen wegnahm.

Was ich mitbringe: Bevor du etwas anfängst, setz dich hin und überlege und prüfe, was du machst! Und prüfe und überlege nochmal! Und berate dich mit deinem Freund oder deiner Freundin und dann überleg und prüf erneut: Ein Fehler im Konzept kann schon das Ganze zum Scheitern verurteilen. Je nach dem, dann

kann es sogar besser gewesen sein, du hättest nicht angefangen. Und zwar dann, wenn deine Arbeit Hoffnung geweckt hat, die sich ohne Ansage und ohne Entschuldigung in Luft auflöst. Der Besuch im Dorf bei den Bauern in der Einöde auf der Hochebene in Bahia weckte Rückzugstendenzen. Es war eine Begegnung mit Verbindlichkeit, „wann kommt ihr wieder?" Im Hotel in Rio neben dem Bett auf dem Boden geschlafen.

Flugzeughalle Curitiba. Eine Frau mit langem Mantel und kurzem Rock hellt, grüßend, die Mine dreier Griesgräme auf.

Wird der Mensch irgendwann erfinden, wie er von Wolke zu Wolke hüpfen kann? Dann werden sich hier über den Wolken tausende von Wolkenschiebern tummeln. Die Welt – ein Topf mit kochender Milch, am Horizont glimmt die Feuerstelle.

Duty free Shop – und die Kauflust erwacht, bleckt die Augen, blindet sie für Menschen, fokussiert auf Preise, das Blinken, den Glanz. Das Sonderangebot: Ein Kilogramm ausgesuchter Schokolade aus der Schweiz: Sechsundzwanzig Dollar Komma Fünfzig. Eine Kamera: Eintausendundzweihundertundfünfunsig Dollar. Wenn der Bauchumfang die Distanz zum Pissoire bestimmt.

Eine Frauenschuhanzeige – ein Foto, verschwommenes Braun-Grau die Farbe, ein ausgestrecktes und das benachbarte Frauenbein angewinkelt, mit Blickrichtung hin zu unser aller Ursprungsort: dieser reizvolle Unterschied: zierliche Knöcheln und schwellende Schenkel.

Zeit töten in den Flughafenwartehallen durch gestreckte Räume, sie zu begehen muss dauern; Blicke verstellen, dass man das Ende des Raumen nicht mit einem Blick erfassen kann; Lebendes dazwischen: Blumen; gedämpfte Farben: Roßroter Teppich, das Orange der Aluminiumglasrahmen; Fenster, die den Blick weiten zum Rollfeld, dass man was sieht und sich selbst Fragen beantworten kann über das Kommen und Gehen der Maschinen. Die Wolken geben uns frei. Ich sehe deutsches Land: Wer deutschen Boden betritt ist frei und er und seine Kinder Deutsche. Das sollte in die Verfassung aufgenommen werden. Am Kofferrollband die schöne Ordnung genießen. Die schöne Ordnung erleichtert das Leben, aber der Aufwand dafür wird unter Umständen so groß, dass es das ganze Leben verschlingt. Auf dem

103

07:13 Uhr

Weg mit der Bahn vom Flughafen nach Hause fahre ich durch Orte mit Erinnerungen. Ich fahre geradezu in mich hinein, wie Hüllen, die bereitstehen, angelegt zu werden. Wir kommen pünktlich an. Wer steht am Gleis: Niemand. Trotz Durchsage: Keiner da.

07:14 Uhr net
KRIEGSEINSATZ IM FAMILIENALLTAG
Tagebuchnotiz eines Sechzehnjährigen

Erster April. 21.30 Uhr. Heute gab es einen richtig großen Krach in der Familie. April, April! Denkste.

War tatsächlich ganz anständig.

Der Anlass war L. Der hat inzwischen seine Lügentour. Er schummelt, lügt und betrügt. Hat er heimlich 'ne Uhr gekauft. – Krach – Heimlich Bücher, Ball ... – Krach – Und heute wieder irgendetwas Belangloses. Bis dahin ging's richtig „harmonisch" in unserer Familie zu.

Die Eltern erwischten L. dabei, wie er am laufenden Band log. Das brachte sie natürlich auf die Palme. Stickige Luft – ich saß mit F. in der Küche, da stürmte meine Mutter herein, holte Kochlöffel heraus und zischte wieder ab. Wir wussten genau was lief. Ich wurde auch richtig zornig. Hatte keinen Appetit mehr. Irgendwie hörten wir es knallen. L. heulte laut, ich klopfte auf den Tisch und sagte: „Heute braucht niemand mehr geschlagen zu werden" – meine Schwester: „Ja, dann sag es doch einmal deinen Eltern!" –

Ich stand auf, wusch meine Hände, ging auf den Flur, da mich mich Papa herein. „Wir wollen die Wahrheit finden. Stimmt es, dass L. das und das getan hat?" Wie ich sah, wie L. sich in seinem Pullover verkroch, Mutter weinte und Papa so auffordernd stand, konnte ich nicht anders, setzte mich auf mein Bett, heulte und sagte (erregt): „Heute braucht kein Mensch mehr geschlagen zu werden!" Zur Wahrheitsfindung half ich nicht mit. Ich wusste tatsächlich nichts. – Papa sah mich ganz komisch an. Inzwischen hatten sie sich irgendwie geeinigt, trennten sich, Papa kam zu mir und sagte, dass ich mir nicht einbilden sollte, ihn belehren zu können, auch wenn ich vielleicht mehr von Pädagogik, Philosophie usw. verstünde. Ich packte meine Sachen, wollte Englisch machen und das tun, was ich jetzt tue, aber Papa rief mich, ich sollte nicht so arbeiten, und steckte mich mit L. in die Stube, wo wir uns ausreden sollten. Zwischendrin hörte ich so etwas wie – „da helfen auch die ganzen frommen Bibelsprüche nichts." „So ein Gewitter ist notwendig." Als ich mit L. alleine war, erklärte ich ihm, dass sich die Eltern Sorgen um ihn machen und sie deshalb das getan hatten. Da merkte ich, dass L. zwei Fehler hat: 1) Er redet sich andauernd was ein und 2) er ist feige. Nachdem wir noch so manches besprochen hatten, sollte sich L. Muttis Gesicht angucken. Er hielt ihm förmlich vor, was er angestellt hatte. – Ich hatte ihm vorher gesagt, dass für mich die Sache erledigt sei. – Denn Papa weiß, dass Mutti alle Sorgen in sich hineinfrisst und das macht sie krank und alt. Papa sagte, dass es so seine Methode sei, dass durch ein Gewitter die Luft wieder rein wird, nur habe ich das dann mit seinen eigenen Worten in Frage gestellt: – „Ja, glaubst du denn, dass ich das gerne mache?" – Das hatte er mir immer gesagt, nachdem ich eins drauf bekam. – Wenn er es aber nicht gerne tat, warum dann zur Methode? Hoffentlich habe ich ihn zum Denken angeregt!

F, hat sich auch noch einen tollen Klops geleistet: Sie sagte, dass an der Erziehung das und das nicht richtig sei – oder so ähnlich. Mutti regte sich natürlich sehr auf, bald danach ging sie ins Mädchenzimmer, sagte irgendetwas, was meine Schwester reizte zu schreien: „... wenn du meine Worte herumdrehst ... wenn ich Aggressionen habe, schreie ich eben". Und ihr Säugling fiel auch mit ein. Das war für Mutti natürlich so eine Art Schock.

07:15 Uhr nsr
morgentrauer

die taube gurrte bis eben mit nachdruck
es klang wie eine fermate
der fön meiner frau schwelgt im hintergrund
gut eingebettet in meinen dauerrauschen im innenohr
bei dem geöffneten fenster höre ich drei verschiedene
    vogelarten singen ohne dass ich sagen kann, welche
„ich bin soweit", ruft meine frau, das einzige waschbecken in unserem zimmer ist frei
gestern kamen wir aus kairo zurück
normalerweise beginne ich den tag mit bibellektüre und
    übersetzen
setze ich da wieder an? einfach so?

warum? warum nicht?
morgentrauergebet

07:16 Uhr nkr
FINGERGEDÄCHTNIS

Fingergedächtnis nennt meine Frau das Phänomen ein Stück auf der Flöte in jeder Geschwindigkeit spielen zu können. Was die Finger beim Tippen auf der Tastatur gleichfalls beherrschen. Beim Geigenspiel ist es mehr als ein Fingergedächtnis, es mit dem Instrument und beiden Armen ein Körpergedächtnis. Entsprechend erklingt was im Körper ist. Es ist ein Leibgedächtnis, wo das Spiel wie von selbst geht. Und genau davor habe ich Angst: Angst davor, die Kontrolle zu verlieren. Wie beim Verkehrsunfall mit Schädelbasisbruch als Folge. Aber ich habe keine Angst davor, wenn ich beim Höhepunkt der geschlechtlichen Vereinigung die Kontrolle verliere. Was geht da vor? Das Geigenspiel als eine erotische Kunst verstehen?

07:17 Uhr nbt
Am Atomwaffenlager Büchel. Verteile seit dem frühen Morgen Briefe an Soldaten bei der Einfahrt ins Lager. In einer Stunde, zwischen 6.15 Uhr und 7.15 Uhr genau zwei losgeworden. Eine geballte Ladung Widerwillen, die mir auf der Verkehrsinsel entgegenschlägt am letzten Tag meiner diesjährigen Fastenaktion für den Abzug der Atomwaffen der Vereinigten Staaten von Amerika aus dem Bundeswehrstandort Büchel und eine atomwaffenfreie Welt. Ich spüre Zorn, Enttäuschung, Wut in mir hochsteigen. Ich räche mich, bei jedem Auto, wo kein Fenster hinunter gekurbelt wird, mit Segen und wenn mir der Stinkefinger und der Wischermann gezeigt wird, halte ich segnende Hände über ihn:
   Gott segne dich.
Wenn mehrere im Auto sitzen:
   Gott segne euch.
Oder:
   Gott, hilf, ich will mit dir umkehren.
   Hilf, Gott, dass ich erkenne, wie wir zusammen umkehren.

Hilf, Gott, dass wir gemeinsam umkehren.
   Hilf, Gott, dass wir gemeinsam abrüsten.
Im siebten Jahr der Fastenaktion.

07:18 Uhr cdr
Die Reich-Gottes-Botschaft Jesu berührt dich? Du kehrst um?
   Dann hören die Kriege der Welt noch nicht auf. Aber dein Krieg ist beendet. Du erklärst fortan den Frieden. Wenn du Christus zwischen dir und deinem Feind zulässt ist zwar noch nicht der Weltfrieden aber mitten in der Welt Friede.

07:19 Uhr ndr
Fahrt zu einer Primarschule am Niederrhein. Vor mir ein Lastkraftwagen mit zwei Containern. Aufschrift: „KIEW", „RAPIDO", Nummernschild mit dem Nationalitätskennzeichen „UA", Ukraine. Und da werden keine Waffen transportiert?

07:20 Uhr nvr
PREDIGTGEFÜHL VOR DEM GOTTESDIENST

Am Sonntag waren meine Frau und ich nach langer Zeit wieder gemeinsam in der protestantischen Joriskerk in Venlo. Ein Pastor – älter als ich?, auf jeden Fall behaarter als ich im Gesicht, so wie man in Karikaturen einen ‚Pfarrer' malt, auch im Habitus leicht nach vorne gebaut, etwas ängstlich erscheinend, was wohl volle Rücksichtnahme ausdrücken soll – als er zur Predigt hoch oben auf der Kanzel stand – war es dann?, als mir einfiel, dass es in der Regel nachdem ich eine Predigt fertig vorbereitet hatte, so war, dass sich das Gefühl einstellte, das ist etwas ganz Wichtiges! Da würde etwas ganz Entscheidendes formuliert oder thematisiert. Eine innere Aufgeregtheit über den besonderen Moment dieser Predigt. Und dann, nach dem Gottesdienst? Kaum Reaktionen. Wenn, dann wenig zum Inhalt. Bemerkungen meiner Frau zeigten mir, dass nicht alles ins Leer ging. Aber ein „besonderer Moment", stellte er sich ein?
   War es für mich nicht auch ein Hype mir meine Predigttätigkeit zu etwas Besonderem zu machen? Die Frau eines ehemaligen Kirchenältesten sagte mir am Anfang dieser Woche ‚ich kann Ihnen gar nicht sagen, wie Sie vermisst werden' – nachdem ich nun schon zwei Jahre

105

in Steyl lebe. Und ich dachte, ,wäre ja auch schön gewesen, wenn Sie mir das auch schon mal früher gesagt hätten'. Nun, nicht, dass sie mich vermisst hätten, sondern doch gefreut oder dankbar oder so ähnlich.

Aber hat dieses Vor-der-Predigt-etwas-Besonderes-Gefühl tatsächlich damit zu tun, dass ich glaubte, oder glaube?, etwas Besonderes zu sein, oder damit, dass Text und Botschaft, Inhalte und Verkündigung etwas Besonderes sind? Vielleicht ja Beides? Die Fallhöhe aber war nicht immer einfach auszuhalten: Sichtbar entschied sich, unterschied sich das Nachher vom Vorher in Nichts. Im Gegenteil: Meine Gottesdienste waren ein Beitrag dazu, dass es für manche eine Garantie gab: „Alles beim Alten." Und meine Variationen der Liturgie kamen wohl auch darum nicht bei allen gut an.

Aber entsprach dieses Gefühl vom gr. kairós, dem besonderen Augenblick, nicht dem Evangelium? Aber das Mittel – die Predigt im Gottesdienst – war das vielleicht völlig unzureichend? Jesus predigte auch in Synagogen – aber eben nicht nur dort!

Von außen betrachtet kommen die bekannten Reflexe: Was glaubst du, was deine beiden Gemeindeteile Besonderes wären, wo an jedem Sonntag in Deutschland an Tausenden Orten, weltweit ein Mehrfaches davon gepredigt wird – und es soll ausgerechnet bei dir etwas Extraordinäres sein? Das ist die Globalperspektive.

Andererseits: Was es beim Einzelnen bewirkte, wer will das wissen? Tatsache aber ist: Es gibt wohl keine Veränderung in der Gemeindearbeit, Initiative, Aktion, Veranstaltungsreihe etc., die nicht ihren Ursprung in der Predigt, der Auseinandersetzung mit einem Predigttext aus dem Alten oder Neuen Testament gefunden hätte. Das ist die Mikroperspektive.

Beide haben die unangenehme Folge, sich mit dem status quo abzufinden.

Oder eben nicht. Auf jeden Fall, die Rahmenbedingungen nicht in den Blick zu nehmen:
- die bürgerlich angepasste Gemeinde,
- der bürgerlich gesettelte Pfarrberuf, spätestens seit Einführung der Kirchensteuer unter Wilhelm II. 1905 zur Trennung der Pfarrerschaft von der der Arbeiterschaft,
- einschließlich Villas und Autos,
- die Gemeinde, die sich selbst von der Öffentlichkeit ausschließt in ihrer selbstbezogenen Krypto-

Öffentlichkeit und das auch noch römisch-katholisch und evangelisch gespalten. Krypto-Öffentlichkeit, weil ihr selbst kaum bewusst.

Meine Versuche – zaghaft aber vorhanden – daran etwas zu ändern, z. B. durch Gottesdienste unter freiem Himmel vor dem Arbeitsamt und dem Sozialamt, blieben Versuche. Buß- und Bettag waren aber als Zeit auch dafür suboptimal Es gab aber auch kein Kreis von Menschen, um das zu beraten und zu verbessern.

07:21 Uhr när

Kairo, Hauptbahnhofsrestaurant. Mein Croissant ist da. Ein indianisches Sprichwort sagt: Erst ist es Zufall, dann Gewohnheit, am Ende Zwang. Ist es mit mir hier genauso? Bei einer der Fahrten nach Alexandria war ich viel zu früh am Bahnhof. Also ging ich ins Restaurant und bestellte mir etwas zu trinken. Jetzt komme ich bei jeder Fahrt extra früher, damit ich wenigstens noch Zeit für einen türkischen Kaffee „masbut", d. h. mit einem Löffel Zucker, habe. Am Nebentisch nimmt ein Pärchen Platz. Sie setzt sich so, dass ich ihr ins Gesicht sehen kann, ihr Partner zeigt mir den Rücken. Sie trägt über ihren schwarz-braunen Haaren einen leicht aufgelegten Schleier. ,Was für eine Versuchung', denke ich, als sie vor dem Tisch standen und sich überlegten, wer sich wo hinsetzte, ,hoffentlich nicht so, dass ich mich ständig bezähmen muss, zu bewundern wie schön sie ist, ihr Gesicht spricht mich an, dass es wie Glotzen aussieht!' Ihre kräftigen Hände zeigen, sie ist nicht mehr um die Zwanzig und ihre Haut im Gesicht zeigt mir, sie ist noch lange nicht in dem Alter, in dem Falten auf der Stirn zeigen, was einem widerfahren ist und wie man es aufgenommen hat. Kaum, dass sie dem Herrn gegenüber sich hingesetzt hatte, nahm sie ihr Kopftuch ab und und – das konnte ich an seinem Kopf vorbei, den er mal leicht nach links, mal nach rechts neigte, gut aus dem Blickwinkel sehen – strahlte ihn an: So möchte ich auch angestrahlt werden!

Hat das seinen Preis, meldet sich sofort meine Ratio? Wenn sich mir sein Gesicht im Profil zeigt fällt mir auf: Stoppelbart, Sonnenbrille, auch kein früher Zwanziger mehr und erfüllt alle meine Vorurteile von einem Yuppi, vom Benehmen her würde ich sagen: Gut erzogener Sohn wohlhabender Kaufmannseltern. Ihr Gesicht trägt brünette Haut, dunkle Augen, rosarot getönte Lippen, wenn sie so strahlte, zeigten ihre Wangen Lachbällchen. Wenn sie zur Seite schaute, fiel mir auf, dass ihre Haut an den Wangen von der Art ist, dass ich vermute, sie ist um die Dreißig oder eher Fünfunddreißig Jahre alt, er zehn Jahre jünger. Ein Frühstück mit Fladen, Gemüse und eine Schale Foul, dem ägyptischen Bohnengericht am Morgen. Zuvor wurden Tee und Kaffee serviert. Inzwischen sitze ich im Zug und trage ein Wollunterhemd, ein Hemd – der Zug fährt an! –, einen Kaschmirpullover, ein Jackett und einen Mantel und sehne mich nach der Wärme der Sonne!

07:22 Uhr nfr
Wir singen gemeinsam im Chor der protestantischen Gemeinde in Venlo, Niederlande. Sie lud mich zu sich nach Hause ein, Glaubensfragen. Sie erzählte mir: Ihr Großvater stammt aus Ungarn. Als Jude wurde er nach Auschwitz verschleppt. Er sollte erschossen werden. Er sah dem Deutschen in die Augen, der ihn erschießen sollte. Er konnte nicht. Er ließ ihn laufen. „Ohne diesen Deutschen gäb's mich nicht." Ihr Großvater kam aus Zola-Egerszeg.

07:23 Uhr ndr
Im Büro meiner Frau, Konrektorin einer Grundschule am Niederrhein. Der Computer im Hintergrund macht altbekannte Geräusche beim Hochfahren, Musikfetzen, Gebläsestöhnen, Festplattengesurre. Die Büroluft und Behörden-Institutions-Atmosphäre und dieses Geräusch versetzen mich in die Fachhochschule am Rand der Pfalz, ein Neubau, eingebaut in ein von Soldaten der Vereinigten Staaten verlassenes Hospital. Eine Stimmung von Distanz, Sachlichkeit, alles ist geordnet und das Chaos einsortiert unter TOP Verschiedenes.

07:24 Uhr ndt
Im Burgcafé. Habe mein Tagebuch samt Füller vergessen – und schon fehlt mir etwas. Diese Gewohnheit ist für mich – meine Heimat.

07:25 Uhr ndr
An der Tankstelle bleibe ich im Auto sitzen. Meine Frau steigt aus. Ich beobachte hinterm Lenkrad das Geschehen um mich herum. Ein Kleinwagen wird von einer langhaarigen Dame betankt. Die wirren hin und her sich dre-

henden Enden ihrer braunen Haare reichen fast bis zur Hüfte. Sie hält die Tankpistole und sieht sich um. Unsere Blicke treffen sich – wenn das die Fensterscheibe erlaubt. Braune, vollrunde Augen. Sehr junges Gesicht. Achtzehn? Neunzehn? Noch einmal, als sie zur Kasse geht, treffen sich unsere Blicke. Wie oft kann ein Mann einer Frau in die Augen sehen ohne dass bei ihm etwas geschieht? Und umgekehrt? Das heißt, etwas geschieht ja bereits. Meistens jedenfalls. Doch diesmal war ich wohl ganz in Gedanken. Sonst zuckt mein Zeiger.

07:26 Uhr nfr
Neunte Fastenaktion für eine atomwaffenfreie Welt, Neunter Fastentag. Mein Fastenzelt mitsamt den Transparenten auf dem Marktplatz. Etwa dreißig Meter entfernt hat eine Bäckerei ihr Café. Ich sitze auf Paletten vor dem Zelt mit Blick halb zum Café, halb zum Zelt. Ein älteres Paar frühstückt, sie sitzen an einem Tisch fast auf meiner Höhe. Die Frau schaut zu mir und zum Zelt, schaut und schaut, als könnte sie es nicht fassen. Irgendwann mümmelt sie weiter. Er isst und isst, von der Leibesfülle her nicht erst seit gestern und blickt nahezu unverwandt in meine Richtung. Ob zu mir, kann ich nicht erkennen.

07:27 Uhr när
Seit ein paar Tagen sind wir irregulär: Mein Visum und das meiner Frau ist abgelaufen und wir haben kein neues: Bin ungesetzlich in diesem Land. Eine Polizeikontrolle und schon in Polizeigewahrsam und ab in die Abschiebehaft hinter hohen Mauern. So ergeht es denjenigen in der gleichen Lage in Deutschland. Hier zahle ich im schlimmsten Fall eine Ordnungsstrafe von 1000LE. Und als Europäer wurde ich auch bei der Ausreise noch nie deswegen belangt. Alltäglicher Rassismus.

07:28 Uhr nfr
Stuttgart-Vaihingen, Patch Barracks, öffentliche Fastenaktion für eine atomwaffenfreie Welt, Zweiter Fastentag. Ein unendlicher Strom von Autos fährt in den Schlund von Eucom, der Schaltzentrale der Armee der Vereinigten Staaten von Amerika für Europa, den Nahen Osten und Afrika. Nahe der Einfahrt unsere Plakate. Einer radelt zur Arbeit. Er hob den Daumen und rief mir

07:28 Uhr

und dem französischen Mitfastenden zu „durchhalten!". Ich freute mich. Zum Ersten Mal, dass wir das hier erleben! Und ärgerte mich. Als wenn es allein an uns läge! Und rief hinterher: „Und Gewissen zeigen!"

07:29 Uhr npr
MÖBIUSBAND IM REGIONALZUG

Im Regionalzug vor mir sind beide Türen zur Rechten und zur Linken durch ein Möbiusband miteinander verbunden.

D. h.: Um zur anderen Seite gehen zu können, schreite ich das Möbiusband ab. Dann stehen die Türen für den außenstehenden Betrachter mal aufrecht, mal umgekehrt und die Klinken mal nach rechts und mal nach links, für mich aber auf dem Band immer gleich.

Und wenn die ganze Welt ein Möbiusband ist und es keinen außenstehenden Betrachter gibt?

07:30 Uhr cfr
Das freiwillig auf sich genommene Leiden absorbiert die Gewalt. Warum? Weil es die Leidenden nicht zu Opfern macht. Der autopoietisch-destruktive Dualismus der Gewalt – entweder bist du Täter oder Opfer – wird unterlaufen. In einer ausweglosen Lage sage: „Ich will das jetzt so!" – vermittelte ein ganz anderes Selbstbewusstsein?

07:31 Uhr cär
Wie bei Pieter Breughels d. Ä. Wimmelbildern: Gott kommt an und steigt aus einer Bahn und keiner bleibt stehen. Hunde jaulen, Kinder schauen aufmerksam, weggezogen von ihren Eltern, die in jedem größeren Bahnhof obligatorischen Bettler ziehen ihre Jacken und Hemden aus und bereiten ihm den Weg.

07:32 Uhr nfr
Eingeladen im Haus einer armenischen Flüchtlingsfamilie, die zuvor Eineinhalbjahre unter einem Dach mit meiner Familie im Pfarrhaus gelebt hat. Die armenische Mutter hatte Geburtstag. Sie empfing meine Frau und mich sehr, sehr dankbar. Und dann erfuhren wir, dass

sie ein werdendes Kind im fünften Monat verloren hatte. Keine volle Woche vorbei. Meine Frau bemerkte, was es für ein unglaubliches Vertrauenszeugnis ist, dass wir zur Familie kommen können und in ihrem Hause willkommen sind und dies mit ihr teilen.

Und da fiel mir erst auf – so sehr hatte ich mich schon daran gewöhnt – wie sie das wohl meint: Denn ich erlebte es, obwohl schon über ein Jahr außer Amtes, immer noch im Modus des Gemeindepfarrers, dem jeder Hausbesuch zur Taufe, zur Beerdigung – zur Konfirmation seltener – ein Verweilen in Küche und Wohnzimmer erbrachte mit meistens vertrauten Gesprächen. Was ich zu würdigen wusste und mich auch sehr dankbar machte, weil dieses Vertrauen einfach umwerfend ist. Das hat tatsächlich mit Kirche, christlichem Glauben und diesem Amt zu tun. Aber von daher war mir ein Besuch in der Wohnung anderer nichts Ungewöhnliches. Obwohl es doch genau das ist.

07:33 Uhr när
Kairo Hauptbahnhof. Wie viel Volk morgens schon unterwegs ist! In der Metro ging mir durch den Kopf, wie früh ich sonntags oft aufgestanden bin für meine Predigten noch am gleichen Tag. Mir fiel es ein, weil ich mich gefragt hatte, ob ich mir vorstellen könnte, morgen einen Gottesdienst in der deutschen protestantischen Kirche von Kairo zu leiten? Und erinnerte mich daran, wie ich mich am frühen Sonntagmorgen, oft gegen 5.15 Uhr mit dem Gebet tröstete „ich danke dir, lieber Gott, dass ich tun muss, was ich schon immer wollte." Ich liebe das Paradoxale, Chiastische. Aber warum, so fragte ich mich heute Morgen, die Übertreibung? So emphatisch? „Schon immer"? Das stimmt nicht. Das habe ich gewusst. Aber ändern tat ich's nicht. „Was ich schon lange wollte": Das stimmt. Warum auch immer.

07:34 Uhr nfr
Gestern war der katholische Bischof von Trier zum Ersten Mal zu einer Andacht am Atomwaffenlager Büchel. Ihm voraus ging der Präses der Rheinischen Landeskirche, er war drei Jahre zuvor bereits präsent gewesen. Beide zusammen waren noch nicht hier. Aber dass es gelang eine weitere Strebe, die das Unrecht aufrechter

hält, zu beseitigen ist ein Schritt: Die Großkirchen unterstützen – aktiv oder durch ihr Schweigen – nicht mehr die Atomwaffenkriegsreligion. Nach Fünfzehn Jahren Wirken.

07:35 Uhr när

Wir haben in Kairo eine Wohnung angemietet. Die Wände sind ohne Bilder oder ähnlichem. Ein einziger Vitrinenschrank mit kostbarem Geschirr im Empfangsraum. Meine Frau fragt, was nun an die Wände kommt. Ich antworte: „Nichts. Ich habe keine Angst vor'm leeren Raum. Stell mich hinein und er ist erfüllt."

   Ich hatte einen älteren Freund. Ich mochte ihn und schätzte ihn sehr. Ich hielt ihn für außergewöhnlich im Denken, im Handeln, im Kombinieren und war zu ihm nach Hause eingeladen und erwartete Entsprechendes in seinem Wohnzimmer. Wie überrascht ich war! Es war so normal, dass ich mich wunderte. Machte er eine Bemerkung dazu, dass er die Möbel gebraucht erworben habe? Alles vollgestellt, eine Couch, breit genug für mindestens drei Personen, die dem Teppich und dem Couchtisch vorstand; sie machte von sich aus schon den Raum schwer, zwei Sessel im gleichen Stil davor. Das Holz der Schränke im dunklen Braun. Am einzig möglichen freien Platz – außer an der Fensterfront – an der Wand über'm Sofa, hing ein Gemälde in dumpfen Farben, Frau mit Kopftuch von der Seite, grün, dunkelgrün, braun, teils pastellblau die Kopfbedeckung.

07:36 Uhr npr

Der Flugzeugpassagier bekommt im Wissen um seine Anhänglichkeit ans Haptische noch eine Bordkarte. Entscheidend ist sie nicht mehr. Viel wichtiger ist ein Code, eine Folge von Zahlen und Buchstaben oder von Strichen und Punkten. Der Träger dafür ist gleichgültig, ob aus Papier oder virtuell im Smartphone. Der Körper der Information ist unwichtig und austauschbar geworden. Es also eigentlich keine eineindeutige formatio mehr, keine ein für alle Mal gestaltete körperliche Wirklichkeit mehr, anders als der Erstdruck einer Buchseite.

07:37 Uhr när

Kairo-Hauptbahnhof, Café-Restaurant „àlagare" – Türkischer Kaffee mit einem Croissant. „Mit Käse oder Schokolade?", wurde ich gefragt. „Schokolade", antwortete ich, ohne zu wissen, was es bedeutet. Das Croissant war über und über mit Schokoladensaucenstreifen verziert. Trotz Advent? Siebenundfünzig ägyptisch Pfund und Fünfundachtzig Piaster, incl. einer Wasserflasche, ein Kurs von ca. Ein Euro zu Zwanzig ägyptische Pfund. Ein europäisch aussehender Herr erscheint und mir mein eigener, umgekehrter Rassismus: ‚Was will der hier?' Ich genieße es unter Ägyptern zu sein und von meinesgleichen verschont zu werden. Erkenne mich darin zu sehr selber wieder?! Was noch alles ist in dir unerlöst?! Sind dir Ägypter als doch nur ein Mittel zum Zweck, dir zu entfliehen und ihre Andersheit – was ich sonst bestreite – wird von dir statuiert, gefördert und aufrecht erhalten, um nicht sich selbst in ihnen erkennen zu können, zu müssen – wie in der weißen Rasse?!

07:38 Uhr när

Gestern fragte mich meine Frau etwas Komisches und ihr fiel – von selbst, wie sie betonte – auf, dass sie, im Unterschied zu mir, das selten frage, seit wir hier sind: Wie's mir denn in Kairo ginge.
Und wieder dieses Phänomen, dass ich nicht in der Lage bin, es so zu sagen wie's mir geht, dass ich wahrnehme und fühle, ‚das ist es, ja, so ist es', bzw. gar nicht in der Lage bin differenziert zu sagen, wie's mir geht. Habe ich nicht gelernt.

07:39 Uhr fkr
STREICHSYMPHONIE

Vorläufig von meiner Frau nicht freigegeben. ABCDEF GHIJKLMNOPQRSTUVWXYZabcdefghijklmnopqrstuvw xyzyxwvutsrqponmlkjihgfedcbaZYXWVUTSRQPONML KJIHGFEDCBABCDEFGHIJKLMNOPQRSTUVWXYZ abcdefghijklmnopqrstuvwxyzyxwvutsrqponmlkjihg- fedcbaYXWV UTSR QPONMLKJIHGFEDCBABCDEFGHIJ KLMNOPQRST UVWXY Zabcdefghijklmnopqrstuvwx yzyxwvutsrqponmlkjihgfedcbaZYXWVUTSRQPON MLKJIHGFEDCBABCDEFGHIJ KLMNO PQRSTUVWX YZabcdefghijklmnopqrstuvwxyzyx

07:39 Uhr

wvutsrqponmlkjihgfedcbaZYXWVUTSRQPONMLKJIHG-
FEDCBABCDEFGHIJKLMNOPQRSTUVWXYZabcdefghijkl
mnopqrstuvwxyzyxwvutsrqponmlkjihgfedcbaZYXW
VUTSRQPONMLKJIHFEDCBABCDEFGHIJKLMNOPQRST
UVWXYZabcdefghijklmnopqrstuvwxyzyxwvutsrqponml
kjihgfedcbaZYXWVUTSRQPONMLKJIHGFEDCBABCDEF
GHIJ KLMNOPQRSTUV WXYZabcdefghijklmnopqrst
uvwxyzyxwvutsrqponmlkjihgfedcbaZYXWVUTSRQPO
NMLKJIHGFE   DCBABCDEFGHIJKLMNOPQRSTUVW
XYZabcdefghijklmnopqrstuvwxyzyxwvutsrqponmlkjihg-
fedcbaZYXWVUT SRQPONMLKJIHGFEDCBABCDEFG HI
JKMNOPQRST   UVWXYZabcdefghijklmnopqrst   uvw
xyzyxwvutsrqponmlkjihgfedcbaZYXWVUT   SRQ   PO
NMLKJIHGFEDCBABCD EFGHIJKLMNOP QRST UVW
XYZabcdefghijklmnopqrstuvw   xyzyxw   vu
tsrqponmlkjihgfedcbaZYXWVUTSRQPONMLK JIHGFED
CBABCDEFGHIJKLMNOPQRSTUVWXYZa   bcd   efg
hijklmnopqrstuvwxyzyxwvutsrqponmlkjihgfedcbaZ Y X
WVUTSRQPONMLKJIHGFEDCBA   ABCDEFGHI   JK
LMNOPQRSTUVWXYZabcdefghijklmnopqrstuvwxyzyx
wvutsrqponmlkjihgfedcbaZYXWVUTSRQPONMLKJIHG-
FEDCBAB CD EFG HIJKLMNOPQRSTUV WXYZabcdefgh
ijklmnopqrstuvwxy

07:40 Uhr nwr

Begleitete einen jungen Mann aus Kairo über Wien zurück zu seiner Familie ins Ruhrgebiet. In Wien den An-
schlussflug verpasst. Noch ganz im Zug-Bahnhofsmo-
dus rannten wir zum Gate C36. Eine Minute vor der Ab-
flugzeit angekommen: Alles leer. Nicht einmal ein Mitarbeiter saß dort noch. Ich war wohl immer noch in der
Stimmung wie beim Zug, als wenn man am Eingang stehen bleiben kann, solange bis alle, die zu einem gehören, den Zug bestiegen haben, du musst nur einen Fuß
in die Tür stellen. Hier aussichtslos. Auf der Suche nach
dem in Kairo aufgegebenen Koffer wurden wir hin und
her geschickt. Zum Laufband Eins, zum Spezialschalter
im anderen Terminal, zurück zum Ausgangsterminal,
dort zu „Lost and Found" und als wir dort nach etliche
weiteren Stationen zum zweiten Mal dort waren, fand
wir endlich eine Mitarbeiterin, die sich unserer annahm.
Sie besorgte nicht nur eine Übernachtung in Flughafen-
nähe, kümmerte sich um den Koffer und buchte den

Flug am frühen Morgen. Das Ganze dauerte bestimmt
eine halbe Stunde – in getrennten Welten: Vor dem Bildschirm – hinter dem Bildschirm. Wie beim Aufladen der
monatlichen Gebühr für das Telefon in Kairo am
Schalter der jeweiligen Gesellschaft: Da ist die Mitarbeiterin am Bildschirm zugange, klickt und liest und liest
und klickt, schaut sich um, fragt vielleicht ihren Kollegen,
klickt, bewegt die Maus, tippt und sofort und so weiter,
zehn Minuten, zwanzig Minuten, dann druckt sie eine
Seite aus und sagt: „Das ist ihr Ticket für den Flug Morgen" – in dem wir jetzt sitzen. Ich bedankte mich bei ihr.
Am Anfang war ich ziemlich geladen, auch dafür, dass
sie sich davon hat nicht beindrucken lassen.

Die Trennung zwischen vor und hinter dem Bildschirm ist wie in der Antike die Trennung zwischen über
und unter den Marmorplatten. Drüber wird gesaunt, ge-
schwommen, Ball gespielt, in den Bibliotheken gelesen,
auf den Toiletten Geschäfte abgeschlossen und sich
ausgeruht; unter den Marmorplatten werden die Öfen
beheizt, die Leitungen repariert, das Holz gelagert und
herbeigeschafft, die Wasserversorgung kontrolliert –
nur dass damals die Menschen der Unterwelt die der
Oberwelt nicht zu Gesicht bekamen und nicht umgekehrt.

07:41 Uhr ndr

Seit langem am Vortag wieder Gemeindearbeit. Die Kol-
legin im Amt hatte mir einen Hilfeschrei weitergeleitet.
Ich nahm einen Besuch am nächsten Tag wahr. Zuvor einige Telefonate. Danach dieses bekannte Gefühl wie in
den Tagen des pfarramtlichen Gemeindedienstes: Ich
bin gefragt. Ich werde gebraucht. Und zugleich – wenn
auch sehr entfernt – das Wissen: Das bist du, weil du dieses Amt hast. Ohne es braucht dich oder fragt dich niemand. Und genau das war jetzt doch der Fall.

07:42 Uhr csr

Psalm Neun Vers Sechszehn

> Er versenkt Völker in der Grube, die sie ge-
> macht haben
> in genau demselben Netz, das sie verstecken,
> werden ihre Füße erfasst werden

Die Trennung von Tat und Person ist keineswegs durch-
gehend biblisch. Im Gegenteil: Die Bösen tun Böses, die

Feinde Feindliches, die Guten Gutes, die Freunde Freundliches. Das Tun ist durch die „Person" definiert.

07:43 Uhr nsr

Am Tag nach den Anschlägen in den Vereinigten Staaten von Amerika im September Zweitausendundeins fragte mich mein ägyptischer Freund, wir waren mit einer Gruppe in seinem Zentrum für Kinder in Gefahr/Straßenkinder in Alexandria, was ich davon halte. Ich äußerte meine Frage: Welche Macht zwingt eine Großmacht wie die Vereinigten Staaten von Amerika sich selbst zu zerstören? Das kriegerische Eingreifen in Afghanistan sah ich als einen solchen Schritt. Schon nach dem zweiten Golfkrieg (Kuwait, Neinzehnhundertundeinundneunzig), dachte ich und mit Soldaten sprach ich darüber, dass wir womöglich im Dreißigjährigen Krieg der Neuzeit leben und richte mich selber darauf ein: Wie viele Jahre noch? Das Ergebnis wäre eine veränderte Landkarte. Schon lange rechne ich mit einem Zerfall der dann ehemals Vereinigten Staaten von Amerika. Es zeichnet sich heute Morgen ab, dass Donald Trump Präsident der Vereinigten Staaten von Amerika wird. Das haben die Radikalen der Neo-Konservativen unterschätzt und nicht bedacht: Welche zerstörischen Kräfte ihre Politik im eigenen Land freisetzt, die Tea-Party, Trump etc. sind nur das Symptom für die mehrfach gespaltene Gesellschaft. Die Trennlinien verlaufen entlang der Linien Bildung, Kapital und Wohlstand, Weltoffenheit – sonst typische Eigenschaften von Bürgern, das heißt von städtisch geprägten Menschen? Hauptleidtragende: Farbige Mütter.

07:44 Uhr npr

Soeben eine meiner Lieblingsthesen zusammen gebrochen: Es habe vor Bruno und Nicolaus von Kues keinen für Philosophie und Theologie prägenden Begriff von Unendlichkeit gegeben. Wiewohl ich wusste, dass es eine Tradition dieses Gottesattributes in der orthodoxen Theologie gab. Eben gerade gelesen: Diogenes Laertius zu Epikur, der in einem Brief an Herodot – echt? – erklärt, das All sei „unendlich", ohne „Äußerstes" – es hätte sonst immer noch ein anders daneben.

     NB: „Unendlich" und „nicht begrenzt" sind nach Einstein nicht dasselbe!

07:45 Uhr när
ROLLLTREPPENGESICHTER

Alle ägyptischen Frauen, die an mir die Rolltreppe vorbeifahren, während ich die Treppen überwinde, machen sich schön. Pflegen ihre Haut – wie machen sie das bei der Kunststoffkleidung und den Kunststofftüchern –, formen ihre Augenbrauen, schminken die Lippen, sehen schön aus. Manche junge Frauen betonen mit langen Kleidern ihre Taille mit einer dünnen Kordel, lässig zusammengeknotet. Andere achten sorgsam auf die Komposition der Farben von Kopftuch, Rock und Schuhe. Andere tragen über der Jeans ganz eng anliegende, langärmlige dunkelrosa dünne Stretchshirts, so dass man meint leuchtend farbige Haut zu sehen, mitsamt den stolz präsentierten Busen. Solange das in einer Gesellschaft so ist und die jungen Männer genauso sich nicht hängen lassen, sondern sehr auf ihr Äußeres achten, besteht nicht Hoffnung? Bei den jungen ägyptischen Männern bewunderte ich früher, dass sie, egal, woher sie kamen, aus reichem Haus oder einfachen Familien, Schuhe trugen, die immer (!) picobello waren. Ich war weit davon entfernt. Schuheputzen war mir ein Graus. Es gehörte zu den Aufgaben, die meine Eltern sich für mich im Haushalt ausgedacht hatten, Vorzüglich Samstagsmorgens. Dann standen die Schuhe, vor allem die meines Vaters aufgereiht im Flur und harrten meiner Pflege. Das Putzmaterial war widerspenstig. Und es machte keinen Spaß. Und ich war zu doof mir solchen daraus zu machen, wie es Mark Twain in Huckleberry Finn imaginiert, als Tom Sawyer verdonnert wird einen langen Zaun zu streichen. Auch als junger Mann im Studium achtete ich nicht auf die Schuhe und habe sie so gut wie nie geputzt. Darum wahrscheinlich fiel es mir in Kairo überhaupt auf. Selbst als Pfarrer nahm ich es widerwillig an, wenigstens sonntags die Schuhe zu pflegen, dass sie nicht die Spuren der ganze Woche – was sage ich – Monats mit sich herumtrugen. War es nicht die Aufgabe meines Weibes, der Pfarrfrau, darauf zu achten, dass ihr Ehemann nicht liederlich das Haus verlässt, zumindest wenn er zum Gottesdienst aufbricht? Ich gewöhnte es mir nur mit innerem Widerstand an, meine Sonntagsschuhe vorm Ausgang clean zu halten. Erst in Kairo änderte sich das. Mein Respekt davor, wie es ausnahmslos die ägyptischen Männer schaffen, trotz und allem Sand und Staub und Müll und Schutt ihre Schuhe sauber zu halten, bewegte mich, es ihnen nachzutun. Stets wenn ich in die eigene Wohnung komme, ziehe ich nicht nur meine Hausschuhe an, sondern wische den Staub und gegebenenfalls Dreck von den Schuhen ab und creme sie ein, wenn ich nur ein paar Minuten unterwegs war und den Schuhen nichts anzusehen war – bei nicht gründlicher Betrachtung. Durch die Lektüre des Comicromans *Maus* lernte ich aber: Auf seinen Körper und sein Äußeres auch unter widrigsten Umständen zu achten, ist ein Akt von Widerstand. Wenn das unterbleibt, war es für die Mitgefangenen in den Nazi-Lagern immer ein schlimmes Zeichen für die innere Verfassung des Mithäftlings. Das war mir eine Lehre. Die Versuchung mich gehen lassen zu können, empfinde ich regelmäßig bei meinen Fastenaktionen für eine atomwaffenfreie Welt. Wahrscheinlich, weil ich zelte – obwohl ich das zuvor außer bei Ruderwanderfahrten und ganz selten bei Jugendfreizeiten getan habe. Aber gerade dann ist es nötig, auf Hygiene zu achten. Und das ist wahrscheinlich das Hauptproblem: Die Liebe zum eigenen Körper wurde mir mit Schlägen auf den „Hintern", wie es hieß, erschwert. Es sei typisch, las ich wer weiß wo, für Kinder, die auf dem nackten Po „gezüchtigt" worden sind, dass sie Widerstände verspüren frei über ihre Sexualität zu sprechen selbst im vertrauten Kreis. Aber ist es nicht so? Durch die Schläge der Autoritätsperson wird der Körper dem Be- und Getroffenen entfremdet. Der Körper ist es ja schuld, dass ich die Schmerzen spüre. Also erzeugt der Widerwille gegen die Schmerzen auch einen Widerwillen gegen den eigenen Körper? Sind gnostische Tendenzen, die ich zumal in dieser angeblich islamisch geprägten Gesellschaften erkenne in ihrer Leibfeindlichkeit besonders dem weiblichen Körper gegenüber, Folge von häuslicher Gewalt?

Aber stimmt die Diagnose? Kopftuch plus Galabaya sind gnostischer Ausdruck von Leibfeindlichkeit? Die Verteidiger der Kleidung sagen umgekehrt: Frauen behalten die Souveränität über sich und ihren Körper. Die Sorgfalt, mit der der eigene Körper gepflegt wird, belegt nicht gerade die Leibfeindlichkeit. Heißt das: Was in den 60er-Jahren des 20. Jahrhunderts in Kairo völlig normal war: Röcke, Blusen, beinfrei und ärmelfrei – kann über Nacht auch morgen schon in Kairo und Alexandria normal sein, ja, wenn –? Wenn die weibliche Bekleidung kein gesellschaftlich kulturell religiöses Thema mehr ist? Und warum ist es das? Hat es nicht doch mit Segregation zu tun? Dass zwischen Mann und Frau Unterscheidungen getroffen werden, die Herrschaft konstituieren?

Gestern mich gefragt, was meine Zeit als Pastor gebracht hat. Frei nach dem Motto: Der christliche Glaube hilft dabei Probleme zu lösen, die wir ohne ihn nicht hätten.

Als ich meine Frau das fragte, zählte sie alles möglich Positive auf.

Immerhin verschaffte es mir das Gefühl „gebraucht" zu werden. Was eine Kapitulation ist? Die Einladung zum Missbrauch? Zur Selbstaufgabe eigener Gestaltungsmöglichkeiten? Angst vor der Autonomie? Selbständigkeit? Ja, gewiss, das auch.

„Sie gehören also auch zu den Manuskriptoren?!", fragte ich einen Herrn, der in Köln/Messe Deutz ins Abteil des Zuges nach München einstieg, den Platz am Fenster eingenommen hatte, den ein anderer Herr am gleichen Bahnhof verlassen hatte und Stift und Schreibblock zückte. Zuvor war ich vom Bordbistro zurückgekehrt und hatte ein Croissant mit einer Schmierkäseart in mich hinein gemümmelt. Wahrscheinlich seit der Fastenaktion habe ich eine merkwürdig unbestimmte Gefühlsregung, wenn ich anderen beim Essen zusehe. Und natürlich aus an mich denke. Es hat etwas Bestialisches an sich. Was wäre anders? Saugen?! Zumindest aus Strohhalmen. Ausprobieren? An der Mutterbrust – selbst wenn's ging – bei meiner Mutter?! Um Gottes willen!? Bei meiner Frau? Schöne und keine schöne Vorstellung. Gab es, gibt es das? Dass die Geliebte den Geliebten nährt? Von Gott wird das in aller Drastik gesagt: Ich will euch an meine Mutterbrust nehmen und ihr sollt euch an meinen Brüsten laben und euch stillen. Psalm sounso oder Jeremia? zu Jerusalem. (Weder noch, Jesaja 66,11.)"

„Noch als ich eben ins Abteil ging dachte ich, dass ist wohl heute etwas seltsam, wenn jemand seinen Notizblock zückt und anfängt zu schreiben, das ist doch relativ selten", meinte er. Just als er das sagte hatte ich meine Kladde gezückt und meinte „das ist unmittelbare Wertschöpfung. Und nach meiner Beobachtung, ich zumindest mach da einen Kult raus, Sie auch?", und holte meinen Füllfederhalter hervor. Gebrochenes Erinnerungstück meines Vaters, gebrochen, weil das Original vor Jahren bei einer Reparatur einbehalten worden ist und ich zum Ausgleich das jetzige Exemplar erhielt, sie bräuchten es für ihre Sammlung. „Man schreibt mit einem bestimmten Gerät, alles andere nur ausnahmsweise, wenn's nicht anders geht." Genauso erging es ihm auch.

Im Bordrestaurant saß ich auch einer Manuskriptorin gegenüber, mit ein bisschen Unbehagen. Ein Gespräch anzufangen ist bei solchen Leuten und eigentlich bei fast allen mit ein bisschen guten Willen kein Problem, aber wie beenden ohne dass es peinlich wird? Haben wir dafür eine Kultur? Außer wenn man aufbricht, geht oder sich entschuldigt, man habe noch etwas zu arbeiten etc. Aber zurückzukehren ins Schweigen – ist es Anschweigen? – schwierig. Noch schwieriger es höflich kundzugeben, dass man kein Gespräch wünsche, außer durch meistens unübersehbar deutliche Gestik und Mimik. Warum? Weil es der persönliche Gefühlshaushalt nicht so einfach verkraftet. Meine Eltern sind so selten Bahn gefahren, auch mit uns, ich kann mich kaum daran erinnern, da war jede Begegnung ein Ereignis. Heute sind es pro Woche für viele so zahlreiche wie damals in einem ganzen Jahr vielleicht, was sage ich, Leben. Und dieser Aufwand sich in jemanden hineinzuversetzen – ja, wie minimal auch immer, ja immer im Gespräch, das nicht völlig Nonsens oder ritualisiert ist, nein, auch dort! stattfindet, ist, so glaubt man, begrenzt. So erlebe ich's. Es kostet Kraft. Schenkt auch welche. Aber der Anfangsimpuls wird durch das lähmende Gefühl vom Unbehagen zugedeckt, unfähig zu sein elegant ein Gespräch auch beenden zu können. In Düsseldorf kam Schnee auf. Jetzt vor Frankfurt sind die Äste der Bäume bereits weiß verfärbt.

07:48 Uhr cfr

Paulus in seinem ersten Brief an die neue Gemeinde in Thessaloniki, Kapitel Vier, Vers Acht:
> Darum, der Beiseitesetzende setzt nicht einen Menschen beiseite, sondern Gott, den gebenden seinen heiligen Geist in euch.

Das Münchner Neue Testament:
> Daher denn nun verwirft der Verwerfende nicht einen Menschen, sondern Gott, der [euch] gibt seinen heiligen Geist in euch.

Ein klares Votum gegen die Segregationsreligion.

07:49 Uhr när

In einer ägyptischen Klasse der deutschen Auslandsschule in Kairo wird Muttertag gefeiert. Von allen Kindern waren die Mütter da. Mit einer stand meiner Frau im Gespräch, dass sie ihren Sohn schlägt. Meine Frau aß gerade etwas, da kam diese Mutter auf sie zu und sagte völlig unvermittelt, „ich schlage meinen Sohn immer noch". „Mit welcher Hand?", fragte meine Frau. „Mit der rechten, das ist meine starke Hand!" „Dann geben Sie mir doch bitte Ihre rechte Hand", nahm sie und legte sie in ihre linke Hand und mit ihrer rechten strich sie zur Körpermitte über den Handrücken und sagte: „Und ich schicke ihr jetzt Frieden."

07:50 Uhr när

Im Zentrum von Kairo, nahe am Tahrirplatz habe ein Café, so erzählte ein Freund uns, ene Holzfigur in Gestalt einer Frau aufgestellt. Jede Frau, die schon einmal sexuell belästigt worden sei, war eingeladen, einen Nagel ins Holz zu schlagen. inzwischen sei die gesamte Figur mir Nägeln übersät.

07:51 Uhr när

Döstraum: „Dir stehen in Bezug auf Ämter und Aufgaben alle Türen offen. Du musst nur zeigen, dass du es willst." Das kehrt meine Grundhaltung um, abwarten, bis ich gerufen werde.

07:52 Uhr när
MUGAMMA

Gestern musste ich erneut zum zentralen Verwaltungsgebäude von Kairo, der Mugamma. Ich versah mich in der Uhrzeit und war eine Stunde zu früh da, statt um 9.30 Uhr war ich schon kurz vor halb Neun da. Wir hatten uns verabredet und ich nun einiges zu warten, ich wusste nicht, dass ich mich vertan hatte.

Vor der Mugamma hatten Händler und Händlerinnen schon ihre Ware ausgebreitet. Drei sudanesische

Frauen boten zwei Flaschen mit Öl und etliche Päckchen mit Gewürzen an. Sie saßen dort schon, als ich kam, mit dabei ein junges agiles Mädchen im hellblauen Kleid. Sie fuhr zur Hochform auf, als ein Ägypter mit weißer Kappe, braun-rostbraunen Hemd und eben solchfarbener Cordhose und zwei weißen Plastiksäcken, die er gerade an ihren Knoten tragen konnte auftauchte und die Frauen verscheuchte. Er fuhr sie an, redete auf sie in, zog das Deckchen mit ihrer Ware beiseite und machte sich breit. Da kann jeder kommen! Später: Ein anderer Händler, der T-Shirts verkaufte, sammelte auf einmal alles ein. Der Besagte half dabei. er hatte seine Sachen auch wieder eingesammelt, die er zuvor noch sorgsam auf zwei Laken ausgebreitet hatte, Hemden aller Art. Was war passiert?

Ein Polizist war herumgegangen. Alle packten ihre Waren ein, stellten sie hinter ein Mäuerchen oder trugen sie eben ein paar Meter weit. Nur eine Frau, die nicht gehen konnte?, blieb an einem Laternenpfahl gelehnt vor ihr ein Allerlei sitzen.

Nun machte der Eingangsbereich zur Mugamma einen ganz anderen Eindruck. Zwar genauso wie vorher voller Leute – aber ohne Leben. Die Sonne verdüsterte sich. Auch ein Händler, der aus seinem Sack Zusatzteile für Smartphones wie Kopfhörer, Landegerät und Schonverpackung sorgsam auf sein Tuch gelegt hatte, hatte alles in seiner grünen Tasche wieder verstaut und diese in der Hand.

Der Polizist ließ sich am Fahnenmast, der an zentraler Stelle des Vorplatzes steht, von jemandem die Schuhe putzen. er hatte seine Pflicht getan. Der Eingangsbereich war händlerfrei – mit Ausnahme der einen Dame – und er verschwand. Die Sonne tauchte langsam wieder auf. Eine Dame, die Teegetränke verkaufte, tat es auch, als die Bank, auf der sie gesessen hatte, nur noch Bank war und nicht mehr Betriebszentrale für ein Minicafé für alle Arten von Tee oder Schnellkaffee. Sie war umtriebig, ihre Stimme hörte von weitem, „eiza schay? Achwa?" „Möchten Sie Tee? Kaffee?" Auch mich fragte sie zweimal. Sie hielt sich – mit Blick auf das Gebäude – nur im rechten Teil des Vorplatzes auf. Ich wartete mal links und mal rechts, zuletzt auf einer Bank, auf der Sudanesen saßen. Die Sonne ließ sich wieder blicken. Die sudanesischen Damen waren einfach sitzen geblieben. Was unter ihren Röcken und hinter ihren Rücken, hinter dem Mäuerchen war, auf dem sie saßen, war jetzt wieder vor ihren Röcken und vor ihren Brüsten. Der Stoff- und Kleiderhändler mit der Cordhose tauchte wieder auf, die Minibar breitete sich wieder aus und der Mobilphone-Zusatzteile-Händler stand am gleichen Platz wie seiner grünen Tasche wie zuvor, als er zum ersten Mal am heutigen Morgen dort auftauchte.

Dass ich zu früh war klärte sich erst auf, als meine Frau ziemlich pünktlich kam und ich sie fragte, warum ich solange hatte warten müssen. Im Verwaltungsgebäude selbst ging's diesmal erstaunlich schnell. Nach einigem Hin und Her erhielten wir einen Nummerzettel mit dem wir uns drei Stunden später einzufinden hätten. So verließen wir vorläufig das Gebäude und gingen auf den Tahrirplatz, der umfunktioniert worden war zur Transparentparade für die bevorstehende Volksbefragung zur Verfassungsänderung zugunsten einer Präsidialverfassung des als Präsidenten amtierenden Generals a. D.

Tatsächlich bekamen meine Frau und ich Visen, jetzt können wir problemlos aus und einreisen. Zum Schluss der Prozedur wurden wir abfotografiert und unsere gesamten Fingerabdrücke eingescannt, wie bei Verbrechern.

07:53 Uhr cfr

Erster Korintherbrief des Paulus, Kapitel Acht, Vers Drei:
> Wenn aber einer Gott liebt, dieser ist erkannt von ihm. Gott lieben – das ist von ihm eingeloggt werden.

Liebe zu Gott als Erkennungsgrund.

07:54 Uhr cär

Erstes Buch Mose, Kapitel Vierundzwanzig, nach dem Tod Ssaras, der Ehefrau Abrahams und dem Kauf der Höhle Machpela als Begräbnisstätte kommt sofort das Thema: Brautschau für den Sohn Jizchak.

Warum muss jetzt Jizchak eine Frau bekommen? Weil sein Vater Abraham Grundeigentum erworben hat: Das Grab für seine verstorbene Frau. Dafür soll es Erben geben, auch über die Generation des Sohnes hinaus, also muss eine Frau her. Männer bringen keine Kinder zur Welt.

Warum soll die Frau keine Frau des Landes sein, wo Abraham lebt, wie er ausdrücklich verlangt? Dann bestünde die Gefahr, dass der Grundbesitz über kurz oder lang in die Hände derer zurückgeht, von denen Abraham es gerade teuer erworben hat, eine Stadt der Hethiter.

Warum geht Jizchak nicht selbst auf Brautschau im Heimatland Abrahams unter dessen Verwandten? Er wird als zu jung dafür angesehen? Vermutlich weil die Erfahrung zeigt: Der Mann wird seiner Frau anhangen, also möglicherweise dort bleiben, wo Abraham ausgezogen ist.

Dass Jizchak zu den Verwandten zurückgeht ist ausdrücklich von Abraham ausgeschlossen worden. Eher verliert der Eid, eine Frau aus der Verwandtschaft Abrahams zu nehmen, seine Gültigkeit. Auch ein Eid gilt nicht unbedingt.

Das Ganze: Verwandlung von Verheißung in Eigentum?

07:55 Uhr cfr

Am Vortag war ich erneut einer anderen Form des Abendgebetes im Konvent der Steyler Missionare dabei – genannt Bibelteilen. Es wird vorher ausgemacht, wer die Zusammenkunft anleitet. Nach einem kurzen Einleitungsteil mit Gebet wird der anstehende Bibeltext es kommenden Sonntags gelesen, es folgt Stille, Er wird erneut von jemand anderem gelesen, womöglich in einer anderen Übersetzung. Es folgt ein Austausch von persönlich gehaltenen Gedanken, keine Diskussion. Stille. Der Text wird erneut gebetet, ein Liedvers gesungen, ein Gebet gesprochen, um den Segen für die Welt gebetet – eine schlichte einfache Form. Damit jeder kommen kann, findet zeitgleich kein Abendgebet statt. Das nehmen viele zum Anlass endlich auch einmal frei zu haben. Der Kreis der Teilnehmenden ist durchaus übersichtlich. Gestern hörten wir u. a. aus dem Matthäusevangelium Kapitel Fünf, die Verse Eins bis Anfang von Vers Zwölf: Selig sind die Barmherzigen. Im Anschluss an diese Feier sprach ich zum ersten Mal aus, was mich seit Tagen beschäftigt: „Ich habe Angst vor der Barmherzigkeit." Ich sei froh, z. B. in dem Missionshaus etwas abgelegen zu leben, das sei für mich eine gewisse Insellage – und verglich mit dem Pfarrhaus und der rundum Erreichbarkeit 24/7. Angst vor der Barmherzigkeit? Weil ich weiß, welche Kraft das ist. Sie bringt dich von allen Plänen und Vorhaben ab. Genau das fürchte ich und bin froh um die Zurückgezogenheit hier. Und bezog mich auf die vierzig Tage, die Jesus sich in die Wüste zurückgezogen hatte und Paulus drei Jahre bei den Arabern, gemeint wohl die Nabatäern und in Antiochia, Galaterbrief des Paulus, Kapitel Eins, Verse Siebzehn und Achtzehn.

Die vielen Verse, Lieder und Hymnen in den Andachten, Messen und Gebeten zu Gott, dem Schöpfer, dem Vater Jesu und Jesus selbst um Barmherzigkeit: Ein unausweichliches Paradox? Und „Ruhestand" nur eine ganz besonders elegante Ausrede?

07:56 Uhr cfr

Wiehl, Stadtpark, öffentliche Fastenaktion für eine atomwaffenfreie Welt. Heute Morgen hatte ich nicht nur die Gesellschaft der Bäume sondern auch die eines Hundehalters, der aber trotzdem seinen Hund nicht hielt, sondern laufen ließ, als eher eines Hundehalters, mein französischer Mitfastender und meine Frau. Thema der Gedenkfeier: Henoch. Mit Gott gehen. Der Herr brachte den Ausdruck „wandeln" ein. Er habe mal gelernt, es würde bedeuten: Indem man zusammen mit jemanden geht, – was bedeutet, dass man allein nicht wandeln kann – und so gemeinsam geht, ob man nun spricht oder nicht, man ändert sich, etwas verwandelt sich. Ich nehme an, dass Jesus den Anstoß Menschen aufzurufen, ihm nachzufolgen, von daher bekam: Wandle mit mir. Wandel mit Gott und so verändert sich Gott für dich und du wirst ein anderer.

07:57 Uhr –pr
DIE ZWISCHENWELT

Warum ist es für den Menschen – nur für ihn? – entscheidend, wie die Zwischenwelt bestimmt ist?
Das Zwischen hat mindestens sechs Anschlüsse, wie es das Wort „gehen" hat:
-    zum Subjekt – „Ich gehe"
-    zum Objekt-commutativus – „mit dir"
-    zum Objekt-finalis – „nach Kairo"
-    zum Temporalis – „um neun Uhr"
-    zum Objekt instrumentalis – „mit der Bahn" und
-    zum modalis – „sofort los."

Das Zwischen kennt mindestens diese drei immer gegebenen Bezüge:

- Da sind Zwei, die ein Zwischen konstituieren. Das kann symmetrisch sein – doch was ist das? Mein Spiegelbild? Das Gegenüber ist nicht mein Spiegelbild, sondern der Spiegel. Dabei ist es gleich ob Mensch, Tier, Pflanze oder sonst ein Lebewesen da ist, wenn nur einer von den Beiden, die das Zwischen ermöglichen, lebendig ist. Wenn das nicht der Fall ist, ist es ein Nebeneinander. Erst wenn durch ein Lebewesen ein Wirkungsprozess – mit einseitiger, bei einem, mit gegenseitiger bei zweien, etc., – mit Selbstbezüglichkeit gegeben ist, wird das Zwischen ermöglicht.
- Die Metaebene, sobald über das Zwischen, das ist das sonst unausgesprochene Dritte – nachgedacht wird. In einer Ich-Erzählung z. B. ist das der Erzähler.
  Sprache selbst ist ein Produkt dieser Zwischenwelt. Sie ist überindividuell und die Bezeichnung „zwei" ist eine Abstraktion. Sie meint alles, alle, die miteinander in Beziehung stehen. Soviel Menschen und Tiere und Gegenstände es gibt, es gibt immer genauso viele Zwischen plus Eins. Im Deutschen reicht, um das auszudrücken das Wort „zwischen" einmal ausgesprochen, obwohl von zweien die Rede ist: „Der Apfel liegt zwischen mir und dir." Im Hebräischen geht es anders zu, z. B. Genesis Kapitel Neun Vers Dreizehn und Fünfzehn: Zwischen mir und zwischen euch und zwischen allen Lebewesen...
  Dort ist das „zwischen" ein Marker, der nur einen Anschluss hat und darum bei jedem, der das Zwischen markiert, wiederholt werden muss.

Die Dimensionen des Zwischens

1. Phänomen

Leben entsteht aus der Beziehung in der Beziehung, selbst im einfachsten Prozess der Zellteilung entsteht zwischen zwei Zellteilen ein Zwischenbereich, in dem – verkürzt gesagt – die Membran sich verdoppeln kann, so dass zwei Zellen entstehen. Beim Menschen ist der Embryo die lebendige Gestalt dessen, was zwischen Mann und Frau im befruchtenden Geschlechtsverkehr geschieht. Die In-Vitro-Fertilisation ersetzt den Penis durch die Pinzette.

Ein Lebewesen ist die Verkörperung eines vorausgegangenen Zwischens. Das gilt auch für die Selbstbefruchtung wie bei manchen Schnecken.

2. Phänomen

Leben wächst in der Beziehung: Im Mutterbauch, im Ei, das gebrütet wird, im Mutterkorb der Beuteltiere, im Laichklumpen der Mitgeschöpfe. Beim Menschen ungewöhnlich kurz (PORTMANN).

Beim werdenden Leben ist das Zwischen auch werdend: Das Embryo ist Teil der Mutter und gleichzeitig nicht, als werdendes Leben. Also noch kein Träger für ein Zwischen mit Bezug zur Mutter, aber schon die leibgewordene Gestalt des ehemaligen Zwischengeschehens.

3. Phänomen

Nach der Geburt ist ein Zwischen zwischen Mutter und Säugling, Säugling und allen Anwesenden da.

Ist „Zwischen" nur ein anderes Wort für „Beziehung"? „Re-lation"?

Das Kind ist – schon vor der Geburt – ein „Du", ohne dass es zu sich, wie die Erwachsenen oder ältere Kinder „Ich" sagen kann. Das heißt, es gibt die Beziehung zum eigenen Körper, seinen Wahrnehmungen etc., aber noch nicht zu sich selbst.

4. Phänomen

Die Selbstwahrnehmung und – das ist entscheidend – Selbstreflexion wird beim Menschen nicht unterdrückt. Die durch die Selbstreflexion entstehende Rückkopplungsschleife wird nicht unterbrochen und zwar dauerhaft. Ansatzweise scheint das bei mehreren Tierarten gleichfalls möglich zu sein, wie Spiegel-Experimente zu zeigen scheinen (KATRIN BLAWAT: *Wer ist das denn?* Schimpansen, Elefanten, Krähen und sogar Putzerlippfische erkennen sich selbst im Spiegel. Das könnte ein Hinweis darauf sein, dass die Tiere über ein Ich-Bewusstsein verfügen. SZ 12.02.2019).

Die auf Dauer gestellte Möglichkeit der Selbstreflexion beim Menschen eröffnet einen Zwischenbereich, eine Zwischenwelt zwischen mir und mir mittels einer Sprache, welcher auch immer (mit Worten oder Sprache, mit Geräuschen oder Musik, mit Zeichen oder Malerei, mit Gesten oder Tanz). Das Denken ist die Gestalt des Zwischen des Menschen, wenn er sich zu sich selbst verhält. Dieses Denken geschieht im Medium der Sprache.

5. Phänomen
Da diese Rückkopplungsschleife nicht unterbrochen wird – wie im Stromkreislauf eines Haushaltes durch eine Sicherung – kann jederzeit über das Denken nachgedacht werden – wie augenblicklich jetzt. Die Metaebene ist immer präsent. Auch wenn sie nicht in Anspruch genommen wird, ist eine weitere da, die diese Inanspruchnahme der ersten (zeitlich) Metaebene ermöglicht ohne selbst thematisiert werden zu können. Das Denken ist also immer offen und unabgeschlossen. Das sind andere Ausdrücke für stets anknüpfungsfähig. In dieser Offenheit ist das Unabgeschlossene präsent. Das hat bereits Heraklit thematisiert – „Ich ist unausforschlich".

Diese Präsenz des Unabgeschlossenen hat von Menschen einen Namen erhalten und es damit scheinbar ermöglicht, damit umzugehen: Gott. Oder Ideal. Oder Wesen. Das scheint nah am „reinen Denken" (HEGEL) zu sein, ist es jedoch nicht. Denn es ist ja das Denken eines körperhaft gewordenen Zwischens, das seine eigene Zwischenwelt entdeckt und auslotet.

Dieses Zwischen der Reflexion hat keine andere Gestalt wie jedes andere Zwischen. Darum ist es bruchlos möglich, das Gedachte aus dem Bereich der eigenen Reflexion in die Zwischenwelt von Menschen eintreten zu lassen. Es ist kein Unterschied zwischen Gedachtem und dem Zwischen zwischen Menschen.

Das Gedachte ist die Realität im Zwischenbereich eines selbst und wenn ausgesprochen und öffentlich gemacht, zwischen mir und anderen.

Dabei gibt es immer nur ein Zwischen, das sich zwischen Zweien oder Dreien auftut. Sind mehr gegenwärtig, spätestens dann beginnt die Eigenwelt des Zwischen seine Verselbständigung.

6. Phänomen
Zwischen Zweien, die sich ihrer Selbstreflexion bewusst sind entsteht Sprache. Sie ist die Verkörperung des überindividuellen Zwischens. Sprache ist das Zwischen zwischen zwei Reflektierenden. Die Gestaltwerdung, die Tendenz zur Körperlichkeit von dem, was im

Zwischen ist, auch bei diesem Geschehen, schafft die Möglichkeit zu neuen Zwischenräumen.

Da dies Überindividuelle der Sprache unabschließbar ist, repräsentiert es die Gegenwart der Menschheit.

Unabschließbar ist das Überindividuelle der Sprache bezogen auf die Vergangenheit, weil es nicht möglich ist genau einen Zeitpunkt auszumachen, wo dieser Sprachbildungsprozess angefangen hat. Vermutlich war er in der Tierwelt angelegt, wie hätte die Entwicklung sonst vonstattengehen können, zumindest wird es Anknüpfungspunkte gegeben habe. Er ist in der Tierwelt angelegt, weil Tiere Lebewesen sind und damit in gleicher Weise Zwischenwelt kreieren.

Die Unabschließbarkeit bezieht sich gleichfalls auf die Gegenwart, weil die Anzahl der lebenden Menschen zwar zu einem bestimmten Zeitpunkt nicht einmal theoretisch abzählbar ist, es würde die absolute Gleichzeitigkeit voraussetzen, die es nicht gibt (EINSTEIN).

Die Unabschließbarkeit des Überindividuellen der Sprache bezieht sich auf die Zukunft, weil auch innerhalb der Grenzen des Möglichen nicht vorhersagbar ist, welche Entwicklung eine Sprache nehmen wird, das Schöpferische ist unableitbar.

Diese Gestaltwerdung ist somit zum Einen das Schöpferische selbst, sie ist ein Schöpfen aus den begrenzten Möglichkeiten der Zukunft und zugleich ein Ausschluss aller anderen unendlich denkbaren Möglichkeiten und zum anderen die Anwendung des Transitivitätsgesetzes: Das was zwischen Zweien der Zwischenbereich war, wird für andere und anderes ein Zwischen ermöglichen. Dieses Transitivitätsgesetz fußt im Zwischen selbst, es ist die Selbstanwendung: Was für den einen gilt, der als Beteiligter einen Zwischenbereich konstituiert, ist für den anderen nicht auszuschließen; sobald der Zwischenbereich selber Gestalt annimmt, gilt dieses für diesen selbst.

7. Phänomen
Was nicht Gestalt in Form von Körpern nimmt, wird real in Form von Regeln, Gesetzen, Gewohnheiten etc., das sind Strukturen.

8. Phänomen
Diese Zwischenwelt „Struktur" genannt, entwickelt ihr Eigenleben. Entstanden aus der Inneren Zwischen

welt, dem Intra-Zwischen in die Interne-Zwischenwelt zwischen Zweien übergewechselt, verselbständigen sich Strukturen derart, dass sie die, die sich
auf sie beziehen bestimmt: Tradition, Gesetze, Regeln – und zwar auch dann, wenn sie keineswegs nützlich oder hilfreich sein, sondern um ihrer selbst willen. Es ist also durchaus nicht unwichtig von was oder noch besser von wem die Zwischenwelt bei Menschen bestimmt, geprägt oder gelebt wird.

07:58 Uhr gsr
ich träumte
ich krieg' die augen nicht auf
was kein traum war
es stimmte
ich schlief ja

ich wache
und mir fallen die augen zu
was kein traum ist
es stimmt
ich wache ja

ich träume was stimmt
ich wache was stimmt
stimmung!

07:59 Uhr cfr
Im Ersten Buch Mose, Kapitel Acht, Vers Sechs:
> Und es geschah am Ende von vierzig Tagen, da öffnete Noach die Luke der Rettungskiste, die er gemacht hatte.

Fichte und Hegel und andere Trinitätsspekulanten ließen sich darüber aus, dass sich Gott selbst begrenzt durch das, was er aus sich heraus setzt. So gut, so schön. Dabei haben sie alle vorausgesetzt, was nach der Sintflut erzählt wurde, dass es keine weitere Zerstörung der ganzen Welt mehr geben wird.

So gesehen erscheint die Sintflut aber tatsächlich wie ein Befreiungsschlag, dass sich Gott all dessen entledigt, das ihn in seiner Allmacht eingegrenzt hat, vor allem durch – und das ist überraschend, erschütternd – Gewalttat, siehe Gen Kapitel Sechs Vers Elf: Sie ist es vor allem, der gegenüber Gott – außer der nuklearen Option – ohnmächtig ist, ihr nichts entgegenzusetzen weiß, als den Zeus in sich zu zeigen.

Die Sinflutgeschichte reflektiert die Ohnmacht Gottes gegenüber der Gewalt und dass nach dem Ausschluss der nuklearen Zeus-Option, die aber im Mythos vor allem das Leben der Götter bedrohte – wie im Kumarbi Mythos und dem Aufstieg des Stadtgottes-Marduk zum Herrn der Götter –, nun etwas Neues erforderlich ist, zumal die Begründung, warum keine neue Sintflut sein wird, gerade nicht ist, dass die Menschheit ab jetzt ganz in Ordnung sei – das hätte den Massenmord noch im Nachhinein erneut gerechtfertigt! –, sondern dass sich gar nichts geändert hat: Die Menschen sind genauso wie zuvor. Das heißt: Im Nachhinein wird der Zweck-Mittel-Logik eine Absage erteilt, jedenfalls für diesen Fall: Es diente keinem guten Zweck und deswegen war das Mittel nicht gut. Das, was dann noch aussteht ist die Verurteilung Gottes wegen Massenmordes an Tier und Mensch. Wer sollte das tun? Es gibt keinen Richter über ihm. Der Mensch würde diese Jahrhunderte später nachholen, indem er Gott verurteilte zur Nicht-Existenz und sich selbst damit zum Richter über ihn aufwarf. Aber hat Gott, der Größeres und Gewalttätigeres tat als alle Großen der Gewalttätigen zusammen jemals wegen dieser Tat Reue und Buße getan? Im Gegenteil, es reute Gott, dass er die Menschen geschaffen hatte, Genesis Kapitel Sechs Vers Sechs Folgende.

Kann die religiöse Deutung des Todes Jesu als Opfer des Gottessohnes auch in diesem Sinn verstanden werden, dass Gott damit sich selbst verurteilt, bzw. das Urteil der Menschen über ihn, das verurteilende Urteil der Menschen über ihn, annimmt? Gibt es Hinweise im Text auf solche Zusammenhänge? Etwa vermittelt durch die Apokalyptik? Setzte die Sintfluterzählung apokalyptisches Denken voraus, das hier kommentiert wird? Das sind Motive der Apokalyptik: Es ist die Rede vom katastrophalen Ende, vom geretteten Rest, vom Neuanfang, der dann doch anders ist: Keine neue Menschheit, aber der erste Bund. D. h. nicht der Segen, Genesis Zwölf, ist die Antwort auf Gottes Ohnmacht, wie der Gewalt zu begegnen sei, sondern der Noach-Bund.